中國古典文學基本叢書

查慎行詩文集

第八册

〔清〕查慎行 著
范道濟 輯校

中華書局

本冊目録

敬業堂文集卷二

序　跋

敬業堂文集卷五

書啓尺牘

敬業堂文集卷六

易　說

附録

敬業堂文集卷一

制頌疏表

萬壽頌并序　代院長作

臣聞景運方中，兩曜之光久照；太和在宇，四時之氣長春。行健者天，至聖法天而不息；無疆者地，大君應地而永貞。惟德與上下同流，斯壽與清寧合撰。故《書》稱五福，先之錫極備徵；《詩》頌九如，首以罄宜戬穀。全其理者裕其數，敷天同愛戴之忱；足其實者隆其名，率土有頌颺之義。若夫巍峨浩蕩，德極於無能名；斯乃通復循環，壽至於不可紀。概舉盈數，則數衍萬年；實指元功，則功侔兩大。乾施坤載之象，固無孅而不臻；日升月恒之華，亦有目所共睹。傳紀元於隸首，推甲子於大撓。

莫能揆此貞符，量其洪算者矣。

欽惟皇上，德備三才〔一〕，心涵萬有。生知天縱，聖神文武皆全；盛業日新，祿位壽名俱永。運璿璣而鼓大化，雲行雨施；握金鏡而焕宏猷，星羅電耀。朝乾夕惕，萃千八百國爲一家；旰食宵衣，合五十二年如一日。書契所載，古未之聞。覩記之餘，略陳其概。

竊見天以一誠爲命，而四時百物效其能；聖以一敬居心，而八政五紀歸其極。錫萬邦之福，典莫隆於享帝享親；垂百代之型，道莫重於盡倫盡物。我皇上親郊以承蒼昊，既祇飭於齋宫對越之時；祈穀以望豐年，復加虔於用幣薦馨之表。紫壇紺幄，事天即以爲民；黛耜朱紘，勤民所以裕國。而且因心爲孝，問安視膳之勤修；率祖攸行，成憲舊章之恪守。謁園陵而展祀，霜露增思；侍長樂以承歡，晨昏靡間。勵精聽政，當未央而問夜瞻星；倡儉率先，享大奉而浣衣菲食。燭妍媸於明鏡，萬象莫逃；權輕重於平衡，五材並飭。虚懷以來鞀鐸，恒執兩而用中；殊禮以厚股肱，務循聲而核實。授官分職之際，必重斷於親咨；月要歲會之餘，特加嚴於保任。視羣臣爲同體，豈内重而外輕；訓大吏以躬行，貴上廉而下法。師師有位，和衷以共襄太平；藹藹吉人，延頸而樂觀雅化。

方其舉三雍之禮，道岸先登；屈萬乘之尊，儒宮丕煥。几筵賜蓋，闕里隆九拜之儀；俎豆加籩，考亭躋十哲之配。振濂閩之絶學，簪纓下逮雲礽；溯洙泗之流風，爵秩均加苗裔。敦行崇實，明訓早厲於黌宫；廣額開科，殊恩覃敷於多士。投戈而嫺禮讓，弁伍觀光；釋耒而奏絃歌，草茅承化。至於廣厦細旃之上，周知稼穡艱難；省方問俗之時，宏溥閭閻樂利。權有無而通計，視周官國用之餘；合遐邇以胥蠲，陋漢詔田租之半。發帑動踰百萬，雨潤焦枯；賑荒不惜再三，雷蘇寒蟄。推恩下弛於驛遞，寬額傍逮於關鹺。凡兹損上益下之宏規，皆屬約己誠民之至意。屢紆法駕，河防永固於淮揚；一稟宸謨，水利聿興於畿輔。陂渠底績，人登衽席之安；灌溉爲資，户獲倉箱之慶。《豳風》場圃，繪耕織以成圖；勾盾田疇，勸農桑而布令。水旱無虞於禋禜，春秋匪懈於耕耘。猶念愚賤之無知，或致桁楊之失入。虞廷欽恤，三居三宅之必詳；周制寬平，八法八議之惟慎。刑罰措而畫衣不犯，羣游恒性之天；親遜成而比屋可封，共託好生之宇。道德於是乎一，風俗於是乎同。

若夫神武性優，知勇天錫。懷仁育義正之略，所向無前；廑安邦除暴之心，有征必克。摐金鉦而問罪，若烈火之燎鴻毛；秉旄鉞而行誅，譬衝風之捲秋籜。運九天於掌上，如雷如霆；決千里於目中，不震不動。前者三藩逆命，奉天威而鯨觀長封；後此一隅跳梁，奮乾斷而狼烟立掃。版圖式廓，提封開海外之疆；沙漠永清，都護招安西之界。

迨乎功成治定，偃武脩文。禮樂以條貫其中和，《詩》《書》以導揚其美善。法有因而典有創，酌益損以昭垂；史爲緯而經爲經，合異同以參攷。國書爲同文之盛，翻譯加詳；古文爲時藝之宗，選裁獨正。旁通聲韻之學，清濁叶于元音；博求事物之原，鴻纖歸於實據。他如文林華什，藝苑巵言，莫不廣采羣書，萃成全集。或冠以御序，如《乾象》之包六爻；或加以手批，若曦光之燭萬彙。精思奥義，一覽無餘；巨簡長編，十行並下。尤以數爲律本，熟研於求邊求角之間；律爲樂原，詳審於陰生陽生之用。蓋自羲皇畫卦之後，《堯典》授時以來，直探河洛之淵源，備悉疇圖之象數。謂方圜未足以測天地，必推三角以抉其精微；謂晷刻不足以周古今，必準五行而驗其盈縮。窮天文之節度，璧合珠聯；究地理之縱横，絲牽繩貫。名一物而源流具見；舉一事而本末胥融。

良由質賦生安，心通翕闢。濟以鈎深致遠，兼之好古敏求。講幄宏開，披琅函而陳性命；經筵時御，啓緗帙而闡苞符。會萬理於一中，統萬殊於一貫。先天後天之學，較若列眉；無極太極之幾，洞如指掌。溯心傳而承學統，直窮千聖淵涵；羅道藪而包藝林，兼漱百家芳潤。敷鴻文以宣化〔二〕，鼓盪風霆；抒麗藻以成章，昭回雲漢。會心呈象，皆周情孔思之微；寓物興懷，悉禹鼎湯盤之秘。煌煌二典，配御製而成三；浩浩三倉，推帝書爲第一。當萬幾之稍暇，擅八法而兼工。宛轉揮毫，鐵畫銀鈎之筆；淋漓染翰，龍翔鳳翥之形〔三〕。散異彩於行間，榮光四照；運神工於法外，逸態横生。

總之聖心多能〔四〕，遂爾學該游藝。備顯仁藏用之德，大包宇宙而靡遺；極開物成務之能，細入毫芒而無間。溥天之下，品物咸亨；自古及今，光華復旦。自非大猷駿業，咸五而登三；茂實英聲，下蟠而上際。孰與媲可久可大之模，備貞觀貞明之量也哉！

兹者昭陽紀歲，南斗中天，踰成周解禊之期，得句曲會仙之日。恭遇我皇上誕生開太平之基，卜曆周花甲之數。於時百昌暢遂，二氣氤氳。披長養之和風，樂舒長之化日。鵷行鷺序，趨朝聯賀雀之班；虎士熊臣，結綬映僊桃之色。抒忱獻頌，旁及乎槐市芹宫；額手歡呼，下逮夫黄冠緇衲。或託仙音而致禱，絳節樹於琳宫；或假佛力以祝釐，彩幢湧於寶地。以至東西南朔，同切瞻雲就日之思；寄棘譯鞮，並懷望闕呼嵩之願。蓋天意欲斯民之久治，而人心樂我后之長生。要皆發乎至誠，本乎至性，既無遠而弗届，亦不召而自來。極之趾羽含仁，麟游而鳳舞；山川效順，玉耀而珠輝。正使洛出瑞圖，河浮丹篆。八風並扇，六樂偕宣。未足臚列禎祥，形容美備。

而我皇上方且謙而彌光，恒以一德。屏顯名而敦實政，脩人事以荅天庥。功崇業廣，而尊號弗居；道洽化成，而休徵勿録。端拱穆清之上，惟相忘於楝牖松雲；照臨函夏之間，益致謹於澡心浴德。皇哉唐哉，蔑以加矣！巍乎焕乎，孰能名焉！

臣某秉質顓愚，賦材謭薄。備員省闥，舉家叨豢養之恩；竊禄卿班，仍世荷生成之德。欣逢聖節，莫罄懽悰。輒效巷舞而塗歌，聊用管窺而蠡測。淵鱗仰沫，能無踊躍之情；巢翼翔庭，與有飛翾之樂。謹拜手稽首而獻頌曰：

聖人秉曆，體德於乾。纂承烈祖，昭事上天。醇風翔洽，文命遐宣。開來示極，振古無前。其一

天亶元后，至德廣運。明物察倫，窮理盡性。唐虞勛華，洙泗義藴。爰集大成，昭垂典訓。其二

金鏡既清，玉衡斯平。兼三道合，明兩化行。九疇式叙，萬物由庚。日用徧德，以綏我氓。其三

浩浩九區，茫茫禹績。一人有慶，岳瀆受職。海不波揚，河無汎溢。成天平地，欽哉

帝力。其四

時邁其邦，遹勤輶駕。儆爾有位，助宣仁化。有租斯蠲，有罪斯赦。户户羔豚，村村

桑柘。其五

好生之德，涵育羣靈。原情以義，按律以經。豈伊祝網，允矣空囹。罰用止罰，刑期

無刑。其六

文治光昭，武功丕烈。一怒安民，雷轟電掣。梟獍就殄〔五〕，欃槍掃跡。泰階既平，海

外有截。其七

迺闡性道，迺覺顓蒙。異端胥斥，聖道攸崇。奎章宸翰，開闢鴻濛。式我金玉，同倫

同風。其八

人沐禮淵，家翔義圃。鼓篋横經，什什伍伍。爰逮虎賁，周旋規矩。何以柔之，辟雝

鐘鼓。其九

柔遠能邇，化洽無垠。皎日麗天，萬象同春。來重九譯，去備四賓。行人歲款，悉主

悉臣。其十

上苑花明，液池魚躍。瑞表山龍，祥徵海鶴。天道不言，有孚咸若。壽域宏開，與民

偕樂。其十一

太和保合，元氣充盈。靡性不遂，靡滋不萌。嘉禾九穗，朱草六莖。爲我皇壽，暢茂畢呈。其十二

在地成形，在天成象。神泉晝湧，甘露宵降。麟出於郊，鳳巢閣上。爲我皇壽，詎可數量。其十三

我皇之壽，與時循環。周而復始，孰測其端。合四天下，歷億萬年。同瞻舜日，永戴堯天。其十四

〔一〕「備」，四部備要本《文集》作「裕」。
〔二〕「敷」，四部備要本《文集》作「數」。
〔三〕「龍」，四部備要本《文集》作「鸞」。
〔四〕「心」，北京大學圖書館藏《查悔餘文集》（以下作北大本《文集》）作「必」。
〔五〕「就」，四部備要本《文集》作「悉」。

擬上尊號表 康熙癸未　代九卿作

竊惟五行號帝象，莫著於仰觀；三統稱皇典，莫隆於監古。欽明濬哲，勛華咸擅殊稱；知勇純熙，湯武允無慚德。蓋善頌善禱者，臣子之至情；而得壽得名者，帝王之懋績。

昭垂往策，炳啓來兹。

欽惟皇上，德符寶籙，道握璇圖。秋肅春温，酌剛柔於並濟；乾施坤載，表覆幬於無私。質文持五運之中，王猷時乂；禮樂冠百王之上，聖敬日躋。懸日月而式九圍，鼓風霆而清八極。巍巍有象，大文緯地而經天；蕩蕩難名，郅化上蟠而下際。至誠能格，儼對越以告虔；明德唯馨，備尊親以致孝。雝宫肅廟，祇承三后之顯謨；聖子神孫，恪奉一朝之家法。事先教胄，作君兼裕作師；運啓崇儒，道統宏開治統。雲漢作人之化，棫樸羣歌；主臣一德之休，柏梁創體。既覃敷乎文命，復丕顯乎武功。夫其靖熢烟於滇洱，闢郡縣於海山。提封盡窮髮之邦，都護領接梯之族。六師除暴，秉黄鉞以親征；一怒安民，載青旌而奏凱。版圖式廓，七德遐宣。沙漠永清，五兵不試。告成功於陵寢，備典禮於山川。克明克讓之衷，不伐不矜之度。豈屑仿壇壝之故事，襲封禪之虚名已哉！

於是六服承流，百神效順。曦車五色，奠安瀾於淮泗之濱；芝蓋三重，慰羣望於斗牛之域。蒼龍馴而白魚躍，碧海晏而黄河清。馳風驛露，隨鳳艒以流膏；就日瞻雲，稱兕觥而介壽。賜高年之粟帛，飭羣吏之廉隅。省方問俗以還，歲會月要之際，無念不詳求國是，無時不顧切民依。蠲租減賦之詔，何歲不頒？發金賑粟之恩，何人不被？汪澤涵濡於周《雅》，薰絃條暢於虞琹。宥一眚以慎鞫成，本大生以致刑措。欽時錫福，知王道之平平；過化存神，識民風之皞皞。猶復勤於聽政，當未央而問夜瞻星；儉以率先，享大奉而浣衣菲食。惟天爲大，寔體健以行乾；如日之升，方懋勤以遜志。

漏移青瑣，猶對簡編；朝退紫宸，便親翰墨。煌煌御製，配二典而成三；爍爍帝書，擅千秋而第一。人知向學，崇文之目九千；家捧賜函，秘府之箋十萬。加以學兼游藝，天縱多能。合璧規儀，聯珠候朔。律曆疇圖之數，紀元章蔀之占，莫不抉其精微，窮其知巧。正使山開丹篆，美不勝書；河涌赤文，義難殫述。固宜三千國土，同徵有道之祥；億萬臣民，共效無疆之祝矣！

蓋自削平南服，以及蕩掃北陲，羣欣不世之奇逢，請上至尊之徽號久矣。合内而合外，抑且至再而至三，而乃皇度冲虚，聖懷謙挹，未俞所請，以迄於今。欽唯三月佳辰，恭遇萬壽令節。中翰僚寀，薄海烝黎，孰不翹企雲霄，仰瞻嵩華？謂皇上之聖德，視帝王爲獨隆；皇上之神功，亘古今所罕覩。生當盛際，難賡颺贊之詞；幸届昌期，願舉尊崇之典。用敢僉同輿論，仰達宸聽。將以配二曜之光華，合兩儀之廣大。固欲上符乎典禮，豈徒俯協乎人情？

我皇上道在敬天，則蒼穹元昊之名，天道好謙而弗讓；我皇上心存法祖，則英明仁聖之號，祖宗翕受而不辭。恭懇睿慈，勉徇衆望；勅下廷議，崇奉尊聞。則仙芝曆草，偕器車澤馬而並登；赤字緑章，合玉檢金泥而胥慶矣！臣等不勝踊躍歡忭之至，謹合詞奉表以聞。

福州九仙山萬壽亭碑文

臣聞陶唐廣運，三祝效於華封；成周太和，九如賡於宵雅。咸當以天治人之世，爰抒用下敬上之情。蓋德至聖人，則爲莫可名之德；尊爲天子，則爲無可尚之尊。惟是介以長齡，庶用申夫私禱。屬昭陽之紀歲，當南斗之中天。恭遇我皇上誕生開太平之基，卜曆周花甲之數。上蟠下際之澤，均沾于西被東漸；瞻雲就日之誠，豈隔於山陬海澨？

繄此無諸之舊國，實爲有截之奥區。《周禮》職方，拓七閩而爲九；道書福地，冠百島而稱三。山是九仙，知地靈之有待；亭名萬壽，願聖祚之無疆。自諸臣蒇事以來，爲每歲祝釐之所。端倪軒豁，測日晷於離方；形勢崇隆，奠丕基于巽位。九鯉戢鱗而效順，六鼇昂首而戴高。苟非宏巨麗之規，曷以慰觀瞻之望？壇邊松柏，五辰交映于户庭；井上芙蕖，一曜循環于左右。旁連梵刹，發揮三十二光；俯瞰人寰，奔走百千萬衆。

時當三月，慶叶萬方。披長養之和風，樂舒長之化日。呼嵩望闕，年年聯劍佩之班；扶杖觀光，處處切謳歌之願。雲端飛舄，盡指王喬；天半吹笙，時來緱鶴。或託仙音而致禱，絳節樹于琳宫；或假佛力以祈祥，綵幢湧于香界。蓋天意欲斯民之久治，而人心樂我后之長生。要皆本乎至誠，根乎至性。既無遠而弗届，亦不召而自來。豈若遥窺金洞，莫測靈源，空擬玉虚，罔親法象而已哉！

爾其平臨城郭，遥引阡陌。原田滚滚，黄粱黑秬之鄉；樓閣葱葱，丹荔蒼榕之國。桃花源裹，鷄犬千家；細柳營邊，貔貅萬竈。七塔參差於几案，九峰隱現於烟霞。仰瞻而晨旭開紅，遠眺而夕嵐凝黛。此則拱翊斯亭之大概也。

至於覆幬所及，朝會所經。無雷出日之邦〔一〕，火鼠燭龍之域。陽侯率職，統百谷而來朝；白雉告祥，譯九重而入貢。莫不沐仁風而喜形於色，企化宇而敬發于心。先後梯航，望塵展拜；聯翩卉服，識路知歸。此則助宣遐化之大概也。

惟兹萬歲之遐齡，咸集一人之厚福。懷柔河嶽，涵度量於高深；膏澤寰區，卜精神於强固。若乾坤之函蓋，百靈肸蠁以保和；如日月之光華，兩大氤氲而配極。是則天之所佑，無煩頌禱之辭；神所憑依，與享昇平之樂。凡爲臣子，孰不尊親。庶几香火萬年，慶綿長于寶鼎；疇圖五福，思翊贊于皇猷云爾。

〔一〕「出」，原作「出入」，據四部備要本《文集》改。

御賜砥石山緑硯賦并序

康熙四十二年正月初二日，奉旨，召翰林院學士以下六十七人〔一〕，次日齊赴南書房，人賜砥石山緑硯一方〔二〕。先一日，臣慎行仰沐殊恩，亦於内廷拜賜。伏念我皇上寵遇儒臣，錫之名硯，用以琢磨成器，砥礪廉隅，聖意至深且厚。臣草茅微賤，與荷榮施，拜賜自天，抱慚無地〔三〕，恭作律賦一篇，上呈御覽。自惟頑礦娢鄙，言之無文，聊以紀曠典、志私幸云爾！

維聖主之右文，當中天之盛際。朝有善而畢登，野無賢之或棄。於時地不愛寶，物胥呈瑞。凡抱質與懷材，咸手額而踵跂。思樂育於昌時，冀效能於聖世。竊聞盛京奥壤，峰迴海環。得扶輿之清氣〔四〕，標峻極之瑋觀。孕秀松花之江，鍾靈砥石之山〔五〕。爰有佳石，出乎其間。其爲質也，温兮如玉。滋液清泉，含姿邃谷。表堅貞而外彰，斂精華而内蓄。其爲色也，雲蒸霞蔚〔六〕。分吉光於翡翠，燦目彩於鸜鵒。貯秋水而痕青〔七〕，浮春巒而眉緑。

維時萬乘東巡，周覽神皋。采彼美産，用礪容刀。發芙蓉之鍔，瑩鷿鵜之膏。覘良材於歷試，遂寵被以榮褒。迺召良工，斵以爲硯。雅製斯成，文茵斯薦。既特達而受知，爰輝煌於臺殿。洵大智之創物，同擢微而舉賤。爾其同材異狀〔八〕，森羅琳琅〔九〕。刻以雷雲之紋，映以奎壁之光〔一〇〕。或圓規而方矩〔一一〕，或全珪而半璋。滑不拒夫隃糜，膩不留夫毫芒。固已剔厥瑕璺，而萃其精良。

聖天子方壽考作人，澄懷有主。錫以銘詞，載諸册府。惟以静而永年，標大義而綱舉。配二典與三謨〔一二〕，垂日星於萬古。首頒元輔，聖訓是欽；再及官僚，麗澤彌深。以至供奉文昌之署，圖書翰墨之林。如雨露之霑濩，儼象緯之照臨。於是乎拜自瑶階，捧出琳宫。丹霄之梯千尺，紅雲之殿九重。下以誇示於子孫，上以炳燿乎祖宗。孰不感有生之榮幸，慶兹石之遭逢。

蓋自書契以來，下迨宋元之季，硯之爲品，譜不勝紀。鳳味以山擅奇，龍尾以溪表異，紅絲與眉子殊稱〔一三〕，紫玉與青花並儷。彼後來而居上，推端州爲最貴。然皆産自遐陬，出於荒澨。詎若發跡之奇，近在興王之地？甫離巖穴，便親廊陛。磨礱告竣於文房，銘贊式承乎御製。一人崇儒而偏賚，百爾山呼而拜賜。夫豈尋常之匠石所可媲其位置者哉！

臣材同礫棄，質媿瓦全。膺千載之殊遇，實僅覯於簡編。忭舞於諸臣之後，拜恩於黼座之前。竭微忱於颺頌，非筆墨之能宣。惟仁者之必壽，象有取乎樂山。托磐石之鞏固，祝天子之萬年。

〔一〕「六十七人」，四部備要本《文集》作「六十人」。
〔二〕「人賜」，四部備要本《文集》作「每人欽賜」。
〔三〕「拜賜自天抱慚無地」八字，原闕，據四部備要本《文集》補。
〔四〕「得」，四部備要本《文集》作「藴」；「氣」，四部備要本《文集》作「淑」。
〔五〕「孕秀」、「鍾靈」後，四部備要本《文集》有「於」字。
〔六〕「蔚」，四部備要本《文集》作「郁」。
〔七〕「青」，原作「清」，據四部備要本《文集》改。
〔八〕「材」，原作「工」，據四部備要本《文集》改。
〔九〕「森羅」，四部備要本《文集》作「羅列」。
〔一〇〕「壁」，原作「璧」，據四部備要本《文集》改。
〔一一〕「圓」，原作「圜」，據四部備要本《文集》改。
〔一二〕「二」，原作「三」，據四部備要本《文集》改。
〔一三〕「眉子」，四部備要本《文集》作「翠濤」。

重脩真定府龍興寺碑記奉旨擬作

原夫世壇去來，秘密久傳於震旦；教隆今昔，闡揚尤盛於普門。二十五圓通方便，迴超四智；千二百功德聞思，獨證三摩。借果行因，菩薩即如來之退位；開權顯實，觀音乃大士之應身。八難三塗，隨呼輒應；四生六道，無感不神。示勝力以降魔，演威音以服象。方成道於天竺，旋顯跡於洛伽。莫不地涌化城，人皈净域。雖法界之流通靡竟，而琳宫之起廢有緣。擁萬鼎以然香，聞無二性；指千江而掬月，光止一輪。此珠瓔寶珞，靈光亘古昭明；紺宇朱楹，神物隨方擁護者也。

真定龍興寺者，唐自覺禪師所剏，有金銅大悲菩薩像在焉。毁從周末，佐國計而糜軀；興自宋初，現化機而覺世。河浮木柂，既因木以標基；地發銅光，遂範銅而作像。于時赤龍煉火，朱雀棲爐〔一〕。運僧祇於埏埴之前，洞參瑶銑；置賢劫于陶鈞之上，體備丹青。實相端凝，綱七重而交映；粹容慈穆，合百寶而莊嚴。須彌迥鎮乎閻浮，闍崛下觀乎忉利。身之長也，爲尺七十有三；臂之多也，爲數四十有八。銀牀展地，獨立表其威儀；珠髻摩天，虚空示其靈異。金杵夾降龍之位，鐵圍開調象之場。法派無邊，旁帶滹沱之水；慈源不竭，上通析木之津。洵善慶之神區，棲真之秘宅矣。

爾乃時經風雨，歲閱冰霜。高甍難免夫漂摇，大像或虞夫剥落。長藤延蔓，侵凌柏子之庭；幽草爲叢，黯澹蓮花之座。誦白衣之號，劫石潛消；望紫竹之林，微塵不隔。朕省方所至，駐蹕於斯。瞻仰尊嚴，興懷脩葺。下爲蒼生祈福，上爲聖母祝釐。爰發帑以鳩工，復遣員而督役。魚鱗翠瓦，挾層閣而翬飛；雁齒青階，護崇基而轉轂。千欒霞煥，環列曜於天中；萬礎星羅，運長虹于掌上。紅葩植井，煌煌菡萏香臺；丹桂承梁，奕奕瑠璃寶炬。凌雲啓搆，雖因率土之資；尅日成工，寔賴彌天之力。

於是佛光普照，黼繢周施。瑞像重新，相好具足。一輪千輻，抽紫焰於金山；七滿八圓，發朱花于銀界。净瓶宵注，潤浹堯旬；皎鏡晨開，光騰禹服。四依弟子，企踵而識經涂；十願法師，登堂而知户牖。蓬萊之水三尺，孤標碣館以南；榑桑之景再中，永峙太行以北。雕欄畫檻，亘迢遞而極高深；芝蓋華幢，陟峥嶸而開寥廓。臨泜洹之叠壑，眺燕趙之層岡。文軒繡輦，大通舍利之城；桂楫蘭舟，下泛尼連之渚。從此八方迴向，十善護持。懸慧燈而照乾坤，布法雲而拱畿甸。四魔六賊，多爲耕鑿良民；萬井千閭，悉庇道場曠宇。豈可使車輪馬跡，獨銘于西弇之山；佛影龍龕，無紀于東林之石。迺礱貞琰，用刻堅林。惟願大心弘益，圓智曲成。八解源流，並融性海；五明衢路，廣植福田。俾般若之門，隨緣而啓；仁壽之域，舉世同登。此則朕推崇象教之原，佐佑隆平之意也夫。

〔一〕「棲」，四部備要本《文集》作「接」。

恭擬五臺廣通寺碑記奉旨作

原夫華嚴首唱，現廣大於空虚；妙德弘敷，證通明於平正。藏名歡喜，山號清凉。標靈則鹿苑珠林，略勝則雁門紫塞〔一〕。再焕維新之象，式瞻由舊之規。

兹廣通寺者，雲中勝境，臺頂精藍。拔奇於獅座偏旁，擢秀於鷲峰半麓。當其開基前代，鑿石成龕；結宇空巖，範銅爲瓦。撒千重之欄楯，揮霍雲烟〔二〕；呈五色之牟尼，輝煌藻采。大孚金閣，儼分照乎十方；小朵天城，每齊瞻乎五佛。豈意歲華之流易，漸爲風雨所漂摇。

朕法駕時巡，祇園涖止。諷高僧之題咏，禮古德於道場。慨彼經營，重加脩葺。爰頒内帑，特賜上方。畫棟用以重輝，雲楣于焉載焕。風幢高卓，偕鐵鳳以翔翱；月鏡孤懸，並金輪而焜燿。種福田於福地，事重祝釐；宣梵唄於梵天，意兼勸俗。庶幾教闡浮提，識化機之廣遠；理融净域，歸佛性之圓通云爾。

〔一〕「略」，原作「路」，誤，據四部備要本《文集》改。

〔二〕「霍」，四部備要本《文集》作「灑」。

恭擬中臺菩薩頂碑記奉旨作

碧落千尋，浮法雲於五髻；紺宫百疊，湧慧日於一螺。摩騰天眼之所憑，阿育神光之所攝。譬諸木金水火，行配土而居中；岱霍華恒，岳得嵩而峻極。洵祇林之勝概，梵界之偉觀矣。

兹菩薩頂寺者，區包靈跡，閣貯真容。默贊化機，初布貞觀墨詔；顯資治理，載新景德豐碑。瑞像現於毫端，金繩拓於覺路。羣龍北向，樓臺當地脈之中；雙練南飛，鐘磬隔煙蘿之外。基緣闢而加廣，殿以配而彌尊。旃檀與婆律同薰，薝蔔共優曇並馥。結大士跏趺之座，峰湧蓮華；登普賢般若之臺，河呈香象。百千賢劫，同歸不二法門；萬億人天，各證前三妙諦。從此招提永焕，欄楯重開。臨列障以標奇，冠諸方而首出。用銘貞石，作鎮名山。

恭擬普陀山寺碑記奉旨作

蓋聞震旦佛國，有三大山：北曰五臺，爲文殊顯化；西曰峨眉，爲普賢勝蹟；南曰普陀，則觀音大士現真之地，《華嚴經》所説善財南詢處也。山在浙江定海縣東南大海中。

梵云補怛洛伽，華言小白華，孤峙水中，蜿蜒綿亘，紫竹旃檀，法華龍樹之勝，不可枚舉。洪波際天，盪浴日月。大洋諸國，俱在襟帶。毓靈孕秀，洵宇内之瓌觀矣！

自後梁迄今，建寺賜額，累代不絶。薄海内外，士民之函經捧香，瞻仰膜拜者，趾相接也。是山雖居大海中，而顯靈示幻，雲帆飛渡，向無風濤覆溺之患。幸今六合承平，海氛靖息。琉球、日本，俱隸職方，厦門、臺灣，悉爲郡縣。兹山香火因緣，較前特盛。蓋佛教以清浄爲宗，慈悲爲本，自如來高座説法，聞思大士以耳根圓通現三十二應身，入諸國土，接引羣倫。又其發願弘大，必欲度盡衆生，方始成佛。故能化身萬億，普濟人天。與古先聖王己飢己溺、欲立欲達之心，真有隱相脗合者。孰謂佛氏之教，不足顯贊王化哉？

朕南巡時，兩發帑金，重脩紺宇，上爲皇太后祝釐，下爲民生祈福。且願普天之下，同種善根，咸登樂土。潮音在耳，彼岸非遥。或於大士救度一切之意，有庶幾焉。故因寺僧某之請，爲文以記其概云。

恭擬佩文齋詠物詩選序

昔子夏序《詩》，謂：「正得失，動天地，感鬼神，莫近於詩。先王以是經夫婦，成孝敬，厚人倫，美教化，移風俗。」若是乎詩之道大矣哉！而周公纘述唐虞，宗翼文武，制禮以導天下，著《爾雅》一篇。後之序之者謂：「《爾雅》，所以通詁訓之指歸，叙詩人之興詠。」疏之者曰：「《爾雅》所釋，徧解六經，而獨云『叙詩人之興詠』者，以《爾雅》之作，多爲釋《詩》，是則一物多名，片言殊訓，凡以蟲魚草木之微，發揮天地萬物之理，而六義四始之道，由是以明焉。」故夫詩者，極其至，足以通天地，類萬物，而不越乎蟲魚草木之微。詩之詠物，自《三百篇》而已然矣。孔子曰：「邇之事父，遠之事君，多識於鳥獸草木之名。」夫事父事君，忠孝大節也，鳥獸艸木，至微也，吾夫子並舉而極言之。然則詩之道，其稱名也小，其取類也大。即一物之情，而關乎忠孝之旨，繼自騷賦以來，未之有易也。此昔人詠物之詩所由作也歟。

朕自經帷進御，至於燕暇，未嘗廢書。於詩之道，時盡心焉。爰自古昔逸詩，漢魏六朝，洎夫有唐，訖於宋元明之作，博觀耽味，搴其蕭稂，掇其菁英，命大學士陳廷敬、尚書王鴻緒校理之，翰林蔡升元、楊瑄、陳元龍、查昇、陳壯履、勵廷儀、張廷玉、錢名世、汪灝、查慎行、蔣廷錫編録之，名曰《佩文齋詠物詩選》。蓋蒐采既多，義類咸備，又不僅如向者所云蟲魚鳥獸艸木之屬而已也。若天經地志人事之可以物名者，罔弗列焉。於是鏤板行世，與天下學文之士共之。將使之由名物度數之中，求合乎温柔敦厚之旨，充詩之量如卜商氏所言，而不負古聖諄諄詁訓之心〔一〕，其於詩教有裨益也夫。

〔一〕「諄諄」，原闕一「諄」字，據四部備要本《文集》補。

擬御製高旻寺浮圖碑記高旻寺匾額出自御題，篇中未及〔一〕

維揚，古佳麗地。枕江帶淮，百川之所交會。人民輻輳，風物充美。凡東南數千里財賦，皆由儀真迤邐而達於淮。粮艘賈舶，鱗次櫛比，可謂盛矣！三塔灣在州之南，上有高旻寺，寺旁浮圖，屹然聳峙，高插雲霄。登臨四望，江山清淑之氣，盡歸襟帶。蓋揚州爲東南之勝，而兹塔又揚州之重鎮也。歷年既多，漸就剥蝕。其邦之士民，謀所以新之。作法喜之緣，作布金之會。鳩工庀材，雲集響應。棟宇一新，規模大壯。朕自今年四月，閱河南巡，道過維揚，父老焚香遮道，攀輿景從。因稍稍留憩其間，見夫木石參差，金碧輝映。從其外而望，人煙冪靂，絃歌之聲，與寺之鈴鐸相應。朕顧而樂之。迴鑾而後，出宫中古佛一座，令山僧以時供養此塔。夫竺教與儒宗，似分途徑，然其汲引爲善之心則一也。彼所爲慧業，即儒者之爲智。彼所爲慈航，即儒者之所爲仁。今觀江都之氓庶，輕財樂施，共襄寶地，亦可知人心之向善，動於天，發於性，有不待家喻而户曉者。推是心也，一道同風之治，可漸致矣！獨區區之琳宫寶刹，作一方之名勝已哉。

朕自臨御四十餘年，宵衣旰食，無日不以民生爲念。猶恐深居九重，不獲周知民隱。

時因巡行，徧覽風俗，蠲賑屢加，警勸倍至，行之既久，蒸然嚮風，康阜盈寧之象，倍於往昔。思欲與民偕游大道，一觀隆古之治也。孟子云：樂以天下。今也民之所樂，朕亦樂之矣。爰爲記，而勒諸石，以誌不忘云。

〔一〕此篇自四部備要本《敬業堂文别集》（下簡稱「四部備要本《别集》」）輯入。

武英書局報竣奏摺

臣查愼行、臣錢名世、臣汪灝謹奏：爲報明《韻府》藳完日期事。臣等奉命編纂《佩文韻府》，仰惟我皇上茹古涵今，經天緯地。崇禮樂詩書之教，焕日星雲漢之文。立言脩辭，傳世行遠。自九重之撰述，及乙夜所鑒裁，莫不濬發帝心，宏敷聖訓。光華炳曜，萬祺爲昭。而《韻府》一書，尤宸衷所注意。欽頒體例，御定規模。每卷每帙，排日進呈；一字一句，遵旨定奪。其間繁簡去留，盡由指授；源流本末，咸奉誨言。諸臣采掇彌年，而皇上披覽一過，皆淵衷之所熟記；諸臣廣搜衆籍，而皇上開示片語，悉愚昧之所未聞。至有屢蒙口諭，曾發手批：某事宜删，某條宜補。蓋我皇上聰明天亶，睿哲性成，加以博極羣書，淹該四庫，誠非末學小臣所能仰窺萬一也。

先年，臣孫致彌偕臣張元臣、臣趙晉、臣吴廷楨、臣廖賡謨、臣宋至、臣吴士玉、臣盧軒并臣汪倓、陳至言、趙申季、周彝、何焯、朱書等編輯，自「一東」至「五尾」，已成三十五韻。去年四月二十三日，張常住、李國屏傳旨：命查慎行、錢名世、汪灝往武英殿，分纂上、去、入三聲，大約不過一半年間，可以竣事。又傳旨：將《書畫譜》三人要回，並各館上寫好字者，令臣等選用，欽此。臣慎行等三人，凜遵聖諭〔二〕，將未經纂輯自「六語」起至「十七洽」止共七十一韻，分爲三股，偕臣元臣、臣廷楨、臣賡謨、臣至、臣士玉、臣軒，并力分纂。今年閏七月初八日，臣晉服闋，赴殿，協力纂脩。將臣楊瑄、臣蔡升元、臣查昇、臣勵廷儀、臣名世、臣蔣廷錫、臣張廷玉、臣慎行、臣灝、臣賈國維、臣陳壯履等内增藁本，并大學士臣張玉書、臣陳廷敬、臣李光地、尚書臣徐潮、臣王鴻緒、臣李振裕、左都御史臣徐元、内閣學士臣顧悦履等外增藁本，合并校閲增删。於今八月二十四日，所纂各韻俱已告竣。現在陸續交付繕寫人員，剋日分寫，理合先行奏明。其繕寫人員，先經致彌在殿時，有鄭爲龍、李同聲、王懋訥、宫懋諒、逯選、陸箕永、馮守禮、王敬銘、汪俊、洪昇、王錡、楊希曾十二人。去年四月，現在殿中校録者，有李同聲、王懋訥、宫懋諒、陸箕永、馮守禮、王敬銘、汪俊、洪昇八人。五月以後，由《書畫譜》發下者，有王世繩、顧藹吉、裘巖生、孫起範、吴暄、蔣深六人，由方輿館取入者，有胡期恒、叢潤、田廣運、沈經、周旋五人，由子史精華館取入者，有錢于樹、范于枋、張育徽、潘秉鈞、高位、錢阿瑛、丁圖南、胡宸基八人，由孫致彌奏明發下者，有孫農祥、程瓚二人。又續下孫順一人。諸臣皆感荷皇上高厚之恩，欽取在殿辦事，且優給月俸、住房、衣服，一視内官學教習之例，各懷向榮之心，同矢報答之願，上緊校録，不敢懈怠。通計臣等纂完各韻藁本，九月盡可以寫畢。再加校對，盡呈御覽。理合一併聲明。又一件，先年編輯「一東」韻時，皇上曾諭：將「有覺無空」四字補入。彼時未經查明出處，而「東」韻已刻完。今臣等查得「有覺無空」、「有空無覺」二語，出王安石《金陵語録》，理合粘寫。請旨，如蒙俞允，應於空字末幅，删去摘句，將此條改補。伏候聖裁。謹奏。

〔一〕「諭」，四部備要本《文集》作「訓」。

佩文韻府告成公請御製序文奏摺擬藁

臣陳廷敬、臣李光地、臣勵廷儀、臣錢名世、臣查慎行、臣汪灝、臣蔣廷錫、臣陳壯履、臣張廷玉、臣趙晉、臣吴廷楨、臣賈國維、臣吴士玉、臣周彝、臣盧軒等謹奏：欽惟皇上，道貫天人，學兼德藝。樹百王之標準，萃羣聖之精英。萬幾之暇，怡神詞翰。天章雲藻，炳燿古今。嘗以《韻府羣玉》、《五車韻瑞》二書，頗適作詩選韻之用，而簡略空疎，不精不備。於康熙四十三年六月，特命南書房翰林諸臣，增補訂正，漸次成編。猶以典故或未極博，復命臣廷敬等，再加蒐討，以裒益之。既有原本、增本之殊，又有内增、外增之别。兩編並列，未集厥成。隨於是年十二月，開局于武英殿，大發内府書籍，别選翰林官，考授合併，逐日繕寫，進呈御覽，乃付梓工。一字一句，經聖心斟酌而始安；當去當取，稟皇言指示而後定。名爲臣等數十人之採輯，其實皆出自皇上一人之睿裁。故能囊括高深，綱羅鉅細，海含地負，玉振金聲。不獨作詩者便於取材，即作文者亦堪資攷證。洵爲類林之拔萃，藝苑之菁華者矣！

經今八載，於五十年十月，全書告成，共一百零六卷，一萬八千餘頁。卷帙重大，篇章繁富，乃人間稀有之書，册府珍藏之本。不有宸章弁冕，何以昭示來兹。臣等謹薰沐齋虔，稽首頓首，恭懇皇上御製序文，式冠簡端。如北辰之領衆星，如東瀛之攝百谷。要使普天率土，共瞻文治之光華；學士經生，益覩書倉之奧賾。歷千秋而不朽，輔六籍而永垂。臣等不勝踊躍歡忭之至。

辛卯十月十五日於暢春園啓奏。本日奉旨：「序文着大學士擬進。」名單内，御筆鈎去趙晉、何焯二人。自京江相國而下，無論存殁，凡在編纂之列者，着一一另開。

武英書局報竣回奏摺子〔一〕辛卯十月初十

本月初六日，監造臣和素傳上諭：「所奏《佩文韻府》告成，知道了。這摺内脩書人員，誰脩的多？誰脩的少？走了幾年？誰勤？誰惰？可令查慎行、錢名世、汪灝等查明，即注在名單之下，再奏。欽此。」欽遵，臣慎行等，伏念編纂此書，首尾今經七載，遷延歲月，僅獲報竣。縻費錢糧，亦復不少。仰勞皇上百方指授，示以去取之則，多番策勵，限以繕完之期。臣等材質庸下，資力遲鈍，既不能先期集事，并不能如限告成。恩幸有加，曠鰥難逭。復蒙皇上俯垂明訓，過量優容。聞命之下，不勝惶悚感激。至於校録官生，亦皆荷破格殊恩，出入殿廷，光榮已極。衣裘房屋，賜賚頻仍。教養生成，天高地厚。區區校録，報效幾何？雖經臣慎行等三人編輯既定，派令繕寫，各限頁數，每日交收，其進呈寫本，發刻宋字本及刻就樣本，以暨進呈宋字寫本，亦俱分派每日校對，不容推避偷安，亦不令此多彼少。此乃在局人員之常分，何敢言勞？臣等誦述皇恩，宣示聖諭。校録人員跪聽之下，惟有惶恐觳觫，互相媿責，感激流涕，永矢犬馬而已。謹將校録各官生行走年月，開列奏聞。十五日奉旨：「名單交與撰叙。」

〔一〕「摺子」，四部備要本《文集》闕「子」字。

易經解義進呈疏〔一〕

題爲進呈刊完日講《易經解義》仰祈睿鑒事。臣等於康熙十九年三月十九日，奉旨：

「《易經》講章，應行刊刻，欽此。」臣等叨侍經幃，欣承聖藻，伏睹皇上體天德以行健，觀人文而化成。四子六經，討論原委；百家諸史，綜貫古今。頒行歷有成書，研究精於《大易》。蓋明天道，察民故，已傳四聖之心；而觀會通，行典禮，乃冠五經之首。發揮自羲文周孔，參稽於濂洛關閩。旨則遠而辭則文，古皇先哲之精微，悉歸典要；陽必扶而陰必抑，君子小人之情狀，備極形容。此蓋聖衷自具乾坤，其于弇鄙何知損益？九重宵旰，時親東魯韋編；一介衡茅，日給西清筆札。每聆天語，皆圖書未發之英華；兼授人時，本河洛以來之理數。舉而措之爲事業，默而成之於象言。焕發絲綸，光生梨棗。自强不息，雖隆寒盛暑，常搜玉軸芸編；乃教思無窮，俾荒滋遐陬，盡作文河學海。行且家傳而户誦，有如懸象以著明。臣等未測幾深，難酬高厚。用集微塵於山嶽，敢同爝火於日星。抱蓍以求，在儒者學程朱之學；垂裳而治，惟吾君心堯舜之心。勉效修辭以立誠，猶慚覆餗而滋咎。總訂二編之策，彙成乙夜之觀。校刻詳加，裝潢成帙。伏願皇上悦心亹亹，成性存存。王道易知以簡能，聖修德崇而業廣。臨豐履泰，常思謙巽以致中孚；解困涣屯，永濟升恒而登大有。則廣矣大矣，推行及乎億萬年；而鼓之舞之，利用暨乎千百國。臣不勝區區之願，僅具題恭進以聞。

〔一〕此篇自四部備要本《别集》輯入。

進呈類函表（二）

經筵講官文華殿大學士兼禮部尚書今致仕臣英、經筵講官刑部尚書臣士禛、經筵講官吏部左侍郎兼翰林院學士臣掞、内閣學士兼禮部侍郎臣榕端等謹題。遵旨纂修《類函》一書，今屬稿告竣，謹進呈者。伏以羣言淅瀝，争充棟而汗牛；萬象散殊，貴分條而晰縷。嫏嬛福地，張茂先所未全窺；津逮積書，酈道元所曾覩記。遠溯黄初之《皇覽》，久失流傳；近誇永樂之秘函，亦多缺略。石渠虎觀，俱詳古而略今；玉檢金泥，誰鏤雲而繪月。縱横萬里，上下千年，考索難周，校讎未核。伏遇皇帝陛下，睿思天縱，聖學日新。神功則緯武經文，景運則參天貳地。宵衣旰食，勤綜攬於萬幾；目覽手披，聚精神於四庫。理該内外，事備鴻纖。凡金匱石室之藏，靡不探源竟委；即古史稗官之列，亦皆按部就班。謂凡厥類書，向無善本，惟唐《類函》，略稱贍備。宜推其體例，漱潤增華。蓋《類函》所録，本於虞世南《北堂》之鈔、歐陽詢《藝文》之纂，《初學記》雖約而有則，白、孔《帖》終駁而未詳。捃摭止及初唐，紀載非關内府。而且各自爲編，不相統攝。揆諸體製，未盡陶鎔。臣等祗受成命，恭率翰詹諸臣，商榷凡例，臚列區分，益以他書，句櫛字比。諸凡日星河嶽，部次貴乎精詳；禮樂兵農，制度求其明備。以及禽魚草木，罔不搜羅；道德性情，更加闡發。約歸典則，踵孔門文學之科；參攷異同，究歷代圖書之府。雖抱殘守缺，未能力致五車；而落實取材，竊擬目探二酉。事求根據，非徒撦割爲工；詞取鮮新，不數飣餖爲富。故首以音義明辨，總載提綱，而典故次之，事對又次之。單詞隻句，有可採録，另爲一條，不敢散失。至於詩賦雜文，則辨體標目，删繁就簡，有節取之義焉。譬夫翦裁在手，集千腋而成裘；組織任心，緝五絲而爲采。庶幾方名象數，幼學者展卷神開；理翰文條，曠覽者含毫色喜。陳之几案，李商隱可無獺祭之勞；載入裝囊，虞秘書并省行厨之脚。然諸臣既非成於一手，臣等復荒謬而何知。字有傳訛，魯魚不少；書非目見，挂漏必多。置諸□几之旁，敢道筌簣六藝；雜在芸編之末，蓋言薈萃百家。正猶學府之糠粃，書倉之菅蒯。伏冀文光奎照，大度淵涵。矜載筆之陋儒，管窺蠡測；經重瞳之御覽，日麗雲昭。帝錫嘉名，便覺光騰萬卷；天開鴻製，更令價重三都。懸《呂覽》於國門，賞頒一字；刊《石經》於太學，歡溢九衢。集類苑之大成，爲藝林之極則。將見臨文浩瀚，無俟排沙以簡金；隸事紛綸，不啻銜珠而噴玉矣。謹謄寫稿本四百五十卷，目録四卷。奉表恭進以聞。

〔一〕此篇自四部備要本《别集》輯入。

進呈賦類表〔一〕

伏以書契之作，代不乏人。古詩之流，賦居其一。摛華掞藻，事已極於敷陳；旨遠辭文，義或取乎諷諭。入蘭臺而給札，才集羣英；游梁苑而揮毫，文多大雅。鏗鏘典則，善此者有升堂入室之名；瑰麗雄奇，觀之者起擲地淩雲之慕。揆厥所自，各有專家。本爲六藝之笙簧，終作五經之鼓吹。流傳既遠，篇帙滋多。自非總集爲一書，誰識淵源於百代。

伏遇皇帝陛下，道高允執，學懋緝熙。平天成地，經綸持五運之中；奮武揆文，道法冠百王而上。分宵旰憂勤之暇，披玉策而横經；本神靈濬哲之姿，展牙籤而汲古。高文典册，皆由御筆之立成；鴻藻琳琅，快覩宸章之親灑。固已牢籠班馬，役使鄒枚。乃猶丙夜滋勤，甲籤時啓。謂文章傳世，在各種具有全書；而剞劂流行，獨賦體從無善本。《文選》所載，止登晉宋以前；《英華》所收，未及宋元而後。他如《文粹》、《文鑑》所録，既從略而不詳；況《賦苑》、《賦藻》諸書，更挂一而漏萬。自非廣搜遺稿，彙集羣書，則庾信清新之作，不幾雜用補袍；揚雄篆刻之篇，無乃真同覆瓿。

臣祇承天語，加意蒐羅。或探選本之遺編，或購一家之專集。既珠聯而璧合，亦條晰而縷分。蓋賦之作也，始於博物大夫，盛於夸多詞客。蘭陵祭酒，肇裁禮智之編；澤畔騷人，爰有芷蘭之託。西京東雒，典麗稱雄；北部南朝，英華競縟。唐傳應制之體，而拘格律者爲多；宋徵靡麗之波，而目清真者爲上。元明而降，體勢各殊。然而人竭雕蟲，家矜繡虎；源流不一，卷帙孔繁。於是按部就班，比物連類。仰觀天象，籠風雲月露於毫端；俯察方輿，萃都邑山川於紙上。大之兵農禮樂，典制攸存；小之器用方名，纖悉具備。或文關治道，開卷而恍接唐虞；或理出儒宗，披文而如談性命。憶事懷人之製，清艷各殊；言情適志之章，憂樂互異。以至草木禽魚之細，伎藝仙釋之流，莫不竭學士之經營，殫詞人之藻繪。分之則有二十四類，比於天氣之推移；合之則有三千餘篇，多較古詩之原數。庶幾雲蒸霞蔚，選材者可無美之弗收；抑且體方用圓，取則者亦操柯之不遠。

然臣本以菲才，荷蒙重任。讀書未窮二酉，遺逸必多；繕寫不出一家，魯魚難辨。聊竭收羅之力，合成薈萃之書。傳之藝林，不過昆山片玉；進之册府，何異滄海一珠。伏冀鑒以淵澄，光同奎照。心源窮乎四庫，兼收薄技于縹緗；披覽懋乎三餘，不棄陋儒之擇掇。倘或陳之□几，即當價重璠璵；并望錫之嘉名，遂覺光騰奎璧。將見潘江陸海，與金匱石室而同編；宋艷班香，偕玉府珠林而俱永矣。

〔一〕此篇自四部備要本《别集》輯入。

請假葬親奏摺〔一〕

編脩臣查慎行謹奏：臣一介寒微，遭逢聖主，由舉人召赴内廷，賜進士出身，欽點翰林院庶吉士，特免教習，改授編脩。身叨一第，皆出皇上之生成；目識一丁，皆蒙皇上之教誨。四年侍直，三次隨鑾。方當俯竭駑駘，仰酬高厚，何敢遽陳私請，冒瀆宸聰。但臣有萬不獲已苦情，不得不叩籲于皇上之前者。臣兄弟少而孤露，早失瞻依。臣母見背已三十五年，臣父下世亦二十九年矣。向因身賤家貧，無力營葬。自康熙四十三年正月間，蒙恩賜銀二百兩，臣即寄回家中，與臣弟協力買得葬地一區，在所居龍山西麓，暫行浮厝。今臣慎行與胞弟嗣瑮、嗣庭三人，俱沐聖恩，七年之中，拔置侍從，而父母兩棺，尚在淺土。臣身係長子，每一念及，寢食爲之不寧。伏念我皇上以孝治天下，在京大小官員，例許回籍葬親。臣備員禁近，不便向衙門呈請。恭懇睿慈，俯准暫假半年，歸營葬事。祠墓一畢，仍當星馳供職。從此犬馬餘生，皆效力之日。舉家存殁，永戴皇仁於世世矣！謹奏。

〔一〕「摺」，原作「帖」，據四部備要本《文集》改。

敬業堂文集卷二

序跋

側翅集漫題〔一〕

歲庚辰，余從大中丞楊公客武陵，以春盡買棹，五月至沅州，復自沅赴銅仁。七月間，三下麻陽，一至浦市，再赴沅州。已而由平溪、清浪而入黔。及抵貴竹，則仲冬之望矣。計一年之中，息肩無過百日。然而役役之詩，亦往往不乏。昔人所謂「勞者歌其事」也。雪窗檢點，得一百八十餘篇，竊取少陵贈高常侍詩義，命之曰「側翅集」。

庚申除夕石稜居士查嗣瑮識於貴陽署中。

〔一〕此篇自上海圖書館藏稿本《側翅集》輯入。

騰笑集序〔一〕

竹垞先生以名高入史館，刻其詩文數十萬言，既爲藝苑職志矣。今年丙寅，復輯其己未以來詩若文凡若干卷。集成見示，且屬爲之序。嗣璉於先生中表兄弟，然名位文章相去絶遠，何足以知先生？雖然，亦嘗從事於文，欲有所就正於先生久矣。

竊謂唐之文奇，宋之文雅；唐文之句短，宋文之句長；唐以詭卓頓挫爲工，宋以文從字順爲至。昌黎之文，《進學解》自言之矣，《答李翺書》則爲人言之矣，李漢、李翰諸人又言之矣，總蘄不蹈襲前人一語。廬陵推論六藝之華，則曰：「自能以功業光昭於時，故不一於立言而垂不腐。」而今乃沿襲模擬，以空疏不學之材，强爲無本之枝蔓，不幾爲古人所笑乎！

先生於書無所不窺，搜羅遺佚，爬梳考辨，深得古人之意。而後發而爲文，粹然一澤於大雅，固非今之稱文者所敢望矣。其稱詩最早，格亦稍稍變，然終以有唐爲宗，語不雅馴者勿道。正始之音不與人以代興之業，此慎行所竊窺於先生，嘗欲廣諸同好，而因舉私見以質之先生者也。故辱先生之命，輒書此以進之。

海寧查嗣璉。

〔一〕此篇自上海古籍出版社《清人別集叢刊》影國家圖書館藏清康熙本《騰笑集》輯入。又,《曝書亭集》亦收此文,題作「原序」,文中「嗣璉」作「愼行」。

橘社倡和集序〔一〕

余生三十,足不越鄉里。己未夏,始出而索遊。由漢、沔南浮洞庭,凡五溪、三湘、七澤之勝,靡不到。壬戌秋,溯江東下,已而復從錢唐汎婺、歙諸溪而上,過彭蠡,弭楫乎章江。其冬,欲入廬山度歲,不果。明年,涉江淮,渡水而北。水浮陸走,其往返者,又數四。通計十餘年來,行蹤所歷,不下三萬里。而太湖去吾鄉二百里而近,獨無由至,私竊以爲憾。

庚午春,大司寇徐公請假出都,將開書局於太湖之東山,邀余同歸,遂欣然樂而許之。以重陽後二日,買舟渡湖,行出胥口,有一帆導我而前者,及抵岸,則張子漢瞻也。張子語余:「昔皮、陸倡和,多在龍威、林屋間,而東山未嘗寓目。范石湖、文衡山、徐昌穀諸公,間嘗一至,而題詠無多。兹山雲物,其尚有待耶?」兩人因約爲詩課,迭相唱答。空樓夜靜,往往燒燭見跋,哦聲出林樾間,棲禽磔磔飛去,如是者半月。方將搜剔巖穴,上下林藪,盡發此中之奇。然後放舟至石公山,登縹緲峰,尋昔人杖履故蹟,相與放意肆志焉。豈知蕭聊坎壈之人，即山巔水涘、友朋吟眺之樂，造物者亦未盡假之緣乎？漢瞻忽以事先歸，余自是亦倦遊矣。臨別次第，編輯得詩如干首，其曰「橘社集」者，因寓園而名也。

〔一〕此篇自四部備要本《別集》輯入。

結廬詩鈔序〔一〕

往余客燕，與姜西溟、朱竹垞、魏禹平、湯西厓諸君情好最密，遇宴會餞贈，必迭相唱和，竹垞先生《騰笑集》中第八卷皆吾數人聯句詩也。已而，吾弟德尹至，有「九九消寒」之集，其第五集則汪舟次太守爲鏤板於洛中，一時折柬造門者，非文字之飲，謝不與會，頗爲好事者所傳。無何，酒人星散，余兄弟亦倦游而歸，杜門戢影，筆墨荒廢。冬來偶作落葉詩數章，兩人自相勞苦，有自會城來者，云趙子漁玉、范子用賓，方與同學爲歲寒雅集，余神往久之。歲杪，以事至杭，時大雪連日夜，吳山萬木僵立，北風怒號，坐見山樓中，飲酒以禦寒色。俄聞剥啄聲，則漁玉、用賓各攜其《歲寒集》詩見示，分題校韻，句斟字酌，爭勝毫釐，其首章亦落葉詩也。竊怪兩君感物發端，有與余不謀而合者，顧余生涯坎壈，卻曲於傾輈駭駟之塗，蕭條寂寞，托附悲吟，分固應爾。漁玉、用賓挾馳騁古今之才，高步名場，並擅龍頭之目，而乃宮商抗墜，一唱三歎，亦若有不平之鳴焉。傳所謂物情多觸，當其搖落，人有爲之流連者也。余不揣謬，附知音之末，既采其首章入落葉唱和卷，復綴以數言，歎同調之無多，離索之感交集於懷矣。

海昌弟查慎行纂。

〔一〕此篇自中國科學院圖書館藏康熙刻本范允鏋《結廬詩鈔》輯入。

蘇詩補注例略〔一〕

余於蘇詩，性有篤好。向不滿於王氏注，爲之駁正瑕璺，零丁件繫，收弆篋中，積久漸成卷帙。後讀《渭南集》，乃知有施注蘇詩。舊本苦不易購，庚辰春與商丘宋山言並客輦下，忽出新刻本見貽，檢閲終卷，於鄙懷頗有未愜者。因復補輯舊聞，自忘蕪陋，將出以問世。昔王原叔注杜詩，既行世矣，王寧祖則有改正；王内翰注杜集，薛夢符又有補注本，黄長睿有較定本，蔡興宗有正異本，杜田有補遺正謬本。古人於箋疏之學，各抒所得，不肯雷同勦説如此，非欲衒己長而攻人之短也。慎不敏，竊取此義。

公詩自仁宗嘉祐己亥始見集中，所謂《南行集》也。《牛口見月》詩亦是年作，注家顧繫諸嘉祐元年。按嘉祐元年爲丙申，而詩中有「忽憶丙申年」之句，其背戾可知。從來編年者，或起辛丑，或起壬寅，《南行集》迺己亥庚子詩，反置續集中，殊失位置。考《宋史·

藝文志》，有《南征集》一卷，「征」字乃「行」字之訛，當時此卷本自單行。今自《郭綸》及《初發嘉州》以下，編次一準《欒城集》，例雖獨變，序固不紊也。

蘇詩宜編年固矣，惟是先生升沉中外，時地屢易，篇什繁多，必若部居州次，一一不爽，自非朝夕從游，疇能定之。施元之、顧景繁生南渡時，去先生之世未遠，排纂尚有舛錯。如《客位假寐》一首，鳳翔所作，而入倅杭時；《次韻曹九章》一首，黄州所作，而入守湖州時。姑舉一段，以見編年之難。凡慎所辨正，必先求之本詩，及手書真蹟，又參以同時諸公文集，洎宋元名家詩話題跋，年經詩緯，用以審定前後。余家少藏書，每從竹垞朱先生及馬衎齋、素村兄弟借閲，援據考證，實賴佽助焉。

兹集舊有八注、十注，同時稍後者有唐子西、趙夔等注。乾道末，御製序刊行。紹興中有吴興沈氏注見《吴興備志·經籍類》中、漳州黄學臯補注見王懋宣《閩大記·藝文類》中，今皆不傳。傳者惟王氏、施氏兩家耳。施氏本又多殘脱，近從吴中借抄一本，每首視新刻或多一二行，乃知新刻復經增删，大都掇拾王氏舊説，失施氏面目矣。今於施注原本所有而新刻所删者，輒補録以存其舊，漫不可辨者則缺之。譬諸斷碣殘碑，自成片段，何取天吴紫鳳，顛倒裋褐哉！

南宋時人，有箋注先生詩句，號《東坡錦繡段》，隨句撰事牽合，殊無根蔕，此與魯訔、黄鶴之注杜，李歆之撰《詩史》同科，固有識所姍笑。若乃當代文獻，信而足徵，寧容闕略？趙叔平、張退傅、張天覺、李誠之、徐德占、劉仲馮、劉壯輿諸公，《宋史》各有傳，非泯泯無聞者。仁宗朝之制科，范景仁之新樂，王介甫之新法，种誼之禽鬼章，邢恕之搆宣仁，王韶之啓邊釁，何以一無援證？元祐初年議回河，七年議郊祀，周思道等先後論榷蜀茶，詮釋亦復影響模糊，皆疏漏之大者，餘無論矣。

疏漏之病，前條略舉之，更有繁蕪之病，有詩意本瞭然多添注脚者，有所用非此事强爲牽率者，有一事經再用、三用稠疊蔓引者。洪容齋曰："讀是書者，要非蒙童小兒，何煩屢注哉？"凡此冗沓，王注固多，施氏亦所不免，芟之不勝芟也。且二書流傳已遠，聽其單行於天地間，知此解者，毋謂離之則雙美也。

此外更有改竄經史，妄托志傳，以傅會詩辭者。《禮記》："敝帷不棄，爲埋馬也；敝蓋不棄，爲埋狗也。"施氏注删去中間二語，作何解乎？唐明皇兄弟六人，其一早卒，寧、薛，兄也，岐、申，弟也，當時稱明皇爲三郎。王氏謂岐、薛、申、寧皆明皇諸弟，何所據乎？《北史》："周樂運，字承業，録夏殷以來諫諍事，名《諫苑》。"先生《和朱公掞初夏》第五句正使此事，而施注、王注皆云："《南史》：李承業集古今奏議，作《諫苑》。"《南史》曾有其人乎？范石湖《吴郡志》："王誨字規父，熙寧六年知蘇州。王覿字明叟，元祐中亦知蘇州。"

明明兩人也。施注謂「覿字規父」，可乎？王明清《揮麈録》：「趙令鑠字伯堅，宗室世雄子也。」趙令時初字景貺，東坡爲改字德麟，《集》中有《字説》可考，施注謂「伯堅，一字景貺」，可乎？「詩家秀句傳」，少陵《哭李尚書》五言句也，施注因先生有「秀句出寒餓」之語，遂增二字爲七言。杜集中曾有此句法乎？盧鴻一《草堂圖》有十志，詳載《唐詩紀》及周密《雲烟過眼録》，而以「十志」爲「千老」，作何解乎？《出峽詩》云「亦到龍馬溪，茅屋沽村釀」，按樂史《太平寰宇記》，夔州有龍洞溪，即善釀酒之村也。地名，雖一字小異，與詩意正合，而施氏補注謂「馬鳴溪，俗稱龍馬溪」，《寰宇記》之文可僞造乎？訛在原注，則應駁正；訛在補注，咎將誰諉乎？

郡縣山川之名，最易傳譌。虔州號虎頭城，見《宋中興小歷》，而以爲常州；醴泉，眉州山名，而以爲西安之醴泉縣；姥嶺在杭州龍山，而以爲天姥山；太白在長安，而引《洞天記》；龍潭在壽州，而引《延平志》；玉門關在瓜州，而云沙州。其他寺觀樓閣，妄指圖經，附會不一。兹從《十道志》、《元和郡縣圖志》、《太平寰宇記》、《輿地廣記》、《九域志》、《方輿勝覽》，下逮曹學佺《名勝志》、《古今沿革考索》爲詳。至於宋朝官制，亦不敢略。則本之曾子固《隆平集》、孫彦同《職官分紀》二書，用補他家所未及，雖未必毫髮無憾，固已十得八九矣。

王注之繆，吴中新刻本《正譌》一卷，抉摘過半矣。但持議有過苛者。如「素木」之爲「素米」，「鹽惡」之爲「鹽惡」，「盧山」之爲「廬山」，「褭楷」之爲「裴楷」，「范縝」之爲「范績」，「狄詠」之爲「秋詠」，率因字畫相近，傳寫翻刻，致成魯魚帝虎。訛由工匠，非關注家也。又，所糾第八卷，王淪當作倫。按《晉書·列女傳》，王渾中弟名淪，惟《世説》注則云渾弟倫。然則淪字固譌，倫字恐亦譌也。三十七卷，「望祖猶蟻蜂」，注云「當作望祀」。葛立方《韻語陽秋》辨之詳矣。應仍作「望祖」，輕爲改易，於義似有未安。

本集詩與他集互見者，凡九十餘篇，皆施氏原本所無也。新刻本收入《續補》上下卷，王氏本散見於分類中，贋作極多。潁濱及蘇門六君子作，率皆混雜，至有割截他集半首誤爲全篇者。如《答晁以道索書》，則陳後山五律前半首也；《寄歐叔弼》七言絶句，則子由《贈劉道士》七律後半首也。唐人詩甚且有闌入者，若概行削去，時俗恐以爲疑，故另爲二卷，每首後附注「此詩亦見某集」，令覽者有考焉。至施注新刻内有本集重出者，如《歸自道場何山遇大風憩耘老溪亭命官奴秉燭寫風竹題詩》云云，即《游道場何山》五古全首中之四句也；《睡起》一首，即《佛日山榮長老方丈》五首之一也；《贈虔州慈雲鑒老》一首，已載第四十卷中，復載《續補遺》下卷；《復官北歸再次前韻》二首，郭功父作也，既附三十九卷注中，《補遺》下卷何以再見？此類徑從删例。又如《次韻子由聞予善射》七律一首，

《扶風天和寺》五律一首，《答南華長老》一偈，舊本所有，而新刻失載，亟當補録。要歸於別真贋、去重複、無脱漏而已，若云糾繆，則吾豈敢？

《和陶詩》一百三十六首，子由有序，自成二卷，細考之，惟《飲酒》二十章和於揚州官舍，餘悉紹聖甲戌後自惠遷儋七年中作也。歲月大略可稽，分之各卷，以符編年之例。其間亦有未能確指年月者，則慎以意推之，要難遷就他所也。

文字之禍，於公爲烈，始而牽連詩帳，終則禁及藏書，散軼固多，收藏不乏。今從編簡中留心搜輯，共得逸詩一百二十餘首。又唐人所謂口號，皆近體詩也，張燕公有《十五夜御前口號》，少陵《紫宸殿退朝口號》、《西閣口號》之類是也。宋人帖子詞及致語口號，猶仍其舊。施氏原注有帖子詞一卷，目録尚存，新刻妄爲删削，今一併采入，與逸詩釐爲三卷。

劉辰翁之評杜集也，同時倡和如嚴武、高適、韋迢、元結詩，例皆附録，《和賈至早朝》詩，錢塘舊本兼收王維、岑參作，錢虞山《箋注》仍而不删也。今視此例，凡與東坡贈答者，若文潞國、張宣徽、文湖州、梅都官、歐陽公、范純父、王半山、鄭介夫以及子由、子容、山谷、少游、補之、文潛、後山、端叔、功父、述古、仲車、三孔兄弟，方外則辨才、參寥，幸而人有專集，悉采其詩，附本篇末；或有集而不傳，傳而不遠，如劉景文、錢穆父、孫莘老、李公擇、陳舜俞、王仲至、胡完夫、蔣穎叔、王定國、魯元翰、王晉卿、趙景貺、柳子玉、周開祖諸公贈答之什，偶得一二，闕略不少。其附録諸詩，不加注釋者，蓋方專精於此，未遑旁及云。

補注之役，權輿於癸丑，迨己未、庚申後，往還黔、楚，每以一編自隨。己卯冬，渡淮北上，冰觸舟裂，從泥沙中檢得殘本，淹浥破爛，重加綴葺。辛巳夏，自都南還，夜泊吴門，遇盗探囊，胠篋之餘，此書獨無恙也。自念頭童齒豁，半生著述，不登作者之堂，庶幾托公詩以傳後，因閉門戢影，畢力於斯，追維始事，迄今蓋三十年矣。雖蠡測管窺，何足仰佐萬一，顧視世之開局於五月，蕆事於臘月，半年勒限，草促成書，淺深得失，必有能辨之者。

康熙壬午仲春，初白庵主人查慎行識。

〔一〕此篇自查開乾隆辛巳刻香雨齋藏板《蘇詩補注》輯入。

永思集序

《周禮》太祝掌作六辭，以通上下親疏遠近。六曰誄。誄之有辭，載於《春秋傳》。其在《曲禮》，曰：「里有殯，不巷歌。望柩不歌。」三代以前有誄辭，無輓歌也。顧誄辭非可泛加，賤不誄貴，少不誄長，曾子言之矣。輓歌則起於漢初，《薤露》、《蒿里》之曲，相傳田横門人所作。後李延年分而爲二，以《薤露》送王公，以《蒿里》送士夫。干寶所謂「葬家之樂，執紼相和之聲」是已。魏晉以降，如袁山松、陶元亮輩，或自作輓歌，習俗相沿；或交游婣戚，各哭其私；或子若孫，乞諸同時作者，用爲不朽之託。而哀挽篇章，遂與墓壙志銘並舉不廢。抑所以慰孝子仁人不忍死其親之意。事雖不古，君子特有取焉。

嘉禾鄒學博駕枚以其尊人八十二翁迪功君行述，屬予填諱。既又徧徵同郡詩人挽章，題曰《永思集》，將付梓，介祝孝廉景和復來問序。《詩》不云乎：「永言孝思。」《書》不云乎：「慎厥身脩，思永。」元儒胡雲峰亦云：「孝貴永思，永則不匱。」鄒子既不忘其親，則所以顯親揚名，而永其傳者，即是推之有餘矣。何必廢《蓼莪》之什，然後爲孝乎！

南書房史官海寧查慎行篹〔一〕。

〔一〕「南書房史官海寧查慎行篹」十一字，四部備要本《文集》闕。

王勇濤懷古吟序〔一〕

今古詩人多矣！乃代不數家者，夫豈排比鋪陳格律音調已哉？當其始，必別有一團英爽精奇不可磨滅者，得於天，成於學，而藏於胸久矣，觸事成詩，蓋其餘也。善讀者，窺之隱隱隆隆，磅礴蘊結，究歸自然，乃知可與天地古今相終始。作者難，讀者豈易哉？漢魏唐宋以迄今，一也。

王勇濤先生與余同方同學，僑居東山草堂。是時，如外舅辛齋、族父伊璜諸前輩，一時徵逐，唱和切劘，先生無不在焉。予兄弟亦時至其室，詩酒清狂，固甚樂也。窺其氣概，罔不以千古自豪。洎予游歷諸方，先生亦歸武原故居，間歲返里，過令姪桐村，猶幸與先生相往復，且唱酬也。其《懷古吟》成於四十歲前，諸前輩悉韙之。夫有思於古，必不得於今，不得於今，遂以通乎古。古哉，古哉！直超數代中矣！其他詩格，凡數變，亦數千餘焉。先生豪於懷古，其昆季或長於詠史，或精於注疏。視予載筆承明，時入時出，其勞逸何如哉？故鄉，予樂也，予將服予初服矣！

〔一〕此篇乃吴騫自《王勇濤懷古吟》中輯入，徐洪鼇置入集後。又，四部備要本《文集》亦收此篇。

人海記自序〔一〕

蘇子瞻詩云：「惟有王城最堪隱，萬人如海一身藏。」與東方曼倩「陸沉金馬」之意略同。余自甲子夏北游太學，又九年，舉京兆秋試，又十年，唱第南宫。其後供奉内庭者七年，從事書局者三年。迨癸巳夏移疾乞歸，年六十有四矣。通計三十年來，客居京師歲月過半。其間耳目聞見，隨手綴録，零丁件系，不下數百條，雪窗檢點，裒集成卷，命曰《人海記》。

〔一〕此篇自咸豐三年小嫏嬛山館刻本《人海記》輯入。

止齋姪鴛湖詩序

《詩》三百篇，《小雅》之材七十二，《大雅》之材三十一。菁莪棫樸，辟廱鼓鐘，胥關風化之大者。是以魯作泮宮，采芹致頌；鄭廢學校，城闕貽譏。蓋《詩》之道，其感人深，其移風易，故先王著爲教焉。當其時，卿大夫之退老於家者，及其鄉之賢者，咸得抗顏爲師，黨庠術序，春誦夏絃，不啻父兄坐於上，子弟承于下也。故教行自近，而風化以成。後世筮仕者，自一命以上，率去其鄉，惟學官猶爲近古，則由其道以善其俗，固莫先於詩教矣。

吾宗止齋，蚤年有聲場屋，既不得志，益肆力於詩。晚司訓于禾郡之秀水，秀水距吾鄉百里，而止齋與其弟聲山三十年前文酒徵逐之地也。今之執經請業，于于而來，及門者，非疇昔交遊，則其子弟，止齋儼然師資自處，復以風雅倡率之。兩湖之間，瓣香初地，詩社之流風未泯也。吾知秀之士，耳濡目染，此唱彼和，于以繕性，于以陶情，有在泮之好音，無子衿之佻達。采風者將舉一邑式天下焉，然後爲詩教之成。而吾於止齋所爲樂觀其成者也。兹集之刻，夫豈徒哉？刻既竣，輒道此意以爲序。

症因脈治序〔一〕

秦子皇士者，上海人也。少時慨然有利濟天下之志，遂研精醫學，而於古今方書無不通徹，要以黄帝神農造命宗旨爲指歸。其臨症必力窮其症之本末，與夫輕重緩急，推之至微。嘗曰：「我非欲精於醫也，惟期内省不疚而已。」斯真仁人君子之用心者，於是聲稱籍甚。海昌去海邑，相距不啻四百里，而名聲習聞，如比屋然。非實大者而能如是耶？

余向也奔走四方，深以不得面承請教爲悵。自壬午冬，膺特簡日侍内廷，蓋益絶遠當世之士云。然秦子者，實益大，聲益洪，四方賢士大夫聞風遠迎者日益衆。乙酉春，赴嘉禾之請，接臨敝邑，起沉屙者不計算，名益貫盈於耳。因念古者學成名立，必手定一書，以公於世。今以秦子之學如是，之名如是，使無所傳以公於世，古之利濟天下者不如是。至季冬單升陳子來入春闈，會家人持方書數卷，名曰《症因脈治》，約五六百帙，進閲之，乃秦子皇士之所著也。分門别類，無不本末兼舉，輕重緩急之得宜，直令讀者據其書，自無不至於神而臻於化，人人皆可造命者。既而宇瞻及仲季諸公，捐金鐫刻，以公世用。固請序于余，以弁其簡端。余不禁躍然大喜，以爲秦子於利濟天下之志，庶幾能垂無窮矣。施諸君光被天下後世之功，且與余公於世之意有合也，遂書而爲之序。

康熙乙酉除夕，賜進士出身現任翰林院編修海昌修通家弟查慎行書。

〔一〕此篇自王芳新《查慎行詩歌批評研究》輯入，按，王著轉録自康熙四十五年本《病因脈治》，而「症」作「病」。

瓦缶集序〔一〕

世之稱詩者，以誇多鬬靡爲歌行，以駢青妃紫爲格律，問其性情，消歸無有也。篇什雖富，雕琢雖工，其去詩道也愈遠。夫詩之爲道，取真不取泛，尚雅不尚華，恃源則流長，理足則詞簡，如斯而已。李子秦川，吾里之能詩者也。所著《瓦缶集》，古體多而近體少，五言十居七八，七言無過二三焉。春容古澹，神韻悠揚，是真有得於中而發者。讀其詩，不待識其人，而可以性情遇之。然必具性情者方可與讀秦川之詩，則世之知秦川者蓋亦僅矣。余老不曉事，風塵鹿鹿，吟詠一道，且日就荒蕪，秦川顧引爲同調。偶然援筆，觸發狂言，幸毋示不知我者。切告切告。初白庵查慎行。

〔一〕此文自《清代詩文集彙編》第二六九册影康熙四十九年《瓦缶集》輯入，查序後有陳鵬年康熙丁亥（四十六年）序，則此篇當作於康熙四十六年與四十九年之間。按，此文王芳新《查慎行詩歌批評研究》第四十七頁亦載。

曝書亭集序

康熙戊午，朝議脩《明史》，天子慎選局僚，命在廷各舉所知。明年己未，特開自詔之科，親試體仁閣下，擢高等五十人。於是秀水竹垞朱先生由布衣除翰林檢討，充史館纂脩官。其後十餘年間，同時被用者多改官去，或列顯要，躋卿貳，而先生進退迴翔，仍以檢討終老。論者以爲當史局初開時，得先生者數輩專其任而責其成，則有明一代之史必可成，成亦必有可觀。若以未盡其用，爲先生惜者。余獨謂立言垂世，先生自有其不朽者在，史局不與焉。

先生天資明睿，器識爽朗，於書無所不窺，於義無所不析。蓋嘗錯綜人物而比量之，博物如張茂先，多識如虞秘監，淹通經術如陸德明、顏師古，孰精史乘如劉知幾、劉邃父兄弟，貫穿今古，明體而達用如馬鄱陽、鄭夾漈、王浚儀，而乃濟之以班、馬之才〔一〕，運之以歐、曾之法，故其爲文，取材富而用物宏，論議醇而考證確。嘗謂孔門弟子申黨、薛邦，後人不當以疑似妄爲廢斥；謂曲阜縣令宜用周公後東野氏爲之；謂鄭康成功存箋疏，不當因程敏政一言遽罷從祀；謂王陽明事功人品，炳烈千古，不得指爲異學，輒肆詆娸。凡此，皆有關名教之大者。世徒知先生文章之工，不知其根柢六經，折衷羣輔，雖極縱横變化，而粹然一出于正如此。其稱詩以少陵爲宗，上追漢魏，而泛濫於昌黎、樊川，句酌字斟，務歸典雅，不屑隨俗波靡，落宋人淺易蹊徑。故其長篇短什，無體不備，且無爀不臻。他若商周古器、漢唐金石碑版之文，以及二篆八分，莫不搜其散軼，溯其源流，往往資以補史傳之缺略，而正其紕繆。下至樂府篇章，跌宕清新，一掃《花間》、《艸堂》之舊，填詞家至與玉田、白石並稱，先生亦自以無媿也。平生纂著，曾兩付剞劂，未仕以前曰《竹垞詩類》、《文類》，序之者，多一時名公巨卿、高材績學之彥；通籍後曰《騰笑集》，先生自爲序，并屬余附綴數言者也。晚歸梅會里，合前後所作，手自删定，總八十卷，更名《曝書亭集》。刻始於己丑秋，曹通政荔軒實捐資倡助。工未竣而先生與曹相繼下世。賢孫稼翁偏走南北，乞諸親故，續成兹刻，斷手於甲午六月，於是八十卷裒然成全書矣。

余里居無事，既分任校勘，稼翁復來乞序。余不才，何足以序先生之文？顧念中年從事問學，質疑請益，受教最深，又幸托中表，稱兄弟，自謂生平出處之跡，以及入朝歸老之歲月，與先生有仿佛相似者。噫！自己未迄今三十六年，向之爲先生序集者，惟余在耳。則推原作者之意，以塞賢孫之請，固後死之責也，其又敢辭？

先生有才子，名昆田，字西畯，先十年卒。有詩十卷。稼翁遵大父治命，附刻于後。昔黄氏《伐檀集》，朱氏《韋齋集》，兩翁之傳，皆因賢子。今西畯則附名父以傳，比于蘇家之有叔黨。覽斯編者，如讀文忠集，而兼得斜川詩，非快事歟？

康熙五十有三年，歲在閼逢敦牂且月辛未下澣，海寧查慎行序〔二〕。

〔一〕「乃」，四部備要本《文集》作「又」。

〔二〕「康熙五十有三年歲在閼逢敦牂且月辛未下澣海寧查慎行序」二十五字，四部備要本《文集》闕。

秋影樓詩集序

《秋影樓詩集》者，余房師東山汪公所作也。癸酉秋，公舉京兆，與余同出德清徐先生、廬陵彭先生之門。後三年丁丑，公成進士；又三年庚辰，以第一人及第。而余坎壈失職，連不得志于有司。惟公於聚散之際，執手欷歔，所以勞苦而慰勉之者，甚真且摯。

迨壬午冬，余被召入内廷，癸未三月，倖舉南宮，實出公分校禮闈本房所薦。既釋褐，登堂脩敬，公迎笑曰：「吾兩人平時契分何等，今乃以此禮見邪？」余拜，公答拜，終不肯以師道自處，仍以執友待之。

甫一月，而余扈從赴口外，公亦於是年八月奉太安人南歸。明年車駕渡江，特命公居家食俸，校刻《全唐詩》。丙戌七月，書局未竣，而公訃忽至。余時適請假葬親，急裝遄返，取道虞山，哭公於寢，遺孤尚在乳抱，太安人出編見屬，余受而藏之。會還朝期迫，忽忽未暇付梓。

及癸巳秋，長假還鄉，乃檢諸篋笥，亟命楷書生繕寫，倣宋本開雕，距公下世已八年矣。追維癸酉以後，託同譜者十年，在門牆者四年，其間執弟子禮，從容邸舍，親承色笑者，無過一月中之三數日耳。此余於校閲之下，不禁撫卷心傷，淚流承睫者也。

刻既成，敬識始末，以板歸諸公子，俾藏於家。集凡九卷，每卷篇什多寡不同，皆公所手定，庸仍其舊，使公子知先人手澤存焉耳。若夫公詩之體格，位置當在大曆以後、長慶以前諸名家間。慎行，門下士也，何敢輕爲倫儗，則以俟天下後世讀其詩而論定之者。

海昌門生查慎行謹序〔一〕。

〔一〕「海昌門生查慎行謹序」九字，四部備要本《文集》闕。

形家五要二編序

《史記》有堪輿家，本日者之流也。許叔重注《淮南子》云：「堪，天道也。輿，地道也。」《漢書·藝文志》有《堪輿金匱》，相傳爲葬書之始。顧形家多祖管、郭云。攷之史，軺本傳不及營兆域事，惟過毌丘儉墓數言耳。璞所受青囊中書，已爲火焚，《傳》所載者，惟爲母卜葬一事。迨五代迄唐，其術乃盛行，《葬經》及《狐首》、《地理》諸經出焉。自是以來，葬師輩出，其書日益多，八式、八分、青烏、白鶴、金鋮、玉尺、碎山、踏地種種名目，難以枚舉。大抵人執一說，各名一家，吉凶禍福，彼此互異。非惟互異，抑且相反。爲人子孫者，將何所取衷以解惑哉？

余初不解此，因亦不甚信，向爲先父母營葬西阡，粗就大局而已。比緣老病退休，長子夭亡，或者歸咎於新壟，然終不爲所惑也。一日方讀《易》，族叔在宸以武原萬君雲從《形家五要》來索序。萬氏自仙師以後，子孫得其傳者數世矣。初爲正編，繼爲補編。其說一以理氣爲主。

余于是躍然起，曰：「《大傳》所謂『俯察地理』，非言理乎？所謂『山澤通氣』，非言氣乎？地有地之理，山澤之氣，何莫非地之氣乎？氣以顯理，而理寓乎氣。離而二之，不得也。萬氏以儒者之學，行形家之術，竊竊乎惟恐人之昧於理氣，以自欺而欺人。推是心也，仁人孝子，不忍薄於所親，必有道矣。」余雖不習形家之言，喜其於《易》道有合也，於是乎書。

葛友峰文集序

葛君友峰以所著古文四集，屬余爲序。每一執筆，蠹焉心傷，欲作而輒止者，屢矣。蓋友峰爲余叔母葛太君之愛弟，余叔父眉石公早世，叔母苦節，依母家以居，君之事寡姊如母也。余兄叔寶爲遺腹子，自乳抱及成人，依託舅氏，君之視孤甥猶子也。叔寶兄既娶且生子矣，復不幸父子相繼以殁。先君命余季弟信菴爲叔父母後，君之待吾弟，無異于所自出也。蓋兩家存亡似續之際，宿昔之分誼如此。

自余年十五六時，往來叔母家，未嘗不與君相見，見則數晨夕奉教言，如是者十餘年。其後，余奔走四方，間一還家，則叔母已下世，城中一椽，余弟弗能有，仍返先人之敝廬。君亦厭邑居之囂雜，抱其著述，遠蹟僧寮。去秋，余長假歸里，邂逅君于紫微山下，則幅巾野服，飄然爲世外道人裝矣。會大宗伯許公引年予告，卜居兩山之間。君既研席老友，余以門下士時時過從，得與君握手道故，慰勞如平生。吾兩人晚節之周旋，又如此。

然則余雖不忍序君之文，而誼固有不可終辭者，因縷述今昔，著於篇，以塞其請。亦使讀兹集者，知天下有至性，然後有至文。若友峰之篤于内行，而不薄所親，澹於取名，而倏然榮辱得喪之外，任舉一端，皆可矜式，固不待文而始傳也，况其文之足以信今而行遠者乎！

自吟亭詩藁序

癸巳夏，余請假將出都，同年十數人餞飲於陳甥秉之寓舍。酒半，山陽阮君越軒起，執余手曰：「先君子平生喜作詩，未嘗出以問世，存者不肖手輯，向欲乞序於君，以垂不朽，今君行有日矣，敢以請。」明日詣吾門，以《自吟亭藁》上下二卷見示。余受而讀之，合諸古作者之意，可傳者蓋十五六焉。

夫自漢魏以降，稱詩家不知凡幾，其裒然成集者，皆自謂可傳者也。顧或傳焉，或否焉。幸而傳矣，又不能久且遠，何哉？傳家易，而問世難；問世易，而傳世難也。夫子孫之於父祖，苟無墜其業，則必思永其傳，以爲吾先人手澤存焉耳。乃其足不踰户庭，名不出鄉曲，雖窮年矻矻，著書滿家，而世不及知。且世又多貴遠而忽近者，自王、楊、盧、駱、李、杜、韓、孟諸公，輕薄謗傷，同時且不免，故曰「問世難」。其或喜交游，騖聲譽，上之官資、氣力，足以奔走一世，遂羣然推目曰：「此著作手也。」次則借資於當路，流傳唱和，互相標榜，亦可要名於一時。迨没身而後，交游盡而聲譽銷，向所撰述，如螢光爝火，隱見叢殘。蠹蝕之餘，幾何其不湮滅也？故曰「傳世難」。今先生之詩可以傳矣，顧不汲汲自求其傳，而待後人以傳。後之人不以爲一家之私言，而出而問諸世，而世果以爲可傳，則其傳之必遠且久，無疑也！

蓋先生初亦有志用世，嘗兩至京師。既而歷兖、豫、吴、越之郊，所與往還贈答者，非前朝佚老，則當代賢豪鉅公也，顧不假其游揚汲引之力，爾乃歸憩林廬，孤吟獨詣。其志潔，故其神清；其品高，故其辭簡。誦先生之詩，而論其世，蓋詩又以人傳也。天下後世倘有以余爲知言者，庶無負越軒請序之意乎。

六峰閣詩序〔一〕

唐以來稱詩家，無過少陵杜氏。其自言曰：「詩是吾家事，人傳世上名。」蓋少陵家法，實本乃祖膳部公。然其父奉天公閑初不以詩名，其子宗文、宗武、孫嗣業，亦未聞有詩傳後也。將毋風雅一道，自具性情，雖父子祖孫，不能私授歟？抑或人各有集，而傳之不永歟？未可知也。

秀水朱子稼翁，爲竹垞檢討之孫，西畯文學之子。自其少時，禀承庭誥，研味篇章。凡祖父之客來登潛采堂者，類皆當代名流，稼翁周旋函丈，言論風規，漸濡有素。故其爲詩，磊砢多英，寓懷藴藉，宫商亢墜，句酌而字斟。有肆好之風，無雕繢之習，信能克繼家聲者矣！

曩挾其著述，薄遊京師，受知於相國太倉公，薦入春秋經局。比暫假歸，大暑中過余邨居，出新刻《六峰閣詩藁》，屬爲弁語。昔危太樸序廣信桂氏三世文集，以爲儒林盛事，何幸於朱氏復見之。余既爲檢討公校序《曝書亭全集》，兼及西畯《笛漁稾》，今狗稼翁之意，復援筆書此。稼翁年方壯，學當日富，充其所至，何敢限之於詩。或者留未盡之年，獲觀其所成就，豈非餘生幸事與！

〔一〕此篇四部備要本《文集》題作「六峰閣詩集序」。

黄岡王氏族譜序

同年王君晉侯謁選至京師，得四川奉節令，行有日矣。出《家譜》，請余序。

按，王之先系出太原，宋南渡後，有官於江西饒州者，因家焉。明洪武初，貞一公自饒移黄，是爲黄岡始遷祖。四傳而析爲三支，曰志聰、志友、志恭。志友之子，爲武略公，正統土木之變，扈駕北狩，歸而口不言功。生三子，長琦，次璘，次琥。璘，中成化丁未進士，歷官廣西參政，鳴父勳于朝，加卹廕，兄琦得襲廕錦衣千户，世居京師。而琥與伯叔之子仍居黄岡之栗山。本朝以來，科名蔚起。風采，己未進士；漢周，癸未進士；全方，丙戌進士。漢周，即晉侯也。

王氏既爲楚望，慮先澤漸遠，子姓漸繁，思所以徵前而信後，其爲譜，不遠追華胄，斷自貞一公以下，詳系世次，附以家傳，凡若干卷。余覽而嘉焉，爲推本言之曰：古者，諸侯世其國，鄉大夫世其家，生有族，没有廟，羣昭羣穆，百世而不失其倫，故譜可不作。後世宗法壞，而譜牒始興。晉太元中，賈弼廣集氏族，撰十八州百十六郡合七十二卷。南齊賈氏增至七百十二卷，劉湛、王儉輩，亦各有紀纂。然皆綜郡國之族姓以成書，未嘗專屬一家也。家譜之作，則自唐京兆韋、杜氏始，他若《鄴侯家傳》、《裴氏家牒》、劉復禮之《大宗血脉》、陸景獻之《陸氏家系》，難以悉舉，往往於一姓之中，别其支派，各爲族望。蓋唐人尚門第，而輕寒畯，宜於譜籍詳慎如此。五季之亂，朝廷不以定流品，閭閻不以通婚姻，衰宗舊族，歲月陵夷，而家譜又廢。有舉前人故事，而子孫不知，至妄託先賢以自誣其宗祖，識者耻之。眉山蘇氏於是剏爲譜例，後之爲家譜者取法焉。

大抵作譜之法，必由近以溯遠，由親以逮疏。吾之兄弟，皆知爲吾父之所出；吾之伯叔，皆知爲吾祖之所出。故其情親而義合。廣而推焉，萃吾族千百人之身，其初一父之子也。雖親盡服窮，而老老幼幼、喜慶憂恤之義，自有不忍恝然者，因其不忍恝之義而聯之以情，非古者親親、尊祖、敬宗、收族之道與？由斯道也，過墓而知哀，入廟而思敬，父兄子弟，相聚於宗塾，相勉於孝慈，其秀者升于朝，其樸者安于野，上之立德立功，爲邦國之瑞，下亦不失敦本務嗇，稱鄉里善人。行且以一門家法，成一郡之風俗。此則晉侯與宗老作《譜》之深意，豈徒矜門閥、誇繁衍云爾哉。

瓣香詩鈔序

禾郡盛宜山既没，其門人沈寓廡輯所著《瓣香詩集》，走京師，乞余言弁首。自余與宜山交，見其生平詩格，凡三變焉。初爲諸生，亦嘗有志當世。既不見售，則與同學吳昚虛、朱與三、趙子亶、陳少典、徐孝績及吾家韜荒輩，刱爲吟社。時海内詩派，尚沿王、李餘習。宜山與數君者，獨以少陵爲宗，怫鬱沉苦之思，往往形諸唱和。中年厭棄舉業，出而索游，一至京師，再客汾晉，已乃溯江涉湖，水浮陸走，凡六七千里，耳目見聞，足以發抒盤礴之氣。向之怫鬱沉苦者，一變而爲縱横灝衍，有陸放翁、元裕之之餘風。迨乎白首歸來，究心内典，築室南湖之上，署曰「瓣香菴」。所與遊者，非山林逸士，即諸方禪衲也。一時後進從之學詩者甚衆，宜山椶鞋藤杖，婆娑乎其間。幺絃孤韻，漸詣平澹，雖若不甚經意，有他人錘煉所不能到者矣。

今此卷，大率四十以後之作。以余所見，如《泊京口望金山》諸什，及甲寅、乙卯間，偕愚兄弟分題校韵，亦不下數十首，今皆失録。蓋宜山天機流露，信筆成章，初不自愛惜，脱手或爲人取去，搜輯散亡，固門弟子職也。余老向空門，亟思因病請假歸，與宜山結西方之社，而今不可得矣。回首前塵，恍成昨夢，存殁之感，不禁愴然於懷也。

江西通志序代白中丞作

國家聲教覃敷，靡遠弗届，闢版圖未闢之國，臣史策未臣之邦。幅員廣袤，踰二萬里。江西於其間，不及十之一耳。然其山川，則有匡廬、玉笥、龍虎、崆峒、章貢、脩盱、揚瀾、左蠡之高且深；物産則有豫章之材、銀朱之稻、信州之楮、雙井之茶、西山之葛、金谿之苧、饒州之陶；其於人也，理學則肇自金谿、都昌，下迨崇仁、餘干、吉水；文章則廬陵、臨川、南豐開其源，吴、虞、揭、范承其流，下至制舉家，亦必推章、陳、羅、艾；相業則有周益公、陳康伯、楊文貞、劉文端；忠義則有文信國、謝叠山及靖難末季諸賢；高尚則有徐孺子、陶靖節、雷次宗、蘇雲卿；仕宦則有若韋武、狄梁國、韓昌黎、范文正、王文成，至於南康、袁、贛則周茂叔、張南軒、朱紫陽過化之地也。蓋上下數千年，延沿十七代，莫不前輝而後映，名至而實歸。嗚呼，盛矣！

顧自勝國以還，紀乘之書，率就湮没，傳者惟林利瞻《通志》、王敬所《大志》、郭青螺

《豫章書》而已。本朝康熙癸丑，曾奉脩志之檄，繼值逆藩變亂中輟。我皇上削平醜孽，耆定功成，疆圉清晏。癸亥三月，復命直省各進通志。於時，前撫安鑄九開局編校，刊刻進呈，爾來垂四十年。

余以匪材，謬膺簡命，來撫是邦，政事之暇，披閱前志，似有不愜於懷者。于是謀諸方伯許君，薈萃十三郡七十餘州縣之新舊志、先賢之家乘，與二三友人，再加編纂。竊嘗反覆尋繹，而嘆兹役之匪易易也。大抵居今者，病在略古；失實者，病在采名；辭夸者，病在煩蕪；腹儉者，病在疎漏；援證者，病在傅會；請託者，病在狥情。一人也，或兩地並收，于是有重複之病；一事也，或兩家互異，於是有舛譌之病。兹欲詳於古矣，而後之所疑，或前之所缺，則徵信難；欲考其實矣，而此之所非，或彼之所是，則折衷難；欲節其煩蕪矣，而載籍所存，篇連牘累，則持擇難；欲補其疎漏矣，而耳目所接，寡見眇聞，則博稽難；欲去傅會、拒請託矣，而一手之所障，不敵衆口之喧沓，以范石湖爲《吴郡志》，猶不免流俗之搚阸，則絶情尤難。若夫删削重複，駁正舛譌，則在乎加之意而已，不敢以易心出之，慮其忽略於俄頃也；不敢以我見持之，慮其矯拂乎公論也。雖如是，其敢自信爲傳書乎？夫西江，固向所稱文獻名區也。七十年間，兩經兵燹，世家藏書，僅存什一於千百，文不足徵也；老成耆舊，凋落已盡，前聞軼事，往往抱殘而缺疑，獻不足徵也。又况限成於期月，分纂于數人？要惟是區區無私無欺一念，竊附三代之直道，用以導揚休美，黼黻太平，庶幾可告無罪于此邦人士也夫！

田居詩序

戊午秋，竹垞朱先生自北歸，亟爲余稱龔太常公子蘅圃之詩，余初未之識也。甲子夏，游學京師，太常已下世，蘅圃方同竹垞僦居古藤書屋，昕夕過從，迭相主客。余得託末契于其間，始恨交蘅圃之晚，而信竹垞之不欺也。

蓋太常公分守通永時，竹垞實客其所。蘅圃虛懷善下，加之博學好古，一洗時世紈綺裘馬之習，而惟揚風扢雅，請益析疑，由是業日益進。未幾，竹垞薦入史館，令子西畯賢而有文，蘅圃復訂交紀羣之間。當是時，宮商扣擊，一往而情深。讀蘅圃之詩者，有鷄鳴風雨、伐木取友之思焉。

及蘅圃補官郎署，巡歷海關，擢言路，任臺長，操持紀綱之地，不肯與衆浮沉。時竹垞已飄然去國，往往古處相期，貽書敦勗。未幾，蘅圃亦以言事休官矣。其《出國門》詩有云：「三黜已容歸故里，短章何用乞西湖。」又云：「聖恩不忍揚其短，臣職終慚未盡言。」讀之者，謂有艽野詩人畏罪罟而好正直之思焉。

晚歸武林，築室於城北隅，署曰「田居」，距竹垞家二百里而近，間或撥櫂造門，燭跋杯闌，縱談往昔。已而竹垞薄游閩粵，蘅圃溯湖湘而南，所得詩各盈帙。兩人末路之相於又如此。

丁酉冬，余有羊城之役，道出會城。蘅圃袖《田居詩》十卷，過余寓，屬爲之序。攜諸行笈，歸來未及報命，遽聞蘅圃之訃。嗟乎！已矣！古藤文酒之樂，歷歷目前，天不憖遺，老成頓盡。竹垞既喪，君又云亡。自今以後，豈復有風流相賞如二老者乎？雖然，蘅圃亡矣，固有不亡者存。余既爲竹垞序《曝書亭集》，復爲蘅圃序《田居詩》，二集行當並傳，則余之姓名，且藉以垂不腐矣。

卓蔗邨詩序

余衰病杜門，學殖荒落，特未廢詩。姻親朋好，有不鄙而往教者，往往飫予之欲，摩挲老眼，必終卷而後已。性之所好，不自解也。一日，陳子周乾攜舅氏卓蔗邨詩藁見示，余受而卒業，不禁盛衰存殁之感焉。

自余十三四年時，負笈從師棲水，僦居卓丈亮菴家。亮菴，蔗村大阮也。時蔗邨大父諭德公事章皇帝，爲侍從儒臣。尊甫孝廉公，亦以科名踵起。浙西之推門望者，歸卓氏。

其後二十餘年，再過塘西，始獲與蔗鄉兄弟游。則王謝門風，繩承弗替。是時，東南社事方興，蔗鄉及張峆老輩，爲一鄉領袖，四方士大夫往來西吴東越者，必弭楫造廬。户外之履常滿，酒闌燈灺，鬮韵分題。蔗鄉于其間，雒誦高吟，聲淵淵若出金石，峆老從而和之，鼓宫宫動，鼓角角動。一時命侣嘯儔之樂，遠近傳爲盛事云。

及余投老歸田，親戚故舊，凋喪殆盡。過峆老故居，則已易主，蔗鄉墓木且拱矣。撫兹卷也，能毋畫然以傷乎？

周乾請予爲校定，略加去取，予應之曰："蔗鄉之詩，一生本末存焉。予方反覆尋繹，如追昨夢而勘前塵，零章斷句，皆可愛惜。又忍抵玉于崑岡，捐珠於滄海乎？"

趙功千漉舫小藁序

元皮昭德學詩於孫少初，孫殁，昭德刻其詩以傳世。吴草廬序其始末，謂可拯頽風而厲薄俗。及序昭德之詩，則又稱其才優而學贍。蓋詩之爲道，雖發於性情，而授受淵源，必推所自。學之貴有本也，如是夫！

仁和趙子功千，吾友沈磵房高弟也。既爲其師刻《梵夾集》，屬余序之矣，復以己所著《漉舫小藁》寄示。喜其事適與前賢合也，爲書數行於簡首。草廬不又云乎："才繇乎天，學由乎人。」人者日進日榮，則天者與之俱。功千年方壯，抱才而績學，益培其根，益浚其源，所詣殆未易限斷，他日業成名立，《漉舫》之集行與《梵夾集》並傳，俾孫、皮不得專孅於前，是則余所厚期乎功千者。

東村詩序〔二〕

癸未省試，余與濟南李西音同出房師虞山汪公之門，兩人情好甚摯也。余留京師，西音歸里。又六年庚寅，西音赴選北來，得江南之石埭令。臨別，手一編見示曰：「此吾先子宫詹公之詩也。先子早歲成進士，甫筮仕而際仳離。旋登清要，繼而遭竄謫，終而返田廬。其於家國之際，險夷榮悴，可喜可愕之事，既備嘗之矣，而無一不發之於詩。不肖將梓以問世，非君孰可屬序者？敢以請。」余受而藏之。時方供奉内廷，碌碌未暇。

癸巳後長假家居，始發篋卒讀，慨然興歎曰：「此非清廟明堂之音乎？奚而入於變風變雅也。」蓋先生之詩，鈎貫經史，囊括百家，氣遒而力健，直欲追攝少陵，而復參之韋柳以博其趣，游之元白以暢其支。悲凉激楚，隱曜毫端，要皆因時以望，隨寓而安。讀之者窅然以深，曠然以遠，有風人之致，無騷客之態，作者能事畢矣。竊觀百餘年來詞壇吟社，先後代興，必稱濟上最著者，歷城之李，新城之王。滄溟、阮亭兩先生之詩盛行於海内，有口者皆能誦之。抑知李後王前，乃有宫詹先生固可並驅方駕，成鼎足之勢乎？顧歷城當勝國中葉，歇歷中外，仕路坦夷；新城則際本朝極盛時，躋崇階，升大座。故其爲詩也，變體少而正聲多。先生所履之境，在枯菀榮悴間，故其詩雖變而仍歸於正。蓋遇不同而詩同，即詩不必盡同，而其可傳於後世無不同也。然則兹集一出，其嘉惠來學，有功於詩教者，豈淺鮮哉？

歲戊戌，西音去石埭來宰德清，去吾鄉百里而近，追維疇昔之言，謹書此以完宿諾。余生也晚，不獲從先生游。今徇賢嗣之請，挂名簡末，是先生之詩不因鄙言增重，而余之姓名且將托先生之集以垂不腐也，非厚幸歟！

海寧門年眷姪查慎行拜纂。

〔一〕此篇自齊魯書社《四庫全書存目叢書》集部第二〇三册李呈祥《東村集》輯入。

無題詩序〔一〕

猶子心穀從患難中發憤著書，所爲詩多與古人相頡頏，其《花影集》經滄州先生序而傳之。暇搜篋衍，又得《無題詩》如干首，謁予爲序。予惟有梁鍾仲偉謂「張司空文字務爲妍治，疏亮之士恨其兒女情多」僅置中品，似矣。

竊謂司空千篇一體，謝康樂嘗以爲譏。若以華豔爲説，不免過甚。夫屈騷配纕賓山榛隰苓，開之古人，興託有在，固不必因夢中蘭若，並疑及楚天雲雨也。新城王西樵喜作豔體，有誠之者，西樵曰：「是特阻吾兩廡升牢耳。」鈍翁《説鈴》載之。余謂西樵蓋謾作是語，其寄託有無，事自明者。心穀固學道人，從坎壈中得禪悟者九年矣。豈誠以瘁音弗華，乃以描脂繪粉自娱悦耶？昔王右丞抗行周雅，輞口元談，克踐摩詰之號，而「洛陽女兒」、「閨人春思」諸篇，餘力猶及焉。東坡《與僧潛詩》云：「多生綺語磨不書，尚有宛轉詩人情。」夫詩人之情，亦何限哉！心穀出之宛轉，藴之遥深，庶幾香草美人，共成千古，若叢台崑體，已成潭府蟾光矣。心穀年甚富，讀書日益多，他日撰述，當更有進於此者，老人將重爲序之。

康熙五十九年歲次庚子長至後二日初白庵主慎行。

〔一〕此篇自《清代詩文集彙編》第二七三册查爲仁《蔗塘未定稿》輯入。王芳新《查慎行詩歌批評研究》第四十一頁亦載。

仲弟德尹詩序

順治丙申，余七齡入小學。明年丁酉，仲弟亦出就傅。日課有餘力，先淑人率口授唐詩一首。弟性警敏，蚤解《切韻》諧聲，十歲以上，五經四子書略成誦。先大夫不遽令習應舉業，則與余退而學詩。既冠且娶，始從慈溪葉師學爲時文。而性之所好，尤在吟詠，久之遂成卷。父執陸射山、范默菴兩先生，家伊璜、二南兩伯父，互加奬飾，則益自喜，又相約爲詠史詩。是時弟年二十六，余視弟兩年以長，形影相隨，未嘗一日離也。

先淑人既見背，先大夫命余兩人析箸。未幾，旋奉諱，兩稚弟尚未成立，迺延師督訓之，獨脱身出。己未夏，余從軍南去，弟北游京師，自爾聚散靡常。迨庚辰、癸未，後先成進士，同館者十年。余長告歸田里，年已六十四矣。又二年，弟從順天學使因病辭職，年數適與余同。通計三十餘年，彼此往復之作，不下三百首，而己未以前之少作及見酬答〔一〕，不在此數焉。

竊觀古人傳集，兄弟唱酬之富，無若眉山二蘇公。今雖不敢謬附傳人之列，第就篇章計多寡，自謂不讓前賢。顧二蘇晚年一存一歿，欲尋對床風雨之樂，不復可得。余與弟乃獲邀天幸，年皆七十以外，唱予和汝，不減兒時，較前賢反若有過之者，此豈始願所及料、人力所能致哉？

戊戌秋，余狥好友之意，先刻拙集問世，遠近知交，兼來索弟詩刻。蓋弟平生轍迹，幾偏天下，所至與賢豪長者游，覽眺留題，往往膾炙人口，獨不自愛惜，散軼者多，篋衍所存，僅十之四五耳。余稍爲評潤，以付梓工，因序兩人自少而壯而老離合盛衰之故如此〔二〕。

〔一〕此處四部備要本《文集》多一「□」，上海古籍出版社《清代詩文彙編》第一八六册《查浦詩鈔》作「前」。

〔二〕《查浦詩鈔》有「康熙後壬寅八月既望伯兄慎行篹時年七十又三」二十字。

芙航纈藁序

武進楊子笠乘，爲殿撰東皋先生曾孫，觀察陶菴先生之孫，宫坊芝田先生之從孫，而龍門令端木君之幼子也。龍門抱才小試，中年歿官下，笠乘生半歲而孤。稍長，與諸兄同産儕居，停辛儲苦，克自樹立，以迄於成。舉康熙丁酉京兆秋試，下第後，旋丁嫡母憂。讀禮之餘，窮探經史及諸子百家，性尤耽吟咏。其舅氏徐茶坪，余好友也。尺書歲一再至，必極稱笠乘之賢而能文。曾以所著《芙航纈藁》十卷，寄余乞序。余讀其詩，愛其才，爲題四絶句而歸之。卒章云：「還君行卷爲君嘆，可惜不逢潛采翁。」蓋悼竹垞云亡，而余之氣力不足以振起之也。

壬辰長至後，凍雨連旬，村巷往還俱斷絶，忽聞剥啄聲，則笠乘不遠五百里，挾茶坪手札，叩吾門而受業，復申前請益勤。余告之曰：「以子之才，自足推倒一世。若余者，志氣耗磨，由衰而竭，殆如伏波在土室時矣。子生長風雅之國，而乃近舍鄉賢，遠求野老，吾其何以益子乎？」雖然，固不能已于言也。

憶自壯歲從軍黔幕，拜觀察公於馬前，獲與龍門相見。已而游學京師，辱宫坊國士之知。晚入史館，於兩先生爲後進。時笠乘之兄若游、令叔乘萬先後至都，胥託末契焉。余生稍晚，獨未識殿撰公爾。迺今又得吾笠乘，俯仰四十餘年，老成殂謝，典型在望，喜鼎閥之多才，名公之有後，且信茶坪之非阿所好也。輒次第排比，書於篇首。若以余爲識途老馬，從而問津焉，則駑駘十駕且不及，其能與一日千里者爲前導乎！媿彌甚已。

南宋雜事詩序

吾杭自建炎南渡，號稱帝都，雖偏據規小，顧歷七朝百五十餘年間事，亦綦賾矣。其載在潛説友《咸淳志》者，視他書較詳，猶不無舛漏。余嘗欲就世傳單本，證其瑕釁，而補其缺略，别成一編，名《武林備志》，炳燭之光，力未逮也。

錢唐符幼魯、吴尺鳧，仁和趙功千、意田兄弟〔一〕，與郡中同學七人，相約爲《南宋雜事詩》。大而朝廟宫壺，細及閭閻風俗，或取諸正史，或取諸稗史，或取諸名家詩文集。一篇之中〔二〕，或專舉一事，或連綴數事，網羅散逸，鉅細不捐，人各成七言截句百首。合七子之作，得七百篇焉。

以余所見，符、吴兩家，絢者若雲錦，澹者若雲烟〔三〕，亦既領異標新，目不暇給。則因所已見以推所未見，而今而後，於故都舊事，可無舛漏之憾矣乎！

嘗考《漢書·藝文志》，雜家者流，蓋出於議官，兼儒墨、合名法而爲言者也。張河間亦云：「小説九百，古秘書所掌，其流實繁。班氏列之諸家，於以見王治之悉貫，小道之可觀。」然則雜事諸什，豈世之雷同剿説、貴耳而賤目者所能望其涯哉？

劉後邨生當南渡時，曾取中興以後諸家五七言絶句，各選百首，而江湖派諸人，如姜夔、趙蕃、師秀、徐照之流，不在此數。以今擬古，殆將過之無不及也。觀兹集者，於事不厭其雜，於辭則味其醇，庶幾不失諸君立言之指也夫。

南書房舊史官查慎行序〔四〕。

〔二〕「田」，原作「林」，據北大本《文集》改。證之《餘波詞序》「仁和趙字意田」云云，「林」字誤也。

〔二〕「篇」，四部備要本《文集》作「編」。

〔三〕「若雲錦澹者」五字，四部備要本《文集》闕。

〔四〕「南書房舊史官查慎行序」十字，四部備要本《文集》闕。

鳳晨堂詩集序

吴興韓子蘧先生，以甲族耆英負詩名，繫海内重望。其伯子希一，與余從兄韜荒僚婿也，因得借觀《蘧廬詩鈔》，私心嚮往，已非一日。甲戌秋，隨座主蘋邨徐公來遊苕上，始獲登鳳晨堂而脩敬焉。

先生喜余至，訂同郡名流，爲中秋雅集，與會者凡三十餘人。謁既入，少長就齒序，先生白鬚紅頰，坐主席，四公子森然接侍，獻酬之際，進退唯諾惟謹，竟夕乃罷。是時，東南社事方興，公子輩掉鞅名場，各專精舉業，而兼服先生詩教者，則仲子自爲也。

未幾别去，南北風塵，久成契闊。先生與徐公，年最高，後先捐館舍，希一繼亡。余亦衰疾歸里，杜門窮巷。壬寅三月，自爲忽扁舟見過，相與握手道舊故，追溯前游，忽忽二十九年矣。感嘆之餘，自爲出一編見示，曰：「先君子一生心力，畢萃於詩，嘗倣元裕之《中州集》、錢虞山《列朝詩》例，有《近詩兼》之選，自勝國碩老，以及當代名公鉅卿、才人逸士，下逮浮屠羽客，多者數十百篇，少者十數篇，人各爲編，冠以小序。既裒然成集矣，臨終，復命余補所未備，通前後共八十卷，部帙浩繁，力未遑鋟木。今欲刻拙詩附先子詩後，出以問世，君其惠我一言！」

余聞諸先正曰：「詩以品重，顧品必自重，然後人重之。」先生自滄桑以後，樂志邱園，獨立萬物之表，法《遯》之上九以肥身。其品高，故其詩如星斗在天，喬嶽在地，令人翹瞻遐跂，可望不可即也。自爲秉承庭誥，年甫强仕，輒淡於進取，以山水友朋爲性命。其品逸，故其詩如泉之有源，如雲之出岫，可溯其自來，莫窮其所際，令人循環唱嘆，而不能已也。

吾知茲集出而世之稱詩者，羣奉典刑，因詩以知其品，且因一家之詩，知其所采諸家之詩，當必有衆諒其苦心，不謀而合〔一〕，襄其力所未逮者，《近詩兼》之行世有日矣。

時雍正改元端月下澣海寧查慎行纂〔二〕。

〔一〕「而」，四部備要本《文集》作「又」。

〔二〕「時雍正改元端月下澣海寧查慎行纂」十五字，四部備要本《文集》闕。

賞雨茅屋小稿序〔一〕

稱詩家凡有四病：膠攣淺易者，多僻局見聞；馳騖廣博者，或蕩軼繩尺；駁雜則傷正氣，藻繪則損自然。必也險夸、疏密、淺深、穠澹，各極其致，而一歸於爾雅，乃可傳世而名家。吾觀幼魯詩，古體專宗韋、柳，近體出入於義山、牧之、香山間，無四者之病，而欲兼數公之長。規矩之中有變化，開拓之中有揫斂。當今作者如林，未能或之先也。行將刻以問世，兩過吾廬而請業焉。吾其何以益子哉？無已，則舉虞邵庵之言似之，曰：性其完也，情其通也，學其資也，才其能也，氣其充也，識其決也。性、情，子所自具矣。天復優以能賦之才，是在學以資之，氣以充之，識以決之而已。初白老友查慎行題，時年七十又四。

〔一〕此文自王芳新《查慎行詩歌批評研究》輯入，王著轉自國家圖書館藏符曾《賞雨茅屋小稿》。

施自勖詩序

宋南渡初，吾邑有施彦執、楊子平與張無垢，並稱三先生，載在程泰之《縣學祠記》。彦執先生名德操，潛説友《咸淳志》稱其「學有本末，主《孟子》以排釋氏」者。既而讀《横浦集》，見所與彦執唱和諸什，則又以知彦執之能詩。惜其無後，所著不傳。邑乘無徵，恒以爲缺事。

康熙甲午春，施子自勖扁舟詣門，以五言古體百韵爲贄。余固已奇其才，與之接，其氣恬如，其辭吶如。叩其家世，則彦執先生族裔也。余喜謂曰：「自紹興迄今，歷年六百餘。子之族，世居兹邑，罕有以詩文繼起者。子今家貧年富，有志嗜古，自拔於曹輩，出而步先喆之後塵，詎非彦執先生之靈有以默啓之乎？子必勉之！」自勖唯而退。

踰年，而楊子致軒自平涼罷守歸，從容詢及後來人才，余爲自勖首屈一指，且戲語致軒：「自勖爲施後人，安知君非子平先生遥胄乎？」兩人遂一笑成莫逆。頻年里居，以及往來淮浦，前於後喁，酬答盈卷。自勖間攜以相示，所詣必有進。今將挾生平簒著，偕其從弟孝廉君北游京師，乞余爲叙〔一〕。

余衰病杜門，無所肖似，輩下前輩，及二三舊游，寒暄之問，不相通者踰十年矣。重違自勖之意，聊書數語於簡端。見之者或且曰：「海昌有高才生，乃肯俯出初白門下。意者其人雖癃老，尚未至廢學乎？」是則余之言不足爲自勖重，而自勖適足爲余增重也已。

〔一〕此處北大本《文集》有眉批：「時先生里居，施公將北游，而先向先生索序。」

沈一齋集序

世之操觚家，孰不以傳人自命哉？顧其人本無可傳之實，不過剽勦陳言，博一時虚譽，迨身没而名隨湮，固無足道。或人與文可並傳矣，而後人不克荷家聲，承先業，視祖父手澤，漠然如雲烟過眼，任其散軼而不知裒輯，以永其傳，徒使有識者緬想流風，付之太息，良可傷已！

吾邑沈君一齋，姻戚中嗜古篤行君子也。君之祖妣，余之從祖姑。君又娶於查，爲門壻，遂迻居龍山。蚤精制舉業，兼工詩古文詞。既而學益富，家益貧。中年以後，衣食奔走，南北往還不下數萬里。所至得賢主人，而君懷抱落落，丰骨稜稜。人之遇之者，莫不多其才，服其品，久與之居，不覺愛而生敬也。

生平纂述甚多，班孟堅所謂賢人失志之賦。古今體詩，大抵皆憫時嫉俗、反躬飭己之辭。間寓閒情，溢而爲樂府，跌宕中不乏磊砢傲兀之氣。至其教子若孫，惟在敦本力行，反覆告誡，如箴如銘，視顔氏《庭誥》加嚴焉。

君既没十餘年，令嗣仲和、叔良、孫楚望咸能承教績學，謙謹以律己，潔白以養親。且勤勤焉裒録遺篇，惟失墜隕越是懼。集成，凡若干卷，將刻以問世，來乞弁言。余既重君之爲人，足與文並垂不朽，又嘉賢子孫之汲汲以傳先集爲務，誠懇之請，至再至三而不置也。雖欲以不文辭，其可得與？

今雨集序〔一〕

康熙辛巳、壬午間，家少詹聲山及余先後供奉内廷，旋奉分纂《韵府》之命，少詹之愛壻沈麟洲、次子恒侯來依賜宅。繙經閲史之餘，文酒從容，宫商迭叩，由是知麟洲之能詩。

丁亥冬，少詹下世，盡室南還。《韻府》尚未成書，余繼赴武英，充督輯之役。踰年，而恒侯服闋，來請共事，以卒先業。書成議叙，得粤之長寧令以去。又一年，余長告歸田，則麟洲方自會城遷居吾里，與少詹長子恒弘閉户研精，唱詶盈卷，間出《移居詩》四章見示。所學益進，所詣益深。爲之擊節唱嘆，未遑屬和也。

先是，聖祖仁皇帝憫少詹勤悴卒官，未竟其用〔二〕，有意推恩於身後，長寧業蒙特召。及是，過家忽不起，疾，恒弘代其弟謝恩北上，麟洲以副榜赴教習，結束與俱。余亦力爲慫恿，至則果被後命，同入武英書局。是時，總裁爲吾友長沙陳滄洲，嶽嶽懷方，於後進不輕提奬，獨愛二子，爲忘分交。長篇短什，往往互相酬答。

恒弘不幸旋没，其次子貞木往扶柩〔三〕，又繼亡，麟洲一一經紀歸其喪，始就銓選，得瓊州之文昌令。便道里門，彙葺乙未入都以後詩，題曰《今雨集》，蓋悼少詹云徂，而物情交態之非舊也。

臨行，留乞余序。既諾之矣，援筆輒不忍下，憶少詹與余同生庚寅，而長余一月，分雖叔姪，情好若兄弟。爾乃十餘年來，未盡頽齡，登澹遠之堂，哭其父子祖孫凡三世。計其一門内外，目前克自樹立，迄於有成者，僅愛壻一人爾。讀《今雨詩》，而繹其命集之意，能無俯仰存没之傷乎？

所喜者，麟洲之詩，探源於《騷》《選》，泛濫於杜、韓、蘇、陸諸家，非獨才情俊拔〔四〕，而學識又有以副之。今以校書郎出爲命吏，涉瓊海，抵珠厓，身之所歷，尤足廣其眺聽，而助其發揮。昔人謂蘇子瞻海南詩文，如龍虵變化，不可端倪。以今儗古，民社之寄，宦遊之踪，非遷謫者比。吾知麟洲以大雅不羣之材，爲國家敷政於萬里外，公餘篹著，富有而日新，行將報最還朝，奏清廟明堂之什，用慰少詹無窮之期望。僕老矣，旦夕且稽眼竢之。是爲序〔五〕。

〔一〕按，此篇又見於沈元滄《滋蘭堂集》卷首「原序」，上海古籍出版社《清代詩文集彙編》第二一八册，第三九五—三九六頁。

〔二〕「未竟其用」四字原闕，據《滋蘭堂集》補。

〔三〕「往」，原作「迮」，據《滋蘭堂集》改。

〔四〕「獨」，原作「得」，據《滋蘭堂集》改。

〔五〕「是爲序」，《滋蘭堂集》作「雍正癸卯戊臘前二日，海寧查慎行篹」。

沈裯房詩集序

同學沈君裯房起孤生，績學能文，弱冠有聲場屋。既而家貧母老，奔走四方，資館俸以致養。年踰强仕，始舉京兆秋試，五上春官不第，去作選人。久之，得長沙攸縣令。隨以年老見斥，殁于京師。

孤子嘉轍輯録手澤，凡八種，以卷計者五十餘。其傳業門人仁和趙昱，先校刻其詩集八卷以問世。既成，乞序於余。

余與磵房交，垂四十年，風塵南北，聚散不常，唱酬絶少。然每見君詩，輒流連反覆，不忍釋。曩集西崖湯少宰邸舍，各出新篇，互相評泊。君於余推許太過，非所敢當。余擬君以張文昌，君未嘗不色喜。微窺其意，則有未甚愜者，余固中心藏之。今披覽是編，目之所接，神與俱會，飄飄乎雲興而霞蔚也，皛皛乎冰清而玉瑩也。鬱鬱乎其有懷，淵淵乎其有聲，汩汩乎其有原有本也。才足以導其情，學足以昌其氣，夫豈拘拘焉摩揣一家而爲之者？然後知君之所詣，果未易測。向之自以爲知君，而輕加倫擬，是則余之陋也。

噫！以君之才，當盛壯時，何難一日千里，造物者故困阨之，摧折之，使其平生藴稸，一無所攄洩，而乃感時賦物，俯仰興懷，長唫短咏，間吐胸中之奇。其詩愈工，而其年已邁，不亦可哀也與！

余因之重有感焉。屈指三十年來，西泠游好，漸次淪落，汪寓昭最蚤亡，嚴定隅兄弟繼之，吴六皆、陳叔毅、項霜田輩又繼之。歸田以後，一哭鄭息廬，再哭龔蘅圃。已而，承磵房之訃。今年春，西崖又下世矣！嘆同調之無存，慮頽年之莫纂。眼昏頭白，援筆而序君詩，青燈老屋，顧影孑然，風雨凄其，淚隨筆落，不獨悲君，行自傷已。

沈房仲詩序

我自歸田後，里中有學爲詩者，謬推爲識途老馬，往往以所作過問，沈子房仲其一也。房仲，爲家少詹聲山外孫，其尊人東隅，挾其文才，校書内廷，宦遊海外，詩名播寰宇有年矣。房仲夙稟庭訓，研精經史，風氣日上，自是佳子弟。課誦之餘，作爲詩歌，以抒寫其情性。幺弦孤詣，不同凡響。蓋自八詠而後，代不乏人。淵源有自，弓冶相仍，我知其能世其家學也。投老窮鄉，閉門謝客，惟房仲時時載酒過蓬蒿之徑，相與抗論古今，辨析疑義。愛其胸有書卷，含英咀華，宫商協奏，皆至性寔學所流露〔一〕，非世之耳食拘墟者比。邇年以來，文場吟社，以無房仲爲之握管操觚，殊覺無色。每一詩成，人輒傳寫。而房仲亦不欲棄其少作，彙録成篇，出以見示。

今讀房仲之詩，雄厚者其氣，雋永者其韵，超邁者其才，沉摯者其學。少年所詣如此，探源窮委，充其所到，不難步武文房，凌轢蘇、陸，房仲勉之！顧觀此日學詩之士，不得不讓房仲出一頭地矣。

我因是更有喜焉。少詹風雅一脉，已得傳人，借輝光於宅相，豈獨能世其家學之是羡也哉。噫！老夫耄矣，後生可畏，憑軾寓目，直欲退避三舍。乃房仲則以心香一瓣，屬於頽唐廢棄之人，未免赧然也。

〔一〕「寔」，四部備要本《文集》作「實」。

紫幢詩鈔序

古今稱詩家，率言品格，義蓋取乎高也。顧格以詩言，而品則當以人言。世固有能詩而品未必高者矣，亦有品高而未必能詩者矣，要未有高品之詩，而格不與俱高者也。吾嘗讀《易》，而得「高」之義焉。「天下有山」，卦名爲「遯」，蓋天不自以爲高，而遠出乎山之上；山亦不自以爲高，而艮止於天之下。故上三爻曰「好」，曰「嘉」，曰「肥」，皆「吉」，而「無不利」。《蠱》之「上九」，亦不以幹蠱爲事，而「高尚」之名歸之。然則聖人之微意，約略可推矣。

紫幢先生，宗室之高賢也。生逢稽古右文之際，先帝以壽考作人於前，今上以離明繼照于後，正賢傑駸駸向用時。先生亦嘗屢應科詔，既入彀而復失〔一〕，遂廢棄舉業，杜門誦讀，專用以昌其詩。素受業於新城王公之門，積數十年，而詣日益深，篇章日益富。曩余在京師，同年王樓邨、同學郭雙邨數數稱述先生之高雅。時方内直，晨入昏歸，無緣一奉色笑。迨衰廢歸田，十三年于兹矣。同邑戚友楊晚雷久游太學，假館先生賢弟廉泉家，書來致先生意，寄示《紫幢軒詩鈔》八卷，屬余爲之序。

余初竊疑先生派出天潢世爵，襲五等之封，而經綸未獲大展，負其盛氣，發爲詩歌，必且高自位置，目空時流。爾乃讀其詩，閒婉而多風，雋永而有味，如離朱之移目，而匡鼎之解頤也。其所與晨夕往還，此唱彼和者，非詞客騷人，則衲僧羽士，下迨邨莊父老，較量晴雨，流連景光，短詠長吟，亦往往不乏。然後知先生初不自以爲高，而其度量超越，固有迥出尋常萬萬者矣。

先生詩格，已見推於王、郭兩君，余雖更觿蕪辭，奚足增高岱岳哉？抑《詩》有之：「高山仰止，景行行止。」太史公以爲「雖不能至，然心嚮往之」。余不敏，竊附此義，自志平生傾倲私願，且欲使天下後世讀先生詩者，因其格之高，而知其品之高。

〔一〕「失」，原作「共」，據北大本《文集》改。

河南睢州白雲寺佛定和尚語録序〔一〕

蓋聞跏趺説法，野鴿馴階；瀟灑安禪，毒龍伏鉢。四空妙定，八辟明心。有相無相之懷，瀾翻千偈；即佛即心之印，囊括三途。何可勝原，本難悉記。河南白雲寺佛定大師，慧智夙成，禪關天啓。拈花悟道，非有慕於繁華；指月喻空，遂有契於定慧。六親愛割，挽衫袖而不回；一鉢風高，操軍持而獨往。綜其出處，飽歷艱辛。託身於羽化之山，初離人境；受戒於清源之郡，遂斷知聞。陋北地之嚚氛，就南方而參講。彈指已過千劫，面壁何止十年。居蔭長松，臥依白石。燈影静照，祗聞妙香。鳥語觸機，總歸禪悦。既已寢空結習，未契真如。居萬萬恆河之中，轉生生世界之内。苟輪迴之未達，終煩惱之難除。精進益勤，誠心潛契。夢迴脚痛，洞澈古今。到處心安，齊觀生死。鼠肝蟲臂，任造物而無心；木骨紙皮，縱剜身而罔覺。嗣後肆行蘭若，浪迹山林。聽鼓投齋，隨鴉託宿。苕水名賢之境，飛錫而來游；漆園傲吏之鄉，渡杯而忽至。值傑庵之老叟，參曹洞之微言。四十二部之貝葉，晝夜捧持；三十一家之家門，後先了澈。琅函寶軸，非同文字之觀；木葉山花，不礙虚靈之性。怨憎調伏，遠近歸依。長老爲之布金，學士因而施帶。緇流雲集，道侣景從。爰以壬戌之良辰，延入白雲之方丈。

大師則口餐香積，身掛芻摩，深言不生，妙辨無相。坐臥殿西之一角，苔滿禪衣；敷陳卷裏之千言，花平講席。廣長舌吐，滿座蓮香；清净身閒，一枝藤瘦。琴非彈而長寂，鐘待叩而斯鳴。落落圓音，沈沈秘旨。心田馳驟，無假一乘五律之書；眼界虚空，何啻三篋八藏之義。逍遥合掌，岑寂論心。瀚海未盡其深，懸河不窮其藴。登凡流於彼岸，現白日於幽崖。乃有問義學徒，隨行侍者，據所問答，記之簡編。既積累而成書，冀流傳於奕禩。圓月照海，遠近皆明；慧風吹雲，碧空長净。象負龍藏之奥，接軟語而咸知；騰猿繫馬之懷，聞法音而頓釋。某逃禪未决，學道有心。夙欽擊可之遞師，非慕珣珉之奉佛。根源不墜，常誓修五願之文；忠孝未酬，難身許雙峰之寺。聞兹妙道，隱觸前生。周顒之興不忘，蘇□之齋何日。俗塵撲面，安知簷蔔之香；弱雨衝風，可有金剛之性。惟願慧燈朗照，法指遥傳。倘關鍵之可開，庶筌蹄之盡棄。金篦刮眼，是所望於慈恩；寶牒裝珠，是所期於來哲。

〔一〕此篇自四部備要本《别集》輯入。

沈爲久善世戊亥分歲集唐七律詩序〔一〕

晉傳長虞集七經成語，初止四言十章耳。宋人始廣爲五、七言，《王臨川集》中彙爲兩卷，幾及百篇，《清江三孔集》亦不下四五十首。顧於古體多，而今體少，今體又僅有絶句，而無律詩。將毋古調易好，而格律難工與？抑或前人故留此未竟之業，以待後之述者歟？

秀水沈子爲久，才而能文，兼工詩學。以《戌亥分歲集唐七律》三十章，來索題詞。展卷讀之，首尾貫穿，屬對親切，有揮灑之樂，無湊合之痕。知其非爲集句設也，直自抒性靈云爾。昔蘇子瞻於孔毅父則言之矣：「不如默誦千萬首，左抽右取談笑足。」陸務觀于楊夢錫又言之矣：「火龍黼黻，豈補綴百家衣者耶？」余雖欲多作贊詞，殆無以易二公之語，遂援筆而書簡端。

〔一〕此篇自四部備要本《别集》輯入。

初白外書序〔一〕

余自癸巳夏因病告歸，養屙里閈中。間爲閩游，爲粤游，蓬窗水檻，卷軸隨身，卸席停橈，書鈔任手。又連遭建、承兩兒之變，西河抱恨，痛不欲生，視息人間，支離益甚。悶極無聊之際，因取歸田後十餘年内所睹記前言往行類，集而編次之，命長孫岐昌繕寫，釐爲六十卷，非敢自附於著作之林，而竊取昔賢餘論纂述排編，名曰「初白外書」之云者，輕之也。

〔一〕此篇自國家圖書館藏管廷芬《海昌經籍志略》卷四輯入。

周易玩辭集解自序〔一〕

慎行童而讀《易》，白首而未得其解也，則仍於聖人之辭求之。始而玩《卦辭》、《爻辭》，繼而玩《彖傳》、大小《象辭》，務於聖人之辭，字字求著落、詮釋，其求諸經文而不得，必先考之《注疏》，復參以諸儒之説，不敢偏徇一解，亦非敢妄立異同。平心和氣，惟是之歸，管窺蠡測，亦間附一二。

雍正甲辰三月既望，查慎行識，時年七十有五。

〔一〕此篇自豐府藏書本《周易玩辭集解》輯入。

王方若詩集序

余充京兆鄉貢時，年已四十有四；又十年，奏名禮部。顧瞻彙進，英英皆少年。其間頫首下心，夙昔所愛敬而兄事者，癸酉則慈溪姜西溟，癸未則寶應王方若而已。兩先生咸負當代重名，差池晚達，先後以高第入史館，一時稱風雅者兼歸焉。西溟㝢兀峥嶸，不肯輕假牙頰。其論詩，以峭拔爲骨，湛淡爲神。方若寬和宏藹，與人交必盡其忻懽。發爲吟詠，極筆墨之淋漓，而一澤於古雅。兩家詩品之不同如此，顧唱予和汝，胥引余爲同調焉。豈不以年齒相亞而忘其媸陋與？抑别有契合，如草木之臭味與？

兩先生立朝皆不久，逮余長假歸田，西溟没已十四年，方若未幾亦下世。西溟之詩，先鏤板於德清，唐太常益功曾以序見屬。方若詩，尚未有刊本也。雍正甲辰秋，賢嗣懿誦以名孝廉來穿烏程。甫涖任，亟專信使，奉先人遺藁委余校訂。將付剞劂，并索弁言。嗟嗟！良友云亡，老成頓盡，以余之不才，頭童齒腐，猶在人間，俛仰平生，恍同前塵昨夢，而耄已及矣。所喜兩家遺集俱於吴興梓行，一同年老叟獲睹成書，各挂姓名於篇首，是誠後死者之幸，庸不敢以不文辭。若乃作者之精光聲價，如照乘之珠，連城之璧，傳諸藝林，有目共見。區區蕪語，又奚足爲輕重乎哉？

同學年弟海寧查慎行簒，時年七十有六〔一〕。

〔一〕「同學年弟海寧查慎行簒時年七十有六」十六字，四部備要本《文集》闕。

東亭查浦兩弟七十壽序

嘗讀《虞道園集》，會川有兩尹先生者，伯仲同年月日生，其後同舉八十之觴，士大夫相與歌咏之，虞既爲之序。越十年，兩先生同登九十，强健如昔。伯氏之孫憕，復乞虞文爲壽。論者謂一門盛事，世不恒覯，顧非虞文，則其事弗傳云。

康熙辛丑二月，吾弟東亭、查浦，年皆七十。東亭，余同祖，查浦，余同父也。兩弟之生，其年同，其月同，視兩尹先生特不同乳、不同日耳。族黨姻戚，將合醵製屏，致揚頌之意，余其能無一言乎？竊念余三人者，幼從父叔後，唯諾進退，齒序而肩隨，人見之者，咸以爲一父之子也。稍長，同受業於慈溪葉伯寅師，已而，同赴場屋，屢見斥于有司。自丙子訖庚辰，東亭與德尹後先聯捷南宫。以余之拙滯，至癸未，始成進士。與東亭同赴殿試，繼又同入仕版。迨癸巳夏，余因病乞休。越二年，乙未，而德尹移疾歸。又一年，丙申，東亭亦自滇行取需次旋里矣。蓋三四十年中，出處之跡，無不同如此。

不知兩尹先生，自少而壯，壯而老，其生平所歷，與吾輩略相同否？夫道園與兩先生雖同時，而匪同族，意當日尹之宗黨兄弟，或亦有叙述爲文如余者，未可知也。

余家自曾祖而下，三世無高年，余今已七十有二，視弟輩兩年以長，而齒髮早衰，兩弟精神服食，不減壯盛時。繼自今而八十、而九十，當與兩尹先生媲美無疑。第不知十年、二十年後，白髮老兄，尚能執筆爲文如虞與否？兩尹先生之名，無可考，其事特因虞文以傳。今兩弟吏治文章，海内士大夫皆艷稱之，抑又不知余之文得藉兩弟以傳于後否？姑述意中之言，以示諸姪、諸孫，爲家門私慶云爾。

樓母黄孺人七秩壽叙

曩余奉旨領武英書局，姚江樓子敬思，時以薦至京師，從余游而好也，因稔知其母氏之賢。及敬思校勘年滿，銓授廣西靈川縣，太孺人方就養。戊戌三月，余訪舊嶺南，歸經管内，下榻縣齋。敬思乘間請曰：「吾母今年十月中浣春秋七十矣。惟是祝嘏之辭，未有所屬。幸夫子辱臨敝邑，敢乞一言，以爲親榮。」余辭不獲，則爲之序，曰：

太孺人生雲間趙氏，幼撫於姚江黄氏，爲吾師梨洲先生族孫女。年十八歸贈君竹卿公。樓，故金華仕族。鼎革之初，家業中落，贈君去而服賈，奉謝太君遷居雲間。太孺人黽勉有無，佐其夫子，洗腆致孝。于是時，宗黨稱賢婦。敬思生而資質過人，稍長就外傅，即知嚮學，性嗜書，凡目所未見者，家貧力不能致，則佯病卧床，母偵知之，則脱簪珥，輟機杼，購以授其子。或藏書家有善本，亦必資以借鈔。間具簦笈，俾出而求友，以成其名。于是時，宗黨稱賢母。

自敬思之涖靈川也，邑居楚粤之交，地瘠而民好訟。每日出視事，或時有所平反縱舍，太孺人則色喜，爲之加飯。敬思體母意以行之，而民俗變。邑之士，罕有以科第起家者，敬思剏書院，聘師儒，擇子弟之秀者，肄業其中。每月必六至，親加課試。届期，太孺人夙興飭奴僕，潔具厨傳，管勾茶鐺，人人示以鼓舞之意。丁酉秋闈，邑士獲儁者得二人焉，而士風以振。鄰邑有劇獞，入境剽劫，敬思議興師剪除，而以母在堂，逡巡未决。太孺人正色曰：「兒以書生，受國厚恩。既膺民社之寄，忍坐視善良爲劇盜魚肉乎？第往，勿以我爲念。」敬思拜受命，請於上官，招集鄉勇，親搗賊巢。甫一月，渠魁就殲，餘黨潰散，而民害以除。凡是數者，皆足爲太孺人壽。

《詩》不云乎：「十月穫稻，爲此春酒，以介眉壽。」今太孺人誕辰，適當其時，邑之父老子弟，必且登堂而祝曰：「孰使我侯用輕刑、興學校、平劇寇，吾儕小人，得以樂其樂而利其利。太孺人之惠我良厚矣！」敬思既以受教於親者施諸民，旋以獲報於民者壽其親，又奚俟援證古昔，緣飾美辭，始足爲屏幛增重哉？

座主大宗伯許公八十壽序

國家當重熙累洽之際，上有壽考作人之君，一時名公鉅卿，必有碩德偉度、在朝在野、卓然爲羣望攸歸者，天亦集慶于其躬，既重之以禄位，復俾享乎期頤。其在《尚書·君奭》之篇曰：「天壽平格，保乂有殷。」時則有若保衡、伊陟諸賢佐焉。《疏》稱：「有德者必有壽。」夫豈獨盛世之君云爾哉！請得以吾師大宗伯許公徵之。

公以名進士歷官三十年，年七十有三，致政而歸，實皇上御極之四十九年也。又一年，癸巳，恭遇聖天子萬壽之期，公自里第朝賀京師，朝廷優禮老臣，賜宴賜衣，復破例推恩，貤封四世，距今又六年。己亥，公春秋八十矣。三月二日爲嶽降之辰，於是硤川、龍山戚友，製屏爲壽，而以祝嘏之辭見屬。

竊觀士君子遭際昌時，其持躬善俗，出處行藏，動關世運。顧稱於鄉者，未必顯於朝；以文章得名者，政績或無足紀；或文章政績兼優矣，爵未必尊；爵尊矣，退未必勇；退且勇矣，年或未必高；勇退而年既高矣，後人或未必皆賢。是數者稍有缺陷，未足稱宇宙完人也矣。

公起家經生，一門内，以祇父恭兄，禄俸所入，賙卹偏乎三族，鄉之稱孝友者歸焉。生平制義，不下數千首，學者奉爲金科玉律。其他館閣著述，悉本理學爲主，世之稱文章者宗焉。視學江南，文體一新；督理北河，則成平永奏；歷户、禮兩部，請託無所撓，天下於是頌公之政績焉。其由貳司農正位秩宗也〔一〕，九重之眷注方殷，而公懇辭謝政，與座主澤州相國同時引年，都下傳爲盛事。非公之位高而勇退乎？攷之史傳，稱恬退者，首漢二疏，史顧不詳其年壽；若唐之白樂天，以刑部尚書致仕，壽止七十五；孔君嚴以禮部尚書致仕，壽止七十四；宋之李文定、杜正獻、龐莊敏、吕文靖、富文忠、韓忠獻、歐文忠諸公，致仕以後，率未有登大耋者。香山之社，睢陽之會，遥遥相望，年踰九秩者，惟文潞國一人耳。而其子若孫，顧無聞焉。我公自予告以來，年彌高而德彌劭。有京兆爲之子，以顯揚於朝端；有孝廉爲之孫，以承顏於膝下。春秋佳日，杖履出游，賓朋緇素，追隨恐後，下至黄童白叟，所至聚觀，以望見顔色爲幸。蓋我公之在今日，如景星，如慶雲，天下咸指爲上瑞。而此邦之人，乃欲私爲己有，曰：「吾鄉之大宗伯許公也。」然則其所以祝公壽公之意，豈特如文潞公而已乎？

余出公門下，受知最深。復踵後塵，歸休田里，今年年亦七十矣。方當御籃輿，奉撰杖，隨父老子弟後，躋堂介壽，繼自今尚覬未盡之年，操管以待，且將大書特書，而未艾也已。

〔一〕「其由」，原作「由其」，據北大本《文集》及備要本《文集》改。

蔣母張太孺人八十壽序

同年友嘉禾蔣君聲御，以名孝廉宰廬之舒城，凡所施設，卓然有古循吏風。比及三年，上官多其賢且才，交章薦達。今上初元，特允所請，調繁揚之江都〔一〕。時母夫人尚在堂，春秋七十有九矣。明年甲辰五月某日，將稱八秩之觴，先期自治所專价以書來諗，曰：

「吾母姓張氏，爲外王父明經公愛女，年十八歸先君子。先君子早歲有聲庠序，不屑問家人生産，吾母佐以勤儉，得一意於詩文朋友之樂。生鶴鳴、鳳起、鴻逵兄弟三人。先君子年四十六棄諸孤，時鳴已娶婦，爲諸生，起甫十五歲，逵甫十三歲。吾母雖極憐愛，至讀書行己，稍涉輕浮，必深加繩督。愚兄弟兢兢自守，不敢少踰矩矱，良以嚴訓之餘，又恃慈教相扶植也。母性兼孝慈，迨事先祖父十八年、先祖母四十四年，温顔愉色，曲盡歡心。先祖生二子，伯父居長，先君子居次。當吾母于歸時，伯父没已八年，伯母何無所出，煢煢孀居，蓄眼以待似續。鳴于乳抱中，承祖命爲後於伯父，奉伯母爲繼母。長齋繡佛，不與中饋事，一飲一食，吾母必躬親省視，敬之如姑，愛之如姊，如是者踰四十年。每諄諄諭鳴夫婦曰：『爾孝養繼母，當過于所生，庶不負一生苦節。』其於兩弟，亦時訓以事世母，當如事母。猶憶繼母臨殁時，執吾母手而泣曰：『吾一未亡人，無子而有子，數十年安享家庭之樂，今得含笑入九原，皆賢娌之賜也。吾何能爲報，但願爾子孫，世世賢孝，以酬爾德而已。』姻戚間獲聞此語者，至今能道之。庚子秋，鳴初宰舒邑，懇請迎養。吾母曰：『汝能潔己愛民，與地方興利除弊，勿負祖父遺訓，是所謂養志也。菜羹蔬水，吾安之已久，其可以養口體爲孝耶？』不肖祇承不敢違。恭遇皇上登極，覃恩勅封孺人，今年届八旬，含飴弄孫，體尚康寧。媧黨將製屏爲壽，辱君知契有素，幸賜一言。」

余觀詩人頌魯侯而歸本於壽母，傳者謂「燕飲于内寢，爲之祝慶」。漢史之傳雋不疑，晉史之傳陶侃，亦往往推母德以成子孝。先儒有云：「福禄榮名，所以奉壽考。」其是之謂歟？聲御蚤禀庭誥，壯奉母儀，近且施于官政。白雲親舍，瞻望匪遥。有貤封以褒門範，有賢弟以侍晨昏，有孫曾以娱色笑。柔膬不缺於供，起居惟其所適。一堂之上，冠帔照耀，衆賓介筵，目睹盛事者，咸稱願然，曰：「孝子之承歡如此，賢母之積慶如此。」吾知兩邑士民，聞其風者，必且交相頌曰：「孰使我侯撫我如父，教我如師？微太孺人之德不及此，微太孺人之福不及此。」是則聲御既以獲上治民者悦乎親，又以悦乎親者信乎友。顧其惓惓乞言之意，不以人情所誇者爲榮，而緬懷宿昔，縷述生平，於燕喜之辰，陳勤苦之事，曰：「此母氏之志也。」夫豈尋常祝嘏浮辭所能稱揚萬一哉！

賜進士出身、南書房供奉、勅授儒林郎、翰林院編脩、加一級、欽命武英殿纂書總裁、前翰林院庶吉士、年眷姪海寧查慎行拜撰〔二〕。

〔一〕「繁」，四部備要本《文集》作「維」。

〔二〕「賜進士出身南書房供奉勅授儒林郎翰林院編脩加一級欽命武英殿纂書總裁前翰林院庶吉士年眷姪海寧查慎行拜撰」四十九字，四部備要本《文集》闕。

代壽徐大司寇金太夫人七十序[一]

壽之有序，猶其有頌也。然不名頌而爲序，欲箸其實，無取溢美也。若夫享天下之大榮，備古今之純嘏。魚軒載賡於前，鸞誥疊隨其後。而又康甯眉壽，日進無疆。游其門者，方頌述之不足，尚何溢美之有？

今秋九月既望，爲大司寇徐公師母金太夫人設帨之辰，四方之士大夫率爲歌頌以進。某雖不文，屬有師門之誼，又重以姻婭，敢無一言以佐觴乎？夫稱母氏之遐齡者，如金母、上元，尚矣。然而譜牒未詳，薦紳所勿道。至如劉子政、范蔚宗之所採輯，又半出於茹辛食檗之事，非福之全者，不足爲太夫人稱引也。

思古之善頌者，莫過於《詩》。《詩》之稱后妃也，曰：「樂只君子，福履成之。」其美僖公也，曰：「魯侯燕喜，令妻壽母。」夫上古無序壽之文，然以福係《風》，而以壽係《頌》，意深遠矣。夫《風》所以化也，取於福；《頌》所以祈也，取於壽。蓋於《風》見婦道，於《頌》見母道，至矣哉！

夫海内之有先師司寇公，是人物之弁冕，文章之司命也。某憶自壬子得乙榜，以師禮見，情色靄然。洎乙丑授職，又以館師禮見，益親且密。是時聖天子武功耆定，脱劍臨雍，加意文治。特簡大儒宿望，領袖清班。公遂以某兼掌教籍，進則黼黻皇猷，綱維治道；退則扶進後學，陶鑄人材。一日之内，見士何啻七十；一堂之上，食客幾至三千。然而存問無遺，酒肴必飭，何整以暇也？且講席之間，時從諸世兄從容議論，見其咳唾成珠，英華四照，抑且肅雍循謹，有禮有法，如石慶兄弟然。噫！此足以知太夫人矣。

夫從來稱婦順者，以「無成有終」爲極則。今論者，觀我師之位躋槐棘，館閣翹材，則相與服太夫人之内助；觀諸世兄之鳳采九苞，龍文百斛，則相與歸太夫人之義方。而太夫人方且恬愉交養，葆之於太和，行之以大順。不必延鄉授邑，石窌錫田，而固已八座起居矣！不必剉薦留賓，隔幃辨友，而固已五桂森列矣！所謂人倫七德，風化二《南》者與！且我師自釋褐通籍，以至乞假休沐，二十餘年，天下之受恩於師門者，如水行地，無所不有。嘗有施德於人，而師不言，即其人亦終不知者。自我師厭世而後，太夫人文力成其志，諸三黨九族，待以舉火者甚衆，雖傾囊倒庋不少，憐其陰功之所藴蓄，磅礴而洋溢，宜福與壽之益不可量也。迺者，長公藝初先生，以繡斧家居。次君章仲先生，以文衡復命。其餘諸世兄，俱已掇巍科而翔雲路矣。太夫人優游色養，髮白而神充。或賦東征而望河洛，則風滿錦帆；或御版輿而憩家園，則春熙芳沼。

兹者長筵初啓，載值凉秋。太夫人鳴璜佩玉，褕狄鞠裳。採秋菊之英，和玉醴以進。

諸子若孫，錦衣綵袖，瑜珥瑶環，油油侍側。其爲人世之吉祥善事，何如也！夫閨門之内，昔人以爲王化之基。故《關雎》倡於上，斯《鵲巢》應於下。我國家豐仁厚澤，數十年教化之行，周章四達，而後東南吴會間，乃萃其清淑醇備之氣，鍾厚於太夫人，古所稱師範六宫，總持内教者，將於是乎在，不止荷天休，受介福，如世俗所云也。

某與藝初先生杵臼定交，絲蘿繼好。異日兩家子姓，歲時過從，抽毫作頌，洗爵致詞，正未有艾。余爲老門生，固當掇金英，酌康爵，婆娑醉舞於慈雲廣蔭之中，則太夫人是亦人中之金母、上元矣！欣喜之餘，因爲叙以獻。

〔一〕此篇自四部備要本《别集》輯入。

代壽陳林岫童夫人八十序澤州出名〔一〕

余與宫端乾齋先後以文翰入侍禁廷，宫漏晝永，間評論天下士及耆舊中之賢者。宫端輒言曰：「吾家林岫兄，今世之有道長者也。與之交，初若坦率無奇。久之，如飲醇者之不覺自醉也。」他日復語，且曰：「非特吾兄之賢，乃其嫂童夫人之德亦罕有也。」余異而識之，且十載矣。尋聞林岫已辭世數年，宫詹之猶子世南以公車至京師，延與之語，所稱引如宫端言，余益歎林岫乃東南耆舊之賢者，而以不及識其人爲可憾也。今歲之夏，宫端以省覲告歸，臨行無别語，惟諄諄囑之，曰：「前所稱林岫兄，應耳熟矣。今其嫂夫人八十大壽，盍壽諸？」余慨然許諾，因即以所聞於宫端者，壽之曰：

嘗讀《大易》，至「地道無成而代終」，以媲於爲臣、爲妻之義，竊議妻道無成，理所固然。及觀夫子删《詩》，獨取《關雎》、《葛覃》、《鵲巢》、《采蘋》，以爲《風》始，其他則入於變風。然後歎妻道無成，非無成也，成之而不言也。自范蔚宗作《列女傳》，所載節烈事居多，而安常履順者，顧鮮焉。然則《關雎》、《葛覃》，反不得冠諸《風》之上乎？夫林岫以敦行聞，世之人知賢林岫而已，其夫人之賢不盡知也。即其夫人亦初無矯矯可賢之紀也。然余以爲知林岫之賢者，則知夫人矣。林岫壯時，由武林卜居於吴之閶門。閶門，古繁華地。而林岫獨以敦實樸茂聞，閶門人亦不以爲怪，漸且愛敬而宗仰之矣。抑且賦性忼慨，遇事果斷，居常賓朋滿座，觴酒治具，咄嗟立辦，不聞人聲。諸以急告者，必曲相周恤，寒者衣之，飢者食之，至於置義田以育棄嬰，治良藥以起痌疾，給棺槥以施有喪。此數者，人或能勉之，獨林岫發之而誠無倦心，亦無德色。雖天性懇至，要其夫人與有力焉。且林岫雖號素封，非有王陽鑄金之術也。其輕財好義，等於棄璧負子之林回，疑其家亦稍稍中落矣，而饒裕如故，非其夫人左右匡贊，又何以至此？太史公稱萬石君家不言而躬行，子孫致大官者數人，掛朝籍者不可勝紀。今以林岫之德，益以賢夫人之助，獲慶寧特如萬石君而已哉！林岫有令嗣世賞、介眉，俱稟承家訓，孝弟雍睦，倜儻有遠志。四方之士大夫至吴者，争欲與之交。孫枝繞膝，皆俊拔能文。自林岫厭世後，夫人已七十餘，操持家政不少懈，諸孫入見，必問以所讀何書。嘗篝燈勤課，書聲琅琅，與刀尺相應，故諸孫多以文名顯雍泮間。夫人白髮珠翹，秀眉翟茀，以享綸誥之榮，極康寧之福者，正未有艾。兹者設帨之辰，四方馳賀者，車塞於巷。諸子若孫，融融洩洩，以次奉觴而進。夫人顧之，喜可知矣！夫古之爲教，始于閨庭，達于邦國。故有爲善于鄉，而應從在千里外者。往時潛庵湯先生撫吴，舉敦行之老，林岫首與其選。吴之士大夫翕然宗之，風習幾爲一變。假令太史氏採風執簡，取《大易》、《風詩》之義，揚彤管之徽音，以昭示來許，舍夫人其誰與歸？

今宫端方以予告歸侍子舍，左右就養之暇，理宜採其懿行，筆而書之，志諸家乘，亦賢史氏之責也。則夫人之壽，且與日月争光矣。

〔一〕此篇自四部備要本《别集》輯入。

代族尊爲伯母胡太孺人八十公壽序〔一〕

余老無事，嘗遨游族姓間，遇一可法可傳之事，及夫女而有士行者，皆樂聞而志之。

將以採入宗譜，示不忘也，則一得之宗母胡太孺人焉。今歲孟陬之吉，爲太孺人八十設帨之辰。賀歲之餘，舉族謀所以壽者，余因喜而言，曰：

夫古之稱壽，與人子之所以壽者，多矣。或以人，或以天，或以貴壽，或以賢壽。優游恬養而壽，此得乎人者也；含辛茹苦而壽，此得乎天者也；錦衣鼎食以壽親，此待貴而顯者也；立身揚名以壽親，此不待貴而顯者也。方太孺人之歸於我姪典石也，其賢孝日有聞矣。典石少孤，力學，與觀察勉齋齊名，狎主壇坫者十年。夫何才與命違，先從長夜。時保三昆季尚在童稚，凡内外鉅細，太孺人一以身當之。又能敬事高堂，曲得其懽心。二十年如一日，斯不以節而兼孝乎！我南宗第四支，自孝廉忠臺公而後，至觀察而益大，保三昆季係孝廉之曾孫、而觀察之堂姪也。方勉齋以給諫顯門，不乏紈綺，而太孺人獨布素不厭，且日夜抱其遺經，以訓厥子。雖丸熊畫荻無以過，斯不以慈母而兼嚴父乎！夫以天下至難之事，萃於一閨閣之身，人或疑太勞，顧反得逸；人或疑太苦，顧反得甘。不膏粱而色充，不參术而身泰。蓋太孺人之所以壽者，天也，非人也。猶憶己卯之秋，毒發於指，醫者十輩不能效，夜半似有神人撫其手者，遂霍然以解，非天而何？

且夫天欲壽之，必生賢嗣以昌之。吾觀保三昆季，皆異才，自其少壯，即力振於雍泮間。所交皆當世賢豪長者，聲振數千里外。嘗北遊燕薊，南窮楚越，名公卿争欲致之，然席未暖，而輒還轅。或以題柱棄繻之説進，則蹙然曰：「有老母在，遠遊尚不可，矧敢久爲？夫廬江捧檄，世人之所羡也，而養志之孝不存焉。」

太孺人一閫範耳，而夙有士君子之行。其平居成人之美，周人之急，無不備至。不持齋佞佛，常具平等心，故令嗣之遵其教者，亦如之。嘗登其堂，賓朋滿座，以恂恂之儒素，而有古豪俠風。太孺人顧而喜曰：「我有子矣。」今者覽揆之日，四方之馳賀者，車填於巷。有文孫五，俱英傑可畏。龍文豹采，琳琅照此一門。其所以壽親亦至矣，何必褕衣翟茀哉！

故余謂壽以人，不若壽以天之爲永；以貴壽其親，不若以賢壽其親之爲真。非太孺人之德，不足以應無涯之天眷，非保三昆季之賢且孝，不足當養志之賢名。此非余一人之言，舉族之公言也。顧以齒輩故，遂不辭而爲之序。

〔一〕此篇自四部備要本《别集》輯入。

石鍾山重刻東坡記跋代〔一〕

石鍾山，見於《水經》及唐少室山人記，然因東坡先生而益顯。自余幼時，讀先生文，既又見商文恪《石鍾集序》，知兹巖之有石刻，其來久矣。及余來守九江，舟出湖口，登南鍾崖，思一摩挲石碣不可得，因低回太息而去。蓋自明正統己巳，石裂仆於水中，爾來又二百年矣，湖口學博陶君有志復古，於訓士之暇，磨礲巖石，續刻公文，以書來告，余覽而善之。夫湓城一郡，古號名區，山巔水涘，前賢故蹟，往往不乏，使居官者，盡如陶君之周心，一切廢墜，且次第修舉，余咸將藉手觀成焉，□石刻云乎哉！

〔一〕此篇自稿本《壬申紀游》輯入。

題王雙谿集後

紹熙内禪，朱子於寧宗初元自潭州召還講席，不數月即罷去。王晦叔炎入爲從官，則在明年之冬，與朱子未嘗同朝也。

今《雙谿集》中，有《與朱侍講論諒闇中開講》一書，異同之端，已萌於此。後來《禁僞學疏》，世傳發端於王。朱子《與黄直卿》尺牘有「僞學之章，前此劉元秀力薦王炎爲察官」之語，此尤其確證也。明正德中，休寧程曈作《新安學繫録》，謂：「考雙谿傳，未嘗作察官。疑是時别有一王炎，以其姓名之同，而誤歸之。」稱爲受誣，且援程篁墩之言爲證。蓋二程於晦叔爲同鄉後輩，特曲護其短耳。

愚按，晦叔之爲察官，見於本集《謝制帥表》中，云：「適逢初政之清明，亟被公朝之選擇。首當言責，積彈擊之怨仇；躐冠從臣，無論思之補報。」所云「首當言責」，非察官而何？所云「彈擊怨仇」，非禁僞學而何？供狀昭然，自不可揜。胡潛夫爲王作傳，而不及此事，蓋亦深諱之也。跡其生平，附奸仇正，一韓侂胄之私人耳。其與何澹、胡紘、姚愈、沈繼祖、劉德秀、高文虎輩攻朱子者，何以異？顧欲掩覆其惡，至與紫陽並列於道學之録，毋乃昧於邪正是非耶？讀是集者，或不加察，予故表而出之，爲有文無行者戒。

恭跋外曾王父鍾文陸公讀易抄後〔二〕

《易》之道廣大悉備，程子以事理明之，朱子以象占推之。自科舉之學獨宗《本義》，程《傳》遂束高閣矣！善乎，胡文敬之言曰：「專主《本義》，則似乎太拘；必讀程《傳》，方發明得盡。」又曰：「不可拘於事理，亦不可拘於象占，然事理又切世用。」此真善於學《易》者也。

慎行之外曾王父鍾忠惠公，明萬曆朝名臣，所輯《讀易抄》十四卷，每卦每爻以程《傳》爲主，次之以《本義》，又次引諸儒之説，以發明之。其意正與餘干合。公巡按山東時，鏤板於青州，迨今百二十餘年矣。公之後裔，罕有睹是書者。慎行官翰林編修，於内閣藏書中，曾獲見之，未及録其副。癸巳四月朔，偶從慈仁廟市購得，時方因病乞假，遂謹藏歸笈。公之孫曾有賢而世其家學者，當以此編歸諸鍾氏，慎行不敢私爲秘册也。

〔二〕「文陸公」，四部備要本《文集》作「忠惠公」。

跋范文白先生楷書四十二章經後

吾邑范文白先生，與爾旋法師爲方外交，晚歲益密，每春秋佳日，幅巾棁杖，來遊東林。余時年甫弱冠，幸獲追隨，有作輒就正於先生。所以奬借而噓植之者，不啻口出。嘗與旋公書，於余兄弟有二謝兩蘇之目。雖心媿其言，然生平知己之感，終不敢忘也。

旋公歿，先生相繼下世，迄今垂四十年。余方引疾家居，一日，旋公之法嗣介菴攜先生小楷《四十二章經》見示。追思疇昔，二老風流，恍然如昨，而余年且將七十矣。范之後人，或在或亡，罕有世其家學者。介庵獨恪守戒律，宗風弗墜，復能護持此册，整娖猶新，其賢於我法中人，不亦遠乎！

謹按，梵筴流傳東土者，《四十二章》爲最先。厥後翻譯轉多，經文互異。鳳山所註，視騰蘭初譯，篇章語句，固已參差；海虞毛氏雕本，尤爲舛錯。先生所寫，一依《大藏》，不失佛成道時演説初指，其第四章「兩口惡罵」，「口」字當作「舌」，恐是筆譌。至楷法之工，則固有目共睹，毋煩贅一詞者也。

題扶風琬琰録後

晉以後，士大夫始重門第，於是有《族姓昭穆記》、《百家集譜》、《姓氏英賢譜》、《族系録》、《衣冠譜》諸書。其子孫之述祖父行業者，如褚顗、江祚、虞賢、庾斐、陸煦、李爇、張茂樞、令狐德棻輩，類有紀載。世所傳，惟《鄴侯家傳》而已。蓋朝廷既以官秩爲氏族之甲乙，世家亦遂以此别門房，祖德之顯晦，一視爵秩位之崇卑。而潛善幽光，没而弗耀，其弊至於以子姓而誣祖宗，雖岡頭澤底，吾無取也。

吾邑之馬氏，顯於元，歷四百餘年，墳墓不遷，椒聊繁衍。余友衎齋，系出於朱，自其祖某公，爲後於馬，始改姓馬氏，今幾世矣。間讀元末明初諸家集，或詩或文，凡有關于先世者，悉采附廷舉公墓表後，題曰「扶風琬琰」。使世家之裔，人人如衎齋，則尊祖敬宗，詒孫穀子之道，於是乎在，又何慮潛德之弗彰乎？

跋鷄肋集後

愷功性嗜吟咏，初從余游，年十四五，出語已壓時輩。癸酉夏，余重至京師，愷功詩格一變，而爲典贍老蒼。既自悔其少作，欲盡付摧燒。余語之曰：「學問之道，不進則退。進者，發新硎；退者，失故步。然則是編亦吾子之故步也，盍存之，以自礪新硎乎？」因爲芟汰十之五，名之曰《鷄肋集》，示不忍棄云。今日雪窗無事，偶爲點勘，附志數語於後。

康熙甲午長至後三日，同學查慎行題〔一〕。

〔一〕「康熙甲午長至後三日同學查慎行題」十五字，四部備要本《文集》闕。

跋唐明皇孝經注石刻

古文《孝經》，漢顔芝所獻。先是今文《孝經》十八章已行於世，孔安國、馬融爲古文傳，后蒼、翼奉、張禹、鄭玄，乃説今文。劉向《七略》不以古文爲是，故不列於學官。劉炫《稽疑》不以今文爲是。陸德明、司馬貞力主鄭《注》，劉知幾主安國《傳》，於是争論蠭起。明皇乃合諸家之説，注今文《孝經》，刻石長安，詔元行冲撰《疏》，詳見危太朴《序》中者如此。

丁酉五月，慈谿鄭義門性過余〔二〕，攜石刻拓本見贈。以危《集》證之，無元行冲《疏》，而前有御製《序》，後有李齊古上《表》。蓋此經勒石國子監，天寶四載刊成。模本隨表以進者，元《疏》初不附刻也。御製《序》中，有「舉六家異同，合五經旨趣」之語，所云「六家」

者，韋昭、王肅、虞翻、劉劭、劉炫、陸澄也。劉炫以上四家，危《序》所不載，正可互相攷稽云。自天寶以來，千有餘年，碑石之在長安者，未必完好，而今拓本無纖毫殘損，其爲數百年前舊搨無疑。

康熙丁酉五月既望，慎行識〔二〕。

〔一〕「性」字，原本有眉批：「性字疑作往字」，四部備要本《文集》闕。

〔二〕「康熙丁酉五月既望慎行識」十一字，四部備要本《文集》闕。

跋元板纂圖集注文公家禮後

虞道園云：「朱子使門人輯《儀禮經傳通解》，其志固將有所爲也。事有弗逮，終身念之。而所謂『家禮』者，因司馬氏之説，而粗加隱括，特未成書，而世已傳之。其門人楊復氏以其師之遺意爲之記注者，蓋以補其闕云。」

按，楊復，字志仁，一字信齋，秦溪人，《宋史·藝文志》有楊復《儀禮圖解》十七卷。《續文獻通攷》所載，又有《儀禮圖》十四帙、《家禮雜説附注》二卷。《家禮》乃信齋所自注，而《儀禮圖》及《經傳通解》，則與黄勉齋諸公相繼共成之者也。余家舊有宋刻《儀禮圖》，今又購得《纂圖集注家禮》凡十卷，刻板，卷首楊氏《附注》，後又有復軒劉垓孫《增注》。楊稱門人，而劉稱後學，則此本已非楊氏原書。然校諸俗下所傳本，其儀節詳略，率多異同，圖式亦不合。俗本乃明邱瓊山以己意參酌編次者，并失劉氏之舊矣。

康熙庚子四月，查慎行敬識於南昌志局〔一〕。

又按，原刻序文，乃朱子親筆。後來翻刻既多，或致失真。今以《全集》考之，不同者凡七處：「常體」、「體」字《集》作「禮」。「舉其契」、「契」字《集》作「要」。「體」、「要」二字，疑翻刻之訛，當從《集》。至「用於貧窶」，《集》訛「用」作「困」。「務本」之「務」，《集》訛作「敦」。「崇化」之「崇」，《集》亦訛作「敦」。又，「不可以一日」，「不」字之上少「亦」字。「究觀古今」，《集》少「究」字。此則當依刻本而增加改正者也。慎行又識。雍正癸卯中秋後十日，時年七十又四〔二〕。

〔一〕「康熙庚子四月查慎行敬識於南昌志局」十六字，四部備要本《文集》闕。

〔二〕「慎行又識雍正癸卯中秋後十日時年七十又四」十九字，四部備要本《文集》闕。

跋七里沈氏先世制辭後

沈子楚望，奉其先太守公、中書公兩世誥敕、墓銘刻本見示，余拜而讀之。銘太守公墓者，余外曾王父忠惠鍾公；銘中書公墓者，吾鄉太常忠節吴公也。兩公爲前朝理學氣節名臣，於太守、中書兩先生，皆執下輩禮。凡所稱述，咸信而足徵。覽斯編者，因鍾、吴兩公之文，考知太守公父子之德業，不獨人以文傳，而文又以人重也。吾邑不乏世家名族，安得郯子禮宗，能言其祖，人人皆楚望乎？是足矜式已。

雍正甲辰臘月立春前三日，同里查慎行敬跋〔一〕。

〔一〕「雍正甲辰臘月立春前三日同里查慎行敬跋」十八字，四部備要本《文集》闕。

御札模本跋〔一〕

調飲食最爲緊要，醫書有云：非濕熱不作瀉，非停食不作痛。又云，通則不痛，痛則不通。人皆知其調理，至飲食之時即不能矣。

康熙四十二年五月侍直暢春園，臣慎行偶因腹疾，暫假十八、十九日，蒙恩兩遣内侍，賫賜西洋上藥，隨出御札，徧示在直諸臣以調養之方，實因臣慎行而發也。御書親筆素牋一幅，爲臣妖昇所寶藏，臣病痊後，赴直廬謝恩，恭橅絹本珍諸篋笥，永佩聖訓，奉爲守身之要云。

内廷供奉翰林院庶吉士臣查慎行謹志。

〔一〕此篇及下篇《御書福字跋》均自清道光抄本《初白庵藏珍記》(一卷)輯入。

御書福字跋

内廷日直詞臣，除夕前官給羊、鹿、雉、兔、魚、酒，歲以爲常。康熙甲申十二月二十七日已循例拜賜矣，明日，皇上御乾清宫西煖閣，親灑宸翰，作徑尺大福字十二幢，遣中使下頒直廬，同時在直者，大學士臣玉書、臣廷敬，尚書臣振裕、臣鴻緒，諭德臣昇、臣壯履，編修臣瑄、臣廷儀、臣名世、臣灝、臣廷錫，臣慎行亦與焉。諸臣咸賦詩謝恩。臣慎行詩曰：「介福欣逢景福辰，自天題處自天申。萬年鳳藻輝宸極，一顆驪珠賜近臣。捧出彤庭榮並受，懸同御扁墨長新。箕疇大衍無疆慶，敷錫行看徧庶民。」乙酉正月付養心殿工匠用黄綾裝潢訖，復請鈐御寶，永昭異數云。

南書房供奉特授翰林院編脩臣慎行恭紀。

漢從事梁武祠堂畫像傳跋〔一〕

畫家著録，多始魏晉人，不知東漢石闕圖寫人物已多，第存者寡爾。武梁一碑，乃唐人拓本，洵不易得。圖中機有絞，車有蓋，庭有帷，略見古人製器形象。曾子母、萊子妻履皆鋭頭，當知漢日女子已非赤脚，亦可資考古之一端也。康熙丙戌人日，雪阻葫蘆山房，復同竹垞把玩此書。

〔一〕此篇自王芳新《查慎行詩歌批評研究》輯入，王著轉自《雪橋詩話全集》卷六，北京古籍出版社一九九二年，第三四六頁。

集千家注分類杜工部詩跋〔一〕

宋黄希，自師心，撫州人。乾道中進士，官永新令，作春風堂於縣署，楊誠齋爲之記，極稱之。有《補註杜詩》，搜剔隱微，皆前人所未發，子鶴續成之。鶴字叔似，所著有《北窗寓言集》，事詳郭青螺《豫章書》及《江西人物志》。世但知黄鶴注杜，不知其續成父書也，特表出之。此本刊於元順帝至正八年，余師汪東山先生家藏書也。康熙庚子，忽從江西購得，敬識數言。查慎行跋。

〔一〕此篇自王芳新《查慎行詩歌批評研究》輯入，王著轉自上海圖書館藏元至正廣勤堂本《集千家注分類杜工部詩》。

龍筋鳳髓判跋〔一〕

《新唐書·藝文志》：張文成《龍筋鳳髓判》十卷，宋晁氏《藏書志》所載判凡百首，今上卷止四十三條，下卷止三十五條，尚少二十二條，卷數首數與兩《志》皆不合，疑非足本。宋本書真者不易得，亦可寶也。卓文敏謂其堆垛故事，不逮樂天《甲乙判》云。後辛丑中秋後一日，初白老人慎行識。

〔一〕此篇自王芳新《查慎行詩歌批評研究》輯入，王著轉自傅增湘《藏園羣書經眼録》卷十、《藏園羣書題記》卷九，上海古籍出版社一九八九年，第四六七—四六八頁。

此山詩集跋〔一〕

焦氏《經籍志》，周權《此山詩集》十卷，今此本止四卷，蓋莆田陳衆仲所選定者，非全集也。明弘治朝曾鏤版汲中，余所見乃泰興季氏抄本。詩後間有評騭，當時莆田手筆，並録存之。

周權，字衡山，此山其別號，詩集以此名。《經籍志》即載周權《此山集》十卷，又載周衡《此山集》一卷，卷帙皆與此本不符，疑焦氏此見，必有一訛，俟更考。初白又識。

〔一〕此篇自王芳新《查慎行詩歌批評研究》輯入，王芳新轉自沈津《書城挹翠録》，上海社會科學院出版社一九九六年，第二三三頁。

漁洋詩話跋〔一〕

癸丑之夏，自吴門返里。晨坐舟中，閱王尚書詩話，得並日之功，省書評校，聊以消遣云。海寧查慎行識於鵑湖舟次。

〔一〕此篇自王芳新《查慎行詩歌批評研究》輯入。按，「癸丑」誤，癸丑爲康熙十二年，查慎行是年二十四歲，家居，名嗣璉，尚未改今名。俟考。

槐蔭抱膝圖卷題識〔一〕

壬戌秋，歸自黔南，張丈子游爲余作此圖。辛巳冬至夜展卷太息，相距二十年矣。此圖爲張子游筆，名遠，無錫人，少學寫真於冥南黄谷，谷攜至海鹽，遂家焉。後復受法於閩人曾波臣鯨，筆法大進，與上虞謝文侯彬、莆田郭無疆鞏、山陰徐象九易、華亭沈泉調詔、汀洲劉瑞生祥生、嘉興張玉可琦、秀水沈聿修紀，同爲波臣弟子，名不相上下。

〔一〕此文自王芳新《查慎行詩歌批評研究》輯入，王著轉自《中國古代書畫鑒定實録·查慎行槐蔭抱膝圖卷》，東方出版中心二〇一一年，第二四九二頁。

完玉堂詩集題辭〔一〕

餘讀完玉堂詩，當入《楞嚴藏》，與海内方來學者爲矜式。有體制，有性靈，有氣魄，故聲調高；有火候，故神韻全；有樸致，始近古而醇雅；有生機，則清空而超脱。其斷紋交股，連環掉尾，伸縮變化，歸於自然。蓋其多讀深思，浸潤於浣花，而超脱乎陶、王者也。

〔一〕此篇自上海古籍出版社《清代詩文集彙編》第一百九十五册影《完玉堂詩集》輯入。按，王芳新《查慎行詩歌批評研究》亦有載，王著轉自齊魯書社《四庫全書存目叢書·集部》第二百一十一册影中國社會科學院藏清雍正刻本《完玉堂詩集》卷首《題辭》。

查東山山水長卷題識〔一〕

東山先生，余大阮也。才名妙天下，其翰墨故已獨步一時，無雁行者。間亦作畫，一丘一壑，興隨筆落而已，初未嘗刻意求工，而瀟灑中自有神韻。

〔一〕此篇自王芳新《查慎行詩歌批評研究》輯入，王著轉自《夢圓書畫録》卷十七。

著作王先生文集〔一〕

按，先生文合第二、第三卷止十八篇，此外皆薦剡、勑詞、題跋、墓誌、祭文，後人采以附録者，吕伯恭與朱紫陽尺牘云：王信伯集初謂印刻必多，此數篇，則舊固見之矣。據此，則淳熙中已有刊本，即盧序所云「福清邑庠舊有先生文集二册」行於世者也，特寶祐丙辰重刻於吴學耳。今刊本絶少，抄本復多，脱軼如語録及《答門人顔子樂道之問》等編，并不可得矣，可勝太息！

康熙乙未仲秋慎行手識。

〔一〕此篇及下《題胡雲峰先生集後》、《題鄧文肅公集後》、《題江月松風集後》、《題王安中集後》、《題王常宗集後》、《題虞山人詩集後》、《題朱一齋先生集後》等共八篇跋文，均自清道光抄本《初白庵題跋》（一卷）輯入，此卷附《初白庵藏珍記》後。

題胡雲峰先生集後

朱子之學，自黄勉齋而後，遞相授受者，何北山、王魯齋、金仁山、許白雲皆金華人。雲峰生朱子之鄉，其所纂述，無非發明考亭之緒業，顧不獲從祀廟庭。《元史》本傳所載，僅《本義通釋》及《四書通》，謂其有功於朱門也，他若《太極圖説》、《通書通》、《西銘通》、《大學指掌圖》、《四書辨疑》、《五經會意》、《詩書集解》、《禮記春秋纂述》、《爾雅韻語》、《純正蒙求》、《感興詩通》、《雲峰筆記講義》二百卷、《文集》二十卷，皆闕而不載。世所傳《文集》又缺其半。明正德中，初刻於婺源，萬曆中再刻於家塾。予此抄，蓋婺源初本云。

慎行識，後丁酉九月望日。

題鄧文肅公集後

元鄧文肅公《巴西集》向未有刊本，余從玉峰徐氏借鈔。《元史》無《藝文志》，本傳止云「文集若干卷」，而無卷帙可稽。此外尚有《内制集》、《讀易類編》，今亦亡之，則此要非足本。又，文體先後錯雜，略加詮次，編目於簡端，以便繙閲云。

初白翁識。康熙甲午冬至日。

此篇見《吴草廬集》，今附録。按，《元史》鄧本傳，至順三年賜謚文潔，而志中不載，蓋鄧之葬在戊辰，而予謚在後，非碑文疎漏也。丁酉端陽後三日，慎行又識。

慎行又按，黄文獻所撰碑文與吴作大段相似，但此詳而彼略，故併録附卷首，以補正史傳之闕訛。據黄碑，鄧賜謚在至正九年，而本傳云至順五年。至順乃文宗年號，改元在庚午，終壬申，盡於三年，無五年也。又閲十八年爲順帝至正九年戊子，始奏請予謚，當以黄碑爲正。初白翁再志。

題江月松風集後

錢思復以《曲江觀潮賦》得名，今集中不載，意其别有文集，惜不傳也。此本從曹秋岳司農家借抄，後有補亡詩數首，乃司農采編者，而獨遺《觀潮賦》，當更訪善本補之。初白查慎行識，時癸巳初冬。

題王安中集後

明初吴中有十才子，以高侍郎啓居首。閩中有十才子，則以林膳部鴻居首，次閩縣鄭定，侯官王褒、唐泰，長樂高棅、王恭、陳亮，永福王偁及鴻弟子周玄、黄玄，時人目爲「二玄」者也。恭字安中，隱居七岩山，自稱皆山樵者。永樂初，以儒士薦起，待詔翰林，年六十餘矣。與脩《永樂大典》，書成，授本院典籍。此其詩集也，分體不分卷，中有古體訛入近體者，亦有詞調訛入古體者，今標出每篇之上，覽者辨之。

後辛丑閏夏，初白老人查慎行識，時年七十又二。

題王常宗集後

愼行按，明初脩《元史》，徵山林之士，前後共三十一人。洪武元年冬，則汪克寬等十六人，高啓、傅著、謝徽與焉，三人吴産也。至洪武三年春，續徵朱右等十四人，吴中則有張簡、杜寅、王彝。書成，賜金幣遣還。彝尋薦入翰林，以母老乞歸養。時蒲圻魏觀知蘇州府事，彝與文字往還。觀被誅，彝及啓俱伏法。先生之始末如此。都序云：「脩《元史》者，三十有二人。」不知其中有趙壎者，前後皆被召，其實止三十一人。都第弗詳考耳。啓字季迪，徽字元懿，簡字仲簡，寅字彦正，著字則明。

康熙乙未七月，初白老人手識。

又案，朱竹垞《明詩綜小序》謂常宗有《三近齋稿》，不知即此集，抑有别本也？

愼行又按，先生名彝，其先蜀人本姓陳氏，父仕元，爲崑山州教授，遂家嘉定，自號「嬀蜼子」。

題虞山人詩集後

案桑序，勝伯所著名《希澹園稿》，而竹垞《明詩綜》則云《鼓枻藁》，豈别有一集耶？

須再考。

題朱一齋先生集後

朱善，一名善繼，字備萬，豐城人。九歲通經史，能屬文。元末兵亂，奉母隱山中。明洪武初，徵爲南昌教授。八年廷試第一，授翰林脩撰，以奏對失旨放還。尋召爲待詔，擢文淵閣大學士。嘗講《家人》卦於上前，與劉三吾、汪叡稱三老。未幾，告歸，年七十二。正德中謚文恪。生平著述甚多，有《詩經解頤》《史輯》《遼海集》《一齋集》諸書，傳世者止《一齋集》，十卷。花山馬氏所藏僅前集中之四卷耳。予從江右藏書家借抄成足本，外、後集五卷，即《遼海集》也；又，《廣遊集》一卷，共十六卷。

後己亥十月，初白老人手識。

影元鈔本湛然居士文集題識〔一〕

萬松洞宗派按《金史》曾召入内殿説法，承安二年詔住西山之仰山。又三十九年爲元世祖至正三十一年，歲次甲午，次序當作於是年。湛然爲萬松高弟，其推許不啻口出。世徒知其有功名教，不知禪理精深又如此。歸震川有云：「余少已知耶律晉卿，今始識從源真面目。」予於居士亦云。但歸所見止後七卷，而余乃獲窺全豹。惜鈔手潦草，訛字極多。略用硃筆點出，他日當訪善本校定，庶無餘憾。

康熙辛丑六月初十，初白老人手識。

歸有光跋語曰：「耶律文正王佐元有開闢天地之功，而於禪理造悟如此。余少已知耶律晉卿，今始識從源真面目也。甲子十月十九日天雨無事，讀之半日而畢。本十四卷，亡其前七卷，當俟訪求之。」

〔一〕此篇自臺北成文出版社《中國期刊彙編（第二種）·國學圖書年刊》第五册第四年刊下《題跋·館藏善本書題跋輯録四·集部》輯入。

題陶靖節集十卷〔一〕

陶詩宋以前無注者，至湯東澗始發明一二而未詳。元初，詹若麟居近柴桑，因遍訪故跡，考其歲月，本其事跡以注釋其詩，吴草廬爲之序。比於紫陽之注《楚騷》，當時必有刻本，而今不可得已。此本間引東澗之説，惜未見詹注耳。

康熙甲午夏，初白老人閲畢附識。

濟寧寓樓讀陶詩畢敬題於後：「顔謝非同調，千秋第一人。精深涵道味，爛漫發天真。

有耻難諧俗，無官肯計貧。平生頑懦意，感動賴先民。」時余方因病乞假。癸巳七月望，慎行志。

〔一〕此篇自李盛鐸《木犀軒藏書題記及書録》（北京大學出版社一九八五年版）《木犀軒藏書書録》卷四輯入。

刑統賦解跋〔一〕

《宋史·藝文志》《刑統賦解》四卷，不詳作者姓名。晁公武《讀書後志》著録者一卷，云皇朝傅霖撰，或人爲之注。則傅乃宋人，非元人也。趙文敏序云，東原郄君章析而韻釋之，而不稱其名。則郄必元人，竹垞概以爲宋人者亦訛。此本爲吉林曹氏藏本，甲午五月余從西吴書估購得之。

初白老人查慎行志。

〔一〕按，此篇補鈔於《跋元板纂圖集注文公家禮後》後之空白頁。瞿啓甲《鐵琴銅劍樓藏書題跋集録》（上海古籍出版社二〇一九年版）卷三題作「題刑統賦解二卷」。

題孝詩一卷〔一〕

此金陵黄氏千頃堂鈔本，乙丑余客都下，曾於俞邰案頭見之，今歸玉峰季子。

甲午九月借鈔畢附識，初白翁。

〔一〕此篇自吴壽暘《拜經樓藏書題跋記》（中華書局《清人書目題跋叢刊》影道光《别下齋叢書》本）卷五輯入。

題説學齋稿四卷〔一〕

按，焦氏《經籍志》《危太樸集》五十卷，今不可得矣。世所傳之鈔本凡二，其一曰《太樸文集》，皆賦、頌、記、序，有目録而不分卷。其一曰《説學齋稿》，碑版之文居多，而不編目，即開林顧氏跋所云「歸太樸亦未見」者。此外，又有古今體詩二卷。要之。皆非全書。近從玉峰徐氏、梅里朱氏、花山馬氏三處借閲，互加參考，稍稍正其舛譌，隨録隨校，不敢假手他人。至漫不可辨者，則乃闕之。費兩月之心力，彙成二册。又於浦江鄭氏《麟溪集》及程文憲公《雪樓集》、黄文獻公《日損齋集續》采得題跋、墓銘五首補録於後。雖未敢信爲足本，較三家所藏差少紕繆云。

康熙丁酉五月既望，初白老人查慎行再識。

〔一〕此篇自陸心源《皕宋樓藏書志》（中華書局《清人書目題跋叢刊一》影光緒萬卷樓藏本）卷一百十一輯入。

題魯齋遺書[一]

嘗見鄭端簡公家藏書《許魯齋集》，刻於正德中者，止七卷，前有何瑭粹夫序，視此本少《語録》下卷及《附録》後卷。此本乃萬曆中重刊於懷慶者，南中書鋪絶少，偶從茗客船上購得抄本，惜中多脱誤，繙閲之餘，未能——是正也。

康熙丁酉七月朔初白老人識。

〔一〕此篇自廣東省圖書館藏清康熙鈔本《魯齋遺書》輯入。

題幸清節公松垣文集十一卷[一]

按郭青螺《豫章書》：幸元龍，字震甫，高安人，嘉泰間進士。初尉京邑，改知當陽縣，擢郢州通判。上書雪濟，邸冤屏費而卒。黄雷岸《人物志》以爲慶元進士，由鄂州通判忤史彌遠，劾令致仕。考之《科目志》，慶元五年己未曾從龍榜：幸元龍，靖安人，仕郢州判。又與郭《書》、黄《志》互異，而與《靖安選舉志》則同，似當從之。所著《松垣集》外尚有《桂巖集》，今不傳。此集刊於明萬曆朝，僅存什之一，亦非足本也。康熙庚子中秋前於南昌書局抄録成卷，故識於首。

查慎行初白。

〔一〕此篇自李盛鐸《木犀軒藏書題記及書録》（北京大學出版社一九八五年版）《木犀軒藏書書録》卷四輯入。

題雙峰集九卷〔一〕

是集初刻於宋寧宗嘉泰四年，公季子邁所編，先生自序，題曰「雙峰猥稿」。至理宗淳祐七年，再刻於連山，章枕山有序。元初，公之七世孫名世重刊，有歐陽冀公序。未幾，板燬。洪武中，八世孫泰亨以家藏舊雕本重刻於南昌，訓導劉鉞志其本末。正統中，十世孫守中重刻，劉忠愍爲之序。今所鈔者，照正統本，第八卷中缺七言律詩三首，第九卷中缺訓後一條，據別本補入。

康熙庚子重陽前四日，慎行識。

慎行於江西書局見是集鈔本，第九卷中尚有「訓後」一條，今補録。

〔一〕此篇自吳壽暘《拜經樓藏書題跋記》卷五輯入。

題傅與礪詩集八卷〔一〕

元傅若金，字與礪，江西新喻人。受業范德機之門，年三十，游燕京，虞伯生見其詩，大加稱賞，由是知名。元統三年，介使安南，還授廣州教授。余修《江西志》，於臨江人物爲立傳，此八卷借鈔於吴尺鳬氏。尚有《文集》若干卷，當從花山馬氏合成全璧。

初白翁識。時年七十有一。

〔一〕此篇自黄丕烈《士禮居藏書題跋記》（揚州江蘇廣陵古籍刻印社影士禮居刊本）卷六輯入。

題林公輔集不分卷〔一〕

林公輔名右，明洪武朝人，被薦授職閣門下。所著文計一百五篇，不分卷帙。余得鈔本於友人齋頭，補綴破爛，别録如右。原本舊用硃墨校閲，每篇段落及字句之間多有鈎畫甲乙處，於作者命意眉目分明，要是留意於先民矩矱者。故并其圈點悉依原本，以存其舊焉。初白翁。

又按，先生臨海人，洪武中與葉見泰等並徵，官中書舍人，與方正學友善。嘗奉璽書行邊，有功，進春坊大學士，命輔導皇太孫，以事謫中都教授，棄官歸。靖難初，聞正學被禍，爲位哭於家。成祖召之不至，械至京，猶欲用之，先生對曰：「罪人逃死已久，藉令可仕，當與方孝孺同朝矣。」成祖怒，劓之死。南渡後追贈禮部尚書，謚貞穆，事載華亭《明史》列傳。世但知先生爲文士，罕有稱其忠義者，特表出之。

康熙辛丑四月，查慎行再識。

〔一〕此篇自吳壽暘《拜經樓藏書題跋記》卷五輯入。

題毛詩舉要二十卷〔一〕

右《毛詩舉要》二十卷，焦氏《經籍志》不載，《菉竹堂書目》有鄭氏《釋文》及《音義》，共四册，而無卷數，亦無「舉要」之名。此本購自江西志局，確係宋雕本。二十卷首尾完好，惟篇首僅有圖數頁，又無序，疑尚有缺文，苦不得别本校對。乙巳二月檢閲一過，敬識於末。

南書房史官查慎行。時年七十又六。

〔一〕此篇自楊紹和《楹書隅録》（清光緒二十年聊城海源閣刻本）卷一輯入。

題膚齋考工記解上下卷〔一〕

林希逸字肅翁，又號膚齋，福清人。乙未吴橋由上庠登第，凡三試皆第四，真西山所取士也。是歲以《堯仁如天賦》預選，時稱林竹溪。周草窗《雜誌》中載其登第事甚詳。查慎行手識。

〔一〕此篇自傳增湘《藏園羣書經眼録》（中華書局二〇〇九年版）卷一輯入。

題雲林集詩二卷文一卷〔一〕

黄文獻公溍所作《太常博士危府君墓志》：府君諱永吉，字德祥，徙居雲林三十六峰之陽，即太僕之父也。詩名《雲林集》，當以此，慎行識。

虞伯生有《清明山房詩爲危太樸作》，又《次韻太樸讀書山中見懷之作》二首，皆載《學古録》二十七卷《歸田稿》中。今檢《雲林集》，皆失原作。又，宋景濂有《題危雲林訓子四言詩後》云「危公冢子，字於𢡖，自檢討奉常遷佐薊州，將之官，賦四言詩一章勉之」云云，今亦失原作。

〔一〕此篇自吴壽暘《拜經樓藏書題跋記》卷五輯入。陸心源《皕宋樓藏書志》卷一百十一亦有載，然闕「歸田稿中」四字。

鶴山筆録跋〔一〕

竹垞自粤游回，鈔《鶴山筆録》一卷見眎。予意必陳腐滿紙，漫不省也。近因箋注蘇詩，試取檢閲，則見辨核紀録，皆有真趣，卓乎小説名家。毛氏《津逮》既鐫其題跋，而不及此，想汲古閣中亦無此藏本也。爰校正一二譌字，命兒子承加意精抄，儲之説類。

悔餘老人書。

〔一〕此篇自李調元《函海》第二十九所收宋魏了翁《鶴山筆録》（光緒七年刻本翻刻）輯入。

敬業堂文集卷三

雜記

重游德山記〔一〕

沅江過朗州城下，五里折而南，其流清駛，灘聲悠揚。水底白石鑿鑿可數。游人櫂小艇至西岸，即德山也。中丞楊公奉命撫黔，其來朗也，始至，即與客約游焉。

山之陽爲乾明寺，寺中有龍井二，水泉甘潔。殿後荒榛宿莽間，古碑七八，或仆或立，苔紋剥蝕，惟宋丞相周益公二詩，大書深刻，點黷犁肰。同游者咸和焉。

寺東金剛塔院。其西循徑路而上，百許步，爲桂林園。又西而北，陂地回互，其勢漸高，曰孤峰頂。四面陡絶。北顧荆襄，數百里間煙樹微茫，莫可辨識。其西側，桃源、辰州，連山蜿蜒，際天無極。東南洞庭，洪波浮空，雲霞倒生，風帆浪舸，向背去來，或隱或見。此則山之勝覽也已！

已而，天色忽變，煙靄四合，下視朗州城，墜泱莽間，樓櫓莫辨，而鼓角之喧闐，猶殷殷在耳。山寒清峭，難久駐，遂覓徑而下。東北聚柱，高八九丈許，藤蘿薜荔，轇結紛披，葱鬱輪菌，望之若樹，就視，則一古塔也。北行四十步，石壁倚江，巖巖千尺，山勢於是焉窮。考《志》，此山因善卷得名。今其遺蹟，渺不可得。而佛殿翬飛，燼而再焕。人或不愛萬金以祈福，顧恪餘力，不爲高士營一祠，亦獨何也！相與徘徊歎息者久之。比至江口，則顛風斷渡，還坐乾明方丈，微聞簷頭鐵鳳鏗然做聲而已。未幾，雨雪交下，四山竹柏，與鞺鞳泠泠相應。因與中丞叙鞍馬之場，塵土風沙，所至皆是，不謂兵戈戎馬之場，猶有此清境，亦足以償半年之勤瘁爾！一燈禪榻，風雨依然，特未知重游何日？燒燭而記之。

〔一〕此篇自稿本《側翅集》輯入。題下硃批：「別入文類。」

重脩飛雲巖月潭寺碑記代楊中丞作

向讀陽明先生《飛雲岩記》，謂「天下之山，聚於雲貴，而雲貴之勝，萃於兹岩」，心竊欣然向往。時繫官於朝，而黔陽僻在荒徼，去京師六千餘里，以爲生平游跡，無由至焉矣。

無何，奉撫黔之命。是時，西南猶阻寇亂。既而，王師冞阻，恢復疆圉。兩年之間，余方從事鞍馬，厭苦馳驅，出入於荒榛宿莽、猿猱虎豹之穴，丹危翠險，力之所窮，興與俱盡。雖雅有山水勝情者，宜其困躓憔悴，一變疇昔之好尚。而迺過兹岩之下，不覺心神耳目爲之飛動，忘行役之勞，與客流連不忍去也。

岩傍舊有月潭寺，路當孔道，兵馬驛騷，窗户垣墻，悉皆隳圮。思一爲茀葺，顧時不暇爲。適學士佛公、侍郎金公督餉入黔，以重脩之議來告。余曰：「某志也。」復與二三僚屬，捐資以襄此舉，期年而成。董其役者，繪圖以進。凡棟宇塈塗，撓敗者易之，頽廢者整之。一時欹者植，剥者堊，闕者備，而月潭寺之勝，頓復舊觀〔一〕。岩之右有隟地，勢平而衍，别營殿宇三重，築亭以表其前，濬池以環其後。岩之前踞高而起，與聖果亭並峙者，爲童子閣。自是而兹岩之秀，爛焉增勝矣！

幸余方在請告，冀得蒙恩放歸，重經其地，于焉憩息。迴思向者風塵況瘁，車殆馬煩，山靈有知，或不余陋，庶無負萬里之行乎！惟是城郭人民、里閭風俗之故，一經凋敝，積數十年未能驟復，而游觀之地，易壞亦易成，此余之援筆不禁慨然有動於中者也。

〔一〕「觀」，四部備要本《文集》作「規」。

九江考〔一〕

九江之名，昉於《禹貢》，本荆州之域，與潛、沱、雲夢並稱。自秦設九江郡，漢因之。領壽春、浚儀、成德、歷陵、橐皋、陰陵、當塗、鍾離、合肥、東城、博鄉、曲陽、建陽、全椒、阜陵，皆在江北，非今府治地也。晉元嘉中〔二〕，割荆、揚二州豫章、鄱陽、武昌、桂陽等十郡，置江州，而潯陽隸焉。潯陽以蘄之潯水得名，初亦在江南也。則江州者如今一省之名，原非一郡也。梁移潯陽治湓城，隋名九江郡，實今之府治。《志·輿地考》或云：「江過潯陽，派别爲九，故名九江。」或云：「有小江九，北來注之，故名。」《潯陽地記》從而造爲九水，以實之：一、烏白江，二、蚌江，三、烏江，四、嘉靡江，五、畎江，六、源江，七、廩江，八、提江，九、菌江。今按名而求之，湓城上下惟烏江之名存，然去九江府東北且千里。其他一無足證，不問而知其妄矣。《尚書》蔡傳九江者，指洞庭而言。朱文公曰：「《經》言九江孔殷，正以見其吐吞壯盛，浩無津涯之勢。決非尋常分派小江只可當。又繼此而後，及夫潛沱雲夢，則又決非今日江州甚遠之下流。今所謂江州，乃古武昌郡柴桑縣，後以江北之潯陽名。後又因潯陽而改爲江州，實非古九江地。又況《經》之所言『過九江至於東陵』，而後會於彭蠡。今自江州城下至湖口縣，不過四十里，不知東陵在何處？」宋胡秘鑒旦、晁詹士説之皆以九江爲洞庭，正與蔡九峰之説相合。然則今之洞庭，即古之所爲九江，而今之九江，乃晁公武所云一水而名九，猶太湖一湖名五湖，昭餘祁一澤名九澤耳。

〔一〕此篇自稿本《壬申紀游》輯入。

〔二〕按，「元嘉」，疑爲「元康」之誤。割荆、揚十郡而設江州，事在晉惠帝元康元年。《晉書》卷一五《地理下》載，「惠帝元康元年，有司奏，荆、揚二州疆土曠遠，統理尤難，於是割揚州之豫章、鄱陽、廬陵、臨川、南康、建安、晉安，荆州之武昌、桂陽、安城，合十郡，因江水之名而置江州」。

河源江源辨〔一〕

從來言河源者，皆云出崑崙山北陬而東行。或曰，河有二源，一出葱嶺，一出于闐。唐薛元鼎所探河源，自以爲過漢張騫。宋臨川吴氏，謂天下山脈，起於崑崙。山脈之所起，即水源之所發。迨元時遣使窮河源，實出西域。自河州行五千里，抵星宿海。蓋崑崙實合葱嶺、于闐二流而東過蒲昌入中國，自臨洮、寧夏至延綏、山西兩界之間。則崑崙乃河流繞過其麓耳，非河源也。

言江源者，以《禹貢》「岷山導江」一語爲斷。然岷山在今茂州汶山縣，其水甚微。嘗閲《雲南志》，謂金沙江之源，出於吐蕃。南流漸廣，至武定之金沙巡司，經麗江、鶴慶，又東過四川之會州、建昌等衛，以達於馬湖、敘州，然後匯爲大江。又，《緬甸宣慰司志》，謂其地勢廣衍，有金沙江闊五里餘，水勢甚盛，緬人特以爲險。據此，則江水源乃在緬甸，而岷山者，乃中國西南徼，禹之導江，自此而始，非江源也。若泥經文，則「導河積石，至於龍門」，將遂以積石爲河源乎？

〔一〕此篇自稿本《壬申紀游》輯入。

自怡園記

京師在《禹貢》冀州域内，地近西山，水泉歕涌，出阜成、德勝二門，演迤灝漾，泉之源不知其幾也。玉泉最近，泉出山下，自裂帛湖東南，流入丹棱沜。傍水之園，舊以數十，海淀最著。今天子既規以爲暢春園，有詔聽王公大臣於其傍各營別業。

相國明公之園，在苑西二里。其初平壤也，海淀之支流經焉。度地於丁卯春。余時假館邸第，公邀余出郭，畚鍤之衆，錯趾於畎溝禾黍間。鑿地導川，積土成阜，澗溪流而沼沚渟，規模粗具也。

後一年，余以事告歸。明年再至京師，游於北郊，石墻水栅，逶迤連延。架橋以通往來，甃石以時蓄洩。亭臺花木，羅列而清疎。步屧所至，犁然改觀矣。

既而余南游洞庭，泝江西上，渡彭蠡，登廬山五老峰，落拓而歸。洎癸酉夏復來謁公于郊園，則草之茁者叢，木之花者實，槐柳交於門，藤蘿垂於屋，蘭蓀賨菉，被坂交塍，洲有葭菼[一]，渚有蒲蓮，鳧雛鴈子，魚鮪鱗介之屬，飛潛游泳，充牣耳目之前，窅然以深，若入岩谷，曠然以遠，如臨江湖，久與之居，而不能舍以出也。曩令兹地終爲農牧之區，則阡陌東西，邨童野叟，牛羊之所踐履耳[二]。幸而爲苑囿，爲池臺矣。或賓從之游，歲月一至焉，則泉石山林，事仍有待。

今者海宇蕩平，國家清晏，時和而年豐，含生之倫，靡不各遂所欲。公於斯時乃得從容逸豫，時奉宸遊，矢《卷阿》之德音，效洛濱之故事。迴思十年以前，公方枋國，廟堂之上，旰食宵衣，以削除寇亂爲務。洎乎小腆就平，而公亦旋解機務矣。豈非先憂後樂，各有其時？而臺池鳥獸之樂，《傳》所稱「與民偕樂，故能獨樂」者歟！

余田野布衣，生長山陬水澨，屢獲從公游，承命而爲記，既以賀兹地之遭，且俾世人知公獲享林泉之樂者，由於手佐太平也。

〔一〕「洲」，原作「州」，據備要本《文集》改。

〔二〕「踐」，原作「蹊」，據北大本《文集》改。

吏部廳藤花賦

原夫物有菀枯，因人而重；材無堅脆，得地斯榮。紅藥翻階，紫薇榜亭，亦有柔木，敷於廣庭。爾迺擢秀芳辰，托根清署，雖掩冉而葳蕤，終纏綿而附麗。虬潛蠖屈，難求十丈之伸；蚓結蛇蟠，聊借一枝之寄。

於斯時也，首夏清和，火正司南。日曨曨以窺牖，風微微以入檐。莖似疏而還密，葉將放而猶纖。不斷穠香兮，蜂鬚斜觸；初施紫粉兮，蝶翅輕沾。其爲地也，窈窈閣鈴，沉沉門鑰。曉烟深鎖乎牆隅，晝漏稀傳乎院落；赬顏酣酒而嫵媚，長袖臨風而綽約。披帷拂幔兮，整整邪邪；縮綬垂紳兮，纍纍若若。其爲木，則非叢非苞，非灌非喬，阿那冶葉，荏苒倡條。比絲蘿之善附，俄緣木而抽梢。其爲色，則在皓非白，在朱非赤，儷緑妃紅，實維間色。荆花無連理之枝，含笑乏凌霄之質。然且保擁腫，閲流光，飫土膏，承天漿。薪樵不加采，斧斤不能傷。豈非重前賢之手澤，比遺愛於甘棠？

於是廳以花名，案因香設。陰成步障之庭，影動啣杯之席。禽聲宛宛，似傳好音；花氣欣欣，如有德色。才人因之以賦咏，志士撫之而太息。莫不俯仰景光，流連昕夕。彼弱植之敷榮，尚邀歡於顧惜，何況新甫之柏，徂徠之松，海濱若木，嶧陽孤桐？方將蔽厚地，摩蒼穹，星占營室，象取棟隆。梓人增其顧盼，匠石快其遭逢。有不乘時致用，而假手成功者乎？

窳軒記

初白主人名其坐卧之室曰「窳軒」。客或過而叩其義，曰：「蓋聞器之不良者爲窳，俗之呰媮者爲窳，先生豈別有説處此乎？」

應之曰：「天之生物也，一成而不可變，各有本性焉。客獨不睹夫草木乎？繇者，條者，芭者，灌者，苕者，艻者，杋者，棘者，上喬者，下樛者，剛而脆、柔而忍者，似綸似組者，似布似帛者，材不材者，苟遂其性，則始乎甲坼，達乎勾萌，胥有亭亭自拔之勢。惟蔓生者曰蓏語出《周禮注疏》，其義與窳通。許叔重言：『窳，嬾也。』孔穎達《詩疏》云：『草木皆自豎立，惟瓜蓏之屬卧而不起，若嬾人常卧室，故字從穴。』然則蓏者，物性之嬾者也，故窳之義歸焉。今主人筋駑肉緩而歸老斯室也，四年於兹矣。跡遠乎著作之庭，名脱乎衣冠之録。靚若淵魚，逸儕岩鹿。於焉婆娑，於焉寤宿。爰息吾肩，爰託吾足。髮稀慵櫛，身垢倦浴。空盈廢持，蝅簡輟讀〔一〕。運甓嗤陶，釋《玄》陋束。瓦缶鼓而不謌，羸博坎而不哭。方且兀坐忘几，晏眠忘蓐。收視銷聲，若無耳目。是秉性之最嬾者無如僕也，故隤然自况於草木。」

〔一〕「輟」，原作「掇」，據北大本《文集》改。

種草花説

窳軒之南有小庭，廣三尋，袤尋有六尺，繚以周垣，屬於檐端，拓窗而面之。主人無事，以杖以履，日蹣跚乎其間。既又惡夫草之滋蔓也，謀闢而蒔藝焉。或曰：「松、桂、杉、梧，可資以蔭也。是宜木。」主人曰：「吾年老，弗能待。」或曰：「梅、杏、橘、橙，可行而列也。是宜果。」主人曰：「吾地陿，弗能容。」有道焉，去其蕪蔓者而植其芳馨者，是亦幽人逸士之所流連也。迺命畦丁鉏荒穢，就鄰圃乞草花。山僧野老，助其好事，往往旁求遠致焉。

主人樂之，猶農夫之務穡而獲嘉種也。蓋一年而盆盎列，二年而卉族繁。迄今三年，萌抽於粟粒，荄發於陳根，芊芊芚芚，紛敷盈庭，兩葉以上，悉能辨類而舉其名矣。當春之分，夏之半，雨潤土膏，乘時以觀化，見夫甲者坼，芒者擢，吾之生機與之俱動也。已而含芬菲，飽風露，吾之呼吸與之相通也。爲之相其稀穊，時其燥濕，除厥蠹而根是培，直者遂之，弱者扶之，蚤芳者吾披之，晚秀者吾誒之。洎乎風凄霜隕，莖萎而實堅，則謹視其候斂藏，以待來歲焉。吾之精神，無一不與之相入也。而且一薰一蕕，别臭味也；爲穉爲壯，驗枯菀也；或寒或暴，紀陰晴也；朝斯夕斯，閲春秋也；優哉游哉，聊以卒歲也。

客徒知嘉樹之蔭吾身，而不知小草之悦吾魂也；徒知甘果之可吾口，而不知繁卉之飫吾目也。彼南陽之梓漆，平泉之花木，積諸歲月，詒厥子孫，洵非吾力之所逮，抑豈吾情之所適哉！

姪克寬字説

季弟信庵之次子名克寬，生二十二年矣。丁酉五月，試於有司，始列名郡庠，信庵請余字之。余惟子生則父命以名，及冠而字之，乃朋友之道也。雖然，因其字以文其名，且以寓訓勉之意，即出于父兄，胡不可？遂字以「居仁」，而語之曰：

克寬、克仁之義，首發於《商書》，孔子于《乾·九二》，則曰：「寬以居之，仁以行之。」善解《易》者，孰如子思？其言曰：「寬裕温柔，足以有容也。」又孰如孟子？其曰：「居惡在？仁是也。」吾由是以思，寬乃仁之量，居乃行之本乎！夫仁，有全體焉，有大用焉。體則其居也，用則其行也。君子體仁，居也；足以長人，則行矣。以仁存心〔一〕，居也；强恕而行，則行矣。行豈有外于居者乎？

今進而與子言：家庭，從容乎父母之側，疾言遽色，無所用也。更進而與子言：學問，涵泳乎《詩》《書》之味，躁心迫志，無所施也。所謂從容涵泳者，非寬而何？子能體之，則居者居此也，行者行此也，仁遠乎哉！克寬不以吾言爲迂，請筆之爲字說。

〔一〕「仁存」，原作「存仁」，據四部備要本《文集》改。

姪基字説

仲弟德尹之長子名基，年十五，充禾郡博士弟子員，請字於余。古者十五歲曰「成童」，二十曰「弱冠」。未冠而字，非禮也，余將責成童以成人之禮焉。爰字以「履旋」而爲之説。曰：

聞諸《易・大傳》：「履，德之基也。」基乎，基乎！今與汝言《履》卦之義，可乎？「履」者何？步履也。初、上兩爻，「履」之始、終也。初之「素履」，進步也，故曰「往」；上之「視履」，退步也，故曰「旋」。夫士之處世，無過兩途，不患其不能進也，既進矣，則當思退步。吾夫子于《大壯》，亦取「履」義，初「壯趾」，而上「不能退」，與此正相發明。世固故有挾一往之氣〔一〕，直視無前，自謂馳驟縱横，靡適不可。要其終如泛梗飛蓬，貿貿焉不知歸宿之何在，然後悔其無退身地步。上居卦末，閲歷深矣。六三以「跛履」遇「咥」，而履道者獲坦坦之貞；九五以「夬履」致「厲」，而履尾者有愬愬之吉。人情之得喪安危，皆其自取。吾一一反而考驗焉，任世途之險夷，無以易其「素履」。若户然，朝于斯出，暮於斯入。若路然，前由此往，後由此歸。其進也，不窮於晚節；其退也，不負其初心。夫是之謂「考祥」，夫是之謂「元吉」。至是而獨行之願遂矣，履道之能事畢矣，無他，基在故也。上爻統《履》之全，卦義蓋如此，此非余之私言也，先儒嘗言之矣。吴文正公之《銘履齋》曰：「中有實地，下澤上天，初履其往，後視其旋。」基乎，願汝三復斯銘也。

〔一〕「固」，原作「過」，據四部備要本《文集》改。

沈廷芳字説

古者有字辭，無字説。男子冠而字，自始加、再加、三加，及三醴三醮，皆賓爲之。賓既爲之冠，因而爲之字，因而爲之辭，率以頌寓規焉。其或非賓而命以字，非賓之辭而别作字説，均之非古也。沈子慎旃，初名某，既冠，且字矣。今更名廷芳，復請字於余。余援古義以告之，終辭不獲，則取《離騷》「芳椒」之義，字之曰「椒園」。

夫草木之以芳見稱，有若蘭者矣，有若菊者矣，有若芝與桂者矣，吾獨取乎椒也，何居？按許氏《説文》云：「芳，香草。」《毛詩疏》云：「椒之實香，芳物也。」故《椒聊》之章咏其實，《載芟》之章咏其馨。《椒花》一頌，出漢魏以下，三百篇所不道。然則《騷》之所稱，固取其實之兼臭味者而言，非芳菲、芳華之謂也。沈子所居有園，讀書閉户，徜徉乎其中，挹彼繁衍，資我芬郁。于以奉親，則椒盤是獻；于以懷友，則握椒可貽。夫寧采春華而忘秋實乎哉？爰系以歌，曰：

園有椒，有菉其目。之子采之，其香盈匊。

園有椒，其味孔辛。之子佩之，其香遠聞。

海寧縣學重建明倫堂碑記

吾邑學宫，舊在縣治西。宋南渡初，丹陽刁侯雍來爲宰，始徙於治東南，晉陵胡先生瑆爲之《記》。後五十餘年，紹熙改元，吴興沈侯紡復建堂，而揭以明倫，寓賢鍾先生必萬稱其知教人之本。學之有明倫堂，其來舊矣。歷元迄明，興廢不一。入本朝，康熙乙卯、丙辰間，安陽許侯三禮因其舊，稍加脩葺，爾來又四十餘年。風侵蠹蝕，日就頽圮，尺椽片瓦，僅有存者。堂之址，鞠爲茂草，行者惻焉。自余歸田十年，令茲邑者凡六易，加以旱魃爲虐，陽侯告蓄。士生其地，日𢿱𢿱焉偕編户小甿輸將畚鍤之不暇，遑恤其他？

壬寅夏，應城黄侯在瓚自仁和令兼視邑篆，下車謁文廟，慨然以重建斯堂爲己任。首捐清俸，庀材鳩工，邑中士大夫亦竭蹶佽助。不五旬，而頹垣斷礎美輪美奂，頓還舊觀。班書有云：「移風易俗，非俗吏所能〔一〕。」不信然與！侯既去，多士請余文記其事。吾見世之爲宰者矣，其强有力者，不過急簿書赴期會，用以媚上官而博薦剡，率視文教爲不急而不肯爲；其弱者，則因循瞻顧而不能爲。於是乎朝廷養育賢才之地，反不若浮屠、老子之宫，任其廢墜而莫舉，良可嘆已！侯，今一署令耳，能急所當務，致此邦人士咸感發興起，相與共觀厥成。又以見世教未衰，而善政之果可爲也。

凡我多士，何人不在倫類之中？何人不有明倫之責？登斯堂也，顧斯名也，父兄以誨子弟，俊乂以迪顓蒙。今日脩于家者，異日即可效於國。庶不負古人命名之義，抑所以答賢侯重建是堂之厚貺也與！慎行，邑人也，齒髮就衰，而學業不進，品隲未成，肅瞻宫墻，循省滋媿，於多士有朋友之道焉，敢云責善，竊願交相敦勉云爾。

南書房史官邑人查慎行撰〔二〕。

〔一〕按，四部備要本《文集》闕「非俗」二字。

〔二〕「南書房史官邑人查慎行撰」十一字，四部備要本《文集》闕。

琳霄觀碑記

蓋聞崑丘縹緲，啓白玉之仙樓；閬苑峥嶸，竦黄金之神闕。自昔真人攸宅，多在奥區；天姥所都，必棲靈境。然或方壺員嶠，遠希海外蓬瀛；月窟星躔，遥指雲端臺殿。未若近聯松牖，映御幄以增輝；峻竦雕櫨，拱宸居而焕采。洵乎天人胥慶，遐邇具瞻者矣！

琳霄觀者，名標雁塞，地屬烏城。自臣民蒇事以來，爲行在祝釐之所。千峰環秀，三水交流〔一〕。測日晷於離方，正壇壝於巽位。因基架屋，舊爲炎帝之宫；叠石爲堂，是謂火神之宅〔二〕。規模粗具，殿庭鮮巨麗之觀；締構維新，像設表莊嚴之飾。碧霞中坐，紫府宏開。岱岳於以分靈，神州因而錫祉。金容殊特，巍然三十二光；寶相華端，粲若八十一好。瓊簪珠網，仰挹慈顔；絳節黄幡，高傳法響。洪庥普被，實司福善之權；純嘏用申，永示降祥之理。星冠肅穆，則玉珮來儀；霞帔飄揚，則瑶池並列。錫子孫之繁衍，吉兆徵熊；助耳目之聰明，長齡仿鶴。豈若遥窺金洞，莫測靈源，空擬玉虚，罔親法象而已。夫其照臨福地，密邇神淵〔三〕。紫鱗游泳於淪漣，彩翮飛翔於岑蔚。花光匝砌，雨露敷榮；樹色參天，烟霄擢質。羽幢芝蓋，拂行旆之綴旒；鼉鼓鯨鐘，應挈壺之漏刻。遠眺而夕嵐凝黛，仰瞻而晨旭開紅。此則拱翊離宫之大概也。

乃若棟隆叶吉，斗極分榮。屈臨萬乘之尊，涖止三清之界。旃檀小殿，時聞袖屨之香；金碧脩廊，長獲風雲之氣〔四〕。璇題寵錫，名擅琳霄；金榜高懸，光昭銀漢。壇邊松柏，五辰交燭於户庭〔五〕；井上芙蕖，二曜循環於枅栱。莫不同瞻御墨，共仰天章。慶萬壽之無疆，祝一人之景運。此則賜名給額之大概也。

爾其俯臨闤闠，旁引阡陌。樹以桑麻，闢塞垣而歌樂土；教之稼穡，築場圃而繪《豳風》。白壝赤埴之神皋，沃逾千里；黑秬黄粱之嘉種，畝溢三鍾。倉箱咸慶其豐盈，酒醴不愆於報賽。此則輔國佑民之大概也。

至於屏藩之會，朝貢所經。無雷出日之鄉，火鼠燭龍之域。同文同軌，合八表以來王；殊俗殊方，款九邊而受吏。覆幬所及，躋熙攘於春臺；聲教所通，登康寧於壽域。莫不沐仁風而喜形於色，瞻靈宇而敬發於心。絡繹輪蹄，望塵頂禮；聯翩劍珮，識路知歸。此則助宣遐化之大概也。

凡兹二氣之良能，咸贊九重之厚福。懷柔河嶽，涵度量於高深；膏澤寰區，卜精神於强固。危微精一，心傳直溯唐虞；服教畏神，統馭并包釋老。無爲稱舜，風開道德之先；多壽頌堯，歷冠神仙之首。若乾坤之函蓋百靈，肸蠁以保和；如日月之光華兩大，氤氲而顯化。是則天之佑助，無煩頌禱之辭；神所憑依，與享昇平之樂。凡爲臣子，孰不尊親。

庶幾香火萬年，慶綿長於寶鼎；疇圖五福，思翊贊於皇猷云爾。

〔一〕「三」，北大本《文集》作「二」。

〔二〕「火」，四部備要本《文集》作「大」。

〔三〕「邇」，四部備要本《文集》作「通」。

〔四〕「獲」，四部備要本《文集》作「護」。

〔五〕「燭」，四部備要本《文集》作「錯」。

重脩普濟寺碑記

溯夫佛教之盛，莫如南北朝。今京師梵刹最古者，率昉於北魏、周、齊間。顧世遠無徵，其載在圖經，勒諸碑版，確然有年月可紀者，則隋開皇中之仁王塔、唐貞觀中之憫忠寺也。順義縣去京師東北六十里，縣有村曰王路村，有寺曰普濟。相傳唐文王征高麗歸，道經此，命僧建道場，以度陣亡將士。則兹寺之創，當與憫忠同時，歷遼、金、元，或廢或興，至明正德、嘉靖兩朝，始有重脩記石可考。自嘉靖丁酉迄今，又百七十餘年矣。

善男子錢某某兄弟三人，樂善而好施，奉其母邵氏，皈依三寶。睹佛宇之頹圮，慨然發願，庀材鳩工，經始于康熙四十九年庚寅，訖工於五十二年癸巳。凡爲殿四重，三門外峙，廊廡四周，像設之缺壞者完之，丹堊之剥落者新之，以至法筵應供之器，齋寮庖湢之所，靡不整姸具備。約費以二萬計，未嘗募緣求助，皆捐己資，抑又可謂難矣。

余惟慈氏立教，五根以信心爲上，六度以檀施爲首，佛在世時，直欲以慈悲一念，普濟衆生，苟可救人利物，即軀命亦所弗恤，何有於奉身之財？從其教者，始則堅其信心，既而廣其願力，自什佰以至億萬，心之所及，力必殫焉。是真得檀波之義諦者也。竊嘆世之居厚資者，往往校錙銖，吝出納，捨一金自以爲檀越主，飯一僧自以爲功德林。其視錢氏兄弟，不亦靦顔多愧乎哉！

順義縣重脩東岳廟碑記

太山爲岱宗，載在《尚書》，歲舉柴望之祀〔一〕。禮，天子祭四岳，諸侯祭名山之在封内者。齊人有事於太山，必先有事於配林，而季氏旅之，孔子以爲僭。秦漢以降，凡舉封禪者必於此。然則太山之神綦尊，祀典不綦重與？

顧岳者，地示也，祭于壇壝而弗廟，立廟自拓跋氏始。其初，五岳總一廟於桑乾，至唐乃各立廟於岳麓。東岳廟幾徧天下，則在宋之中葉。南渡後，濟州地入于金，元裕之《東游記》：「岳祠在城中，止有岱岳青帝而已。」元吴文正公《仁聖宫碑文》亦止言「奉東岳之神」耳。不知何時肇祀碧霞元君，而岳神反若退處其下者，蓋名實之紊甚矣。余往還京師，所過齊魯韓趙之區，鄉曲百家之聚，必有碧霞行宫，而東岳廟寥寥無幾。夫亦重其祀，而不敢輕舉與？

順天府屬順義縣之王路邨，舊有東岳廟，刱始歲月莫攷，大興錢登弼氏捐資重脩。凡爲殿三重，東西廊廡若干楹，像設各如其序。既成，請余記其本末。余諗之曰：「太山之神，古惟天子、諸侯得而祭之，非世俗所稱碧霞元君者比。今元君之祠宇徧西北，村夫里媪，千百爲羣，奔走禱祈惟恐後。向令移其香火，轉而奉岳祀，吾知太山之神，未必以妥以侑也。《傳》有之：『非其所祭而祭之，名曰淫祀，淫祀無福。』又曰：『有其舉之，莫敢廢也。』然則子之此舉，非以邀福，其殆有舉無廢之義也夫！」錢氏子曰：「敬聞命矣。」於是乎爲之記。

〔一〕「祀」，四部備要本《文集》作「事」。

外祖妣羅太君遷葬記

外祖妣羅太君，仁和儒家女，外王父司李鍾公偏房也。司李公爲河南巡撫、忠惠公次子，積慶之餘，孕毓繁衍，有男子七人，女子九人。而羅太君出者三，舅氏一，早夭。先淑人及歸吴世母，其愛女也。先淑人年十七來歸先大夫，未幾，外王父下世。先淑人性至孝，太君就養于吾家者十餘年。順治辛丑歲，大祲，盗入吾室，老人驚怖幾絶，始避地僦居塘西。時慎行甫十二，嗣瑮甫十歲，太君愛憐不忍舍，則并攜以往。俾從師受業，恩勤有加。余兄弟侍外祖母左右，如依吾母膝下也。癸卯冬，忽不起，疾。先淑人親來視湯藥，奉含殮，權厝于博陸村忠惠公墓旁，距吾鄉百里而遥。歲時必遣余兄弟往省，奠醊惟謹。

辛亥夏，先淑人屬疾，伏枕踰時，臨終呼不孝等，泣而命之曰：「汝外祖母殁已九年，一棺淺土，吾日夜所疚心，姨母吴又無子，外家骨血，惟汝兄弟，他日幸有所立，營吾葬時，必遷汝外祖母之柩，同歸一域，九原之下，庶幾魂魄相依也。」時三、四兩弟尚穉弱，皆環侍，跪受命曰：「敬識，不敢忘。」先淑人頷之，目遂瞑。嗚呼！此壬子三月二十二日事也。又六年，而先大夫棄養，余兄弟奔走衣食，力未能營先人窀穸。庚辰後，余及二、三兩弟先後成進士，入史館。丙戌十二月，始得蒙恩給假，卜地西阡，而寧吾親焉。戊子春，匆匆北發，適大兒克建離束鹿任，需次還家，爰以先淑人之命命之。其冬，奉外祖母柩來遷，距先父母墓西北三十步許。及余長假歸田，踰年，仲弟亦以病告，則墓木且拱矣。每春秋，展墓享祀，必先，子若孫咸在列。自今而後，先淑人之靈，或以妥以侑乎？既又慮其久而或替也，議於祭産内撥令字田八畝，永供外祖母烝嘗，并刻石以詒後，俾世世子孫，勿忘所自出。

雍正三年乙巳，外孫查慎行謹記〔一〕。

〔一〕「雍正三年乙巳外孫查慎行謹記」十三字，四部備要本《文集》闕。

論古詩〔一〕

古詩有兩種：一種莽莽蒼蒼，音節自然入古，如老杜《兵車行》之類是也。文成法立，意到筆隨，殆不可以平仄求之。一種追琢推敲，循音按節，讀之抑揚高下，鏗鏘如出金石，杜、韓、蘇集中，難以枚舉。古詩雖繁，要不越此二種矣。

〔一〕此篇自王芳新《查慎行詩歌批評研究》輯入，王著轉自《帶經堂詩話》卷一，人民文學出版社一九六三年，第三三頁。

考　亭〔一〕

唐末時，侍御史黄子棱自洛陽寓居，建陽築亭，以望其父之墓，曰望考亭，因以名里。朱子父韋齋先生，愛建陽山水，未及卜居。朱子築考亭，以承先志，正取黄侍御之意。後人專屬朱子，而侍御之名湮矣。「人過小橋頻指點，全家都在畫圖間」，黃侍御詩也。

〔一〕此篇自王芳新《查慎行詩歌批評研究》輯入，王著轉自《茶餘客畫》卷十，中華書局一九五九年，第二五六頁。

敬業堂文集卷四

墓誌祭贊

先室陸孺人行略

孺人爲辛齋陸先生第三女，先生與先君子同里同志，故許以孺人字余。締好時，兩家子女猶在襁褓中也。歲己亥，外母顧太君棄世，孺人年尚穉，受外祖顧翁拊育。顧翁故饒于財，食指百計，孺人以弱女子處其際，内外上下無間言。迨顧翁殁，孺人年已及笄矣。丁未正月，自陸來歸，外舅及先君子方結納四方賢豪，不事生産，家計益落。合巹之夕，外舅手書致先君子曰：「練裳竹笥，牽犬繫羊，弟并無之。所恃知我耳！」蓋兩先人情好脱略如此。孺人釵荆裙布，處之恬如。

吾母鍾太孺人爲忠惠公女孫，司李公愛女。先祖武庫公承通議、奉政累世餘澤，而先君爲長子，一時結褵之儀〔一〕，綺羅筐篚，照耀里閭。中更患難，二十年中，資産屑越殆盡。先母既晨舂夜績，率作於前，孺人亦刻苦以成婦道。其侍翁姑也，不詔之坐，不敢坐；不命之退，不敢退。兢兢唯恐有失，以違尊嫜心。吾母治家嚴肅，少所許可，至是，喜謂不肖曰：「吾向以無母之女爲汝憂，能若是，是得婦矣。」

余早稟庭誥，不習舉業。年十九，始從甬上葉伯寅先生學爲帖括之文。又三年，出應童子試，受知于郡守淮南嵇公。未及終試，而吾母病篤，復屏棄筆硯，專意侍奉。孺人代理家政，延醫師，饋湯藥，寒暑晝夜，寢食不遑。至壬子春，吾母見背，孺人號痛不欲生。蓋自齠齡失恃，覬得長奉姑嫜之教爾。乃重罹慘變，誠自傷賦命之薄也。

先是，仲弟德尹已娶於唐，是年五月，先君子命余兩人析筯。時新舉大喪，饔飧不給，余督率老婢子墾中庭隙地，種茄以續食。孺人課蠶桑，勤紡織，以佐不逮。如是者七年。旋奉先君之諱，時三弟潤木年十五，四弟濬安年十四，兩弟事長嫂如母，孺人以撫則子，以禮則如賓。兩弟每與人言，至感而泣下。

己未夏，同邑楊以齋先生出撫貴陽，余慨然發從軍之志。是時，疆埸未靖，豺虎塞塗，戚黨交好，多來阻行，余故因循久之。孺人初亦以浪游爲戒，既而獨力勸駕，曰：「丈夫年方壯，不于此時審出處，寧能老死牖下耶？且君所以躊躇者，非以家貧子幼故耶？君第行，勿以爲慮。」余感其語，遂決策遠行。其秋，吴中大旱，赤地千里。吾鄉濱海舄鹵之地，顆粒不登。上辦官租，下撫穉子，外奉師儒，無米之炊，巧婦束手。孺人焦心殫力，黽勉有亡。至戚中有憐而貸之粟者，峻却不受，呼兒建諭之曰：「吾非矯情而爲此。凡吾所以爲此者，爲汝父及汝輩地耳。他日幸有所樹立，使人謂汝家貧賤時，妻子嘗仰給于人，何顔面相對乎！」此事吾伯姊曾爲余道之，孺人未嘗以告也。

余不耐家居，又不善營生産。二十年於外，館穀所入，散若摶沙，間一内顧，孺人不以資日用，自十金以上，必曲爲會計，恢贖先世廢業，一絲一粟，按籍可稽，今薄田稍供饘粥，皆孺人撙節勤劬所留也。

天資孝敬，孺慕之誠，四十不衰。戊辰二月，外舅客京師，抱危疾，余買舟扶侍旋里，踰年而殁。自此以後，事余尤謹，曰：「感君之視吾父猶父也。」凡余所飲之酒，彼未嘗沾唇；所食之品，彼未嘗下箸，屑麥作糜，摘蔬供匕，下與臧獲同甘苦，率以爲常。癸酉秋，兒建登鄉薦，余亦舉京兆。明年五月還家，始破顔一笑，而茹苦不異曩時。余怪而叩之，徐答曰：「君不記種茄時耶？」丁丑之役，兒建幸捷南宮，余仍被放。兒歸，孺人執其手，淚下瀾翻，嗚咽不自禁。蓋不以子之成名爲喜，而以余之落第爲悲。自今思之，余之負孺人實甚矣。

體故羸弱，兼善病，投以參桂，往往小差。去秋，余歸自閩，未幾，孺人驟患崩下，氣血大虧，百藥罔效，氣息僅屬。每聞余將近出，輒掩面迴身，淚漬枕席。余固心知爲不祥，蓋頻年往來萬里，孺人從無離别可憐之色也。秋來擬赴試禮闈，逡巡至今日，果爲永訣之期，能不傷哉！

計其生平，九齡爲無母之女，二十二爲無姑之婦，爲黔婁妻三十有三年，曾未獲享一日之安。中間營兩喪，娶兩媳，枝持門户，整理田廬，畢耗其心神而繼之以死。此五十老鰥所爲憑棺摧痛，百端交集，不知涕泗之横流也。

孺人有女，尚幼。晚又撫吾姊之孤女爲己女，侍孺人之疾，與兩兒兩媳衣不解帶者一年。中夜聞咳嗽聲，必起立，傍徨以伺。雖此女至性過人，然非爲之母者恩義備至，豈易得此。

孺人生順治辛卯四月十七日未時，卒於康熙己卯十月二十五日戌時，享年四十有九。子三人：長克建，丁丑科進士，娶祝氏，辛未進士諱翼模女。次克承，娶許氏，廣東潮州府平遠縣知縣諱兆炎女。次克念，未聘。女二人：一未字，一許字丙戌進士、原任工部尚書朱諱之弼公之孫，江西九江府知府諱儼之子某。孫男二人：長昌祖，未聘。次昌祈，聘己亥進士馬諱麟翔公孫女，太學生諱翌贊之女。孫女一人，許字壬戌進士、現任左春坊左庶子兼翰林院侍讀許諱汝霖公之孫，己卯科舉人諱惟模之子焞。皆克建出。兒輩既昏迷不能執筆，余亦心神瞀亂，聊述梗概，仰祈仁人君子錫之銘誄，用勒貞珉，舉家存殁，感均不朽。

〔一〕「儀」，四部備要本《文集》作「盛」。

皇清誥授榮禄大夫都督僉事廣東駐防參領白公神道碑

廣東駐防參領蓋平白公既薨且葬之十有五年，其長子中丞公繼受特恩，開府江右，不遠二千里，專介致書於海寧查慎行，具述先公宦蹟行狀，請文其神道之碑。慎昔備員史館，竊見開國功臣之裔所上家世閥閲，惟計功碑之多寡〔一〕，鮮有推原譜系，攷驗歲月勳績者，則往往執筆而嘆。今中丞公乃能篤念先猷，稽諸時地，年經而事緯，俾論撰者有所證據。仁人孝子之用心，抑又可稱郯子禮宗，能言吾祖者。

謹按，公諱允明，字正純〔二〕，姓白氏，奉天蓋平人。白氏遠有世緒，載在《左氏傳》者名乙丙，見於《太史公書》者名起，世爲秦將。高齊時，有名建者，仕至五兵尚書，賜田於韓城，子孫後徙下邽。數傳至樂天先生居易，爲太原望族。其遷遼陽蓋平縣之白家寨，則自公之高祖諱欽始也。曾祖諱仲義，祖諱文達，父諱承舉，字雙泉，三代皆以公貴，誥贈榮禄大夫。曾祖母蕭氏，祖母皮氏、高氏，母喻氏，皆誥贈一品夫人。雙泉公生三子，長登明，丁亥貢士，歷任江南太倉知州。季啓明，癸卯舉人，歷任江西按察司副使，分巡贛南道。公其仲也，生而天姿英偉，頭角崢嶸。幼承父命，偕兄若弟，出就外傅，習舉子業。比壯，獨慨然有志當世之務。因掩卷嘆曰：「大丈夫當立功萬里，寧能跼促作轅下駒？況家世幽并，時方用武，今衣白衣從舉子後，旅進旅退，非吾願也。」遂一意於韜鈐之學，凡陰陽術數，軍軌神機，金匱玉帳之經，五行八陣之圖，以至《握奇》〔三〕、《接要》，定邊安遠之策，罔不覽其略而抉其微。嘗云：「昔人論三陣，師以義出，沛若時雨，得天之時，爲天陣；足食省費，且耕且戰，得地之宜，爲地陣；舉三軍士如子弟從父兄，得人之宜，爲人陣。我嘗深思而默味之，真兵家不易之論也。」

世祖章皇帝既入關定鼎，改遼東爲奉天，世家子弟率隨遷徙。公年踰弱冠，長身善射，上馬顧盼，飆馳電掣，見者目爲神人。會有南征之役，於八旗下簡拔技勇之材，公首膺斯選，初授拖沙喇哈番，隨征湖廣。其地南阨滇黔，西控巴蜀，洞庭、青草、五溪、三湘之交，淼茫無際。限以崇岡深箐，苗蠻之所窟穴，奸宄之所逋逃，而毛魯山賊，尤爲驍黠。公躬擐甲胄，采入其阻，手擒渠惡，而三楚積寇以平。時順治十五年也。

明年己亥，海寇内訌，破京口，犯江寧，勢且張甚。有旨，移荆湘上游之師，往爲聲援。公誓衆登舟，順流東下，疾於風雨，不十日抵城下，賊望風披靡。我師乘之，俘馘無算，餘黨遠颺，而江寧之圍以解。於時京口初宿禁兵，以公英邁，著有成效，因留駐防。不踰年，陞參領。

今上即位，用人由舊。江海之濱，鯨波不作，三山保障，屹若金湯。公久鎮之力居多焉。康熙甲寅，逆藩變亂。京口當南北要衝，將軍王之鼎稔公忠誠有素，且深得軍民心，即題補鎮江城守副將。洊事之後，清釐虚冒，整飭隊伍，軍紀爲之肅然。已而調守崇明，邑治如孤島，界連閩浙，海禁初弛，雲帆浪檝〔四〕，一瞬千里，出没無常。公斥烽堠，修戰艦，勤撫綏以盡士力，嚴約束以備不虞。訖公之去，盗賊無敢窺三沙境上者。累功加都督僉事，誥授榮禄大夫。

天子念公久勞於外，特召入京。適廣州駐防參領需人，復以原銜出鎮。抵粤後，治行一如江南。羊城之衢，官兵與民居衡宇相錯，歲時往來，洽比如姻婭。久之，遂成風俗。微公與前後軍帥維持調護，不至此。公既久客炎方，每懷京師風土之樂，年未及懸車，輒力求謝事。蓋家居又歷年所。癸未六月二十一日，以壽終於邸第，得壽七十有三。配苟氏，三韓世族、前指揮諱美公女，誥封一品夫人，婦道母道，冠於戚黨，先十年卒。以某年月日，合葬玉田縣東三十里亮水橋。子男四人：長潢，即中丞公也。次洵，貢生，歷仕雲南府知府。皆苟夫人出。次瀚，次渼[五]，皆國學生，側室某氏出。孫男二人：映槐，國學生，候選同知，潢出。映梅，國學生，洵出。孫女七人，潢出者二，洵出者五。

余惟遼陽爲國家龍興之地，人才輩出，類以勳猷表見，克自樹立，爲時名臣。公雖爵未列五等，而身受兩朝之知遇，前後垂五十年。始而宣力戎行，有折衝禦侮之略；繼乃坐鎮雅俗，有輕裘緩帶之風。洎乎晚節，世際承平，薄海内外，兵氣銷而祥風洽，乃得歸老林泉，優游以終老。及見其子聯翩濟美，紹振家聲，迹其所成就，視伯與季，果孰多乎哉？他若禔躬訓子，孝于親，友于兄弟，誼篤於故舊，恩逮于僕僮，《狀》之所載，孅不勝書。書其濟時用世[六]、進退行藏之節大者，所以合於史法也。

南書房史官查慎行篹[七]。

〔一〕「碑」，原作「牌」，據四部備要本《文集》改。
〔二〕「純」，四部備要本《文集》誤作「姚」。
〔三〕「奇」下原衍一「握」字，據四部備要本《文集》删。
〔四〕「雲帆」，原作「雲飄」，據四部備要本《文集》改。
〔五〕「渼」，四部備要本《文集》作「漢」。

〔六〕「時」，四部備要本《文集》作「世」。
〔七〕「南書房史官查慎行箸」九字，四部備要本《文集》闕。

誥授奉政大夫四川按察司僉事提調學政曾公墓誌銘并序

公諱王孫，字道扶，姓曾氏，系出於孫。世居嘉興縣之永豐都。祖，温州府學訓導，諱謀樞，娶於朱，生子一，諱耒，字子莘，即公本生父也。繼室王氏，生子一，叔夜。子莘公生數月而母朱歿，稍長，罹後母之虐，幾不自全。出贅於曾，乃獲免。遂依外父君山公以居。子莘公生三子，公其長也。君山公老而無嗣，偕其夫人王氏撫女之子如己子，恩勤備至。子莘公懷抱怨慕，鬱鬱早世。易簀時，感婦翁之恩，無以報，呼長子屬曰：「余不幸，生遘家難，賴曾氏存活。今得有爾兄弟，皆爾外祖父母血脉之所延也。外祖無子，爾其永爲曾氏後，他日敬告爾祖，謂爾父垂死之言。」時，公甫九歲，涕泣而受治命。遂奉外祖君山公爲考，外祖母王氏爲妣，而以曾爲姓。其歿也，爲服三年喪。後用公貴，君山公累贈奉政大夫、户部山西司員外郎，王太君累贈宜人。公雖出爲曾後，而不忍薄於所親。本生祖父母之葬，獨力經營，義不旁委。而以本生父祔焉。奉本生母曾太君，克盡子職，仕則迎養官舍。病且亟，公長跽以請曰：「脱不幸，將如何？」曾太君正色張目視曰：「汝父臨終命汝者何？

吾父吾母竭心力撫汝者何？而乃尚爲此言？」公拊膺號慟曰：「如是，則長負所生矣。」太君曰：「夫何負？汝爲吾父吾母之後，是吾父吾母無子而有子，不愈於爲吾子乎？且使吾得告無罪於地下幸矣，夫何負？」語訖而瞑。公乃改降服而心喪，終三年。其後爲請於朝，奉旨旌表節孝。公之内行純備，根於天性然也。

公以順治甲午舉於鄉，戊戌成進士，初授漢中府司理，改補江西都昌令。報最，擢户部廣東司主事。尋，分司通州，監督中南倉。報滿，還原任。時孝莊文皇后梓宫葬遵化，職押夫役。事竣，例加一級，賜内貯表裏二。未幾，司榷龍江關，陞本部山西司員外郎，進刑部郎中，出爲四川按察司僉事，提調學政。任滿家居候補。踰二年而卒。

其初任漢中也，首革盤茶陋規，歲數千金。免小商違限之罰。嚴治中茶之奸，而茶政以飭。司理之職，特重刑名。公宅心寬恕，惟以平反爲主。有王進友者，以馬賊擬梟，公謂搶奪與强劫迥異，遂減梟斬爲髡鉗。王之元一家被殺，其姪仁舉、起運、興運赴官鳴冤，反受羅織。擬磔仁舉，而斬起運、興運。獄已具矣，初無證據，公謂若是則死者之冤未雪，復令生者含冤。請寬仁舉等重刑，懸應得之罪，以待真犯，庶生者之冤雪，然後可以雪死者之冤。謂李國讓等傷供不符，擬絞非法。謂王大昌因姦致死之事，可疑者三；謀殺造意之罪，可疑者五，而大辟得減等。他所縱舍，難以縷舉。漢屬賦多不均，而沔尤甚。公爲酌定丁隨糧行之法，積困頓甦。會勦山西之役，公餽餫有方〔一〕，民力不癉而軍食充濟。連雲棧道險，歲久且壞，當事委公督理，凡脩險塢五千二百丈，險石路二萬三千餘丈，土路不與焉。脩偏橋一百八十，去偏橋而壘石以補者二十五，自江面至岸，高三丈。修水渠一百四十五道，煅石三十二處，去大石之碍路者二百八十九壘，補木石欄千九百三十八丈有奇。易閻王塢爲觀音塢。合工六萬九千八百，計口授庸，不三月告竣。公之實心任事，務爲久遠之計，大率類此。在漢中六年，賢聲懋著，會中丞與制府相齟齬，公欲調劑之，不得，因而被劾。無幾微不平之意，欣然奉曾太君以歸。

其再任都昌也，縣治倚山瀕湖，地瘠而俗獷，素號難治。再經寇亂，城市爲墟。公廣爲招徠，流亡漸歸。則分建營房以居防兵，民得安業。境故多盜，柳國和者，盜之魁也，從逆稽誅，竊踞山砦，時時出劫旁近州縣。浮梁獲其黨，移文窮捕。國和坐山巔，援弓下擬，大言以詬捕官。擲一函俾歸報，用僞提督印封之。公覽而笑曰：「是何能爲？然急之且生變。」則佯置不問，若非所急也。而陰爲部署，寬脅從而購首惡，其黨稍稍散去。國和勢孤計蹙，乃自投繫獄，仍規就解時中途逸去。公坐堂皇，集其族數十人，呼國和使前，擲捕官歸報之函，詰之曰：「此非若所爲耶？僞提督印何來？效死沙場何語？是不特爲盜，且叛矣。」顧其族衆曰：「我今日爲爾釋赤族禍。」立杖殺之。鄱陽有三山、四山，屹立波濤中，爲湖盗出没之藪。他盗志在取財，湖中盗則必殺人，謂不殺人則有失主，贓易敗。而李再豪者，所殺尤多。公詗得，以計掩之。一訊即服，并誅殘黨數輩，而湖境肅清。邑西南與新建接壤，新之民資湖洲之草以糞田，洲歲有課。而都民之樵采者，往往千百其羣，越境争取，雖有按鐮交采之舊斷，勢不能遵。新民居近省會，便於訟。其豪又利訟，訟乃可以徵費於業洲之户。新民既失洲利，復滋訟費，甚病之。而都民之解省對簿者，動輒填屍犴狴。構訟且二百年，瘐死亦數十百人矣。而争者訖不已。公籌度再三，曰：「得之矣！欲息争計，惟以銀易米，官爲徵解耳。」於是移會新建令，酌定草價，歲額百五十金，都民於小滿前輸本縣官，爲牒解新建，轉給業洲之民。草則聽都民採，毋禁。例既定，兩邑數百年之争以息。甲子，裁兵爲亂，連陷安義、建昌，鄰封震動。時方有秋闈分校之聘，公力辭，而專事保障。方訓練鄉勇，以備不虞。會賊禽，乃罷。歷九年，舉卓異去。父老匍匐攀留，或拏舟追送百里外。既去，復爲構講堂祀名宦，羣情之愛戴若此。

其司榷龍江也，兼理西新關税務。關有照票，新票使受事，前任之印票即不行，商旅常竭一日之力，奔走出入，稍不及，則退而復納。又，商之自外至者，税既上，或不以時售，恒居貨城外以待價。欲貿遷他所，例更納出江税。公至，胥爲寬免，其他利無不行，弊無不革。江督傅清端公深嘆異之，曰：「吾閲人多矣，未見有刻意惠人如曾君者。」及代者至，傳復告曰：「但事事以曾君爲法，無詖政矣。」清端生平岸崖自高，少可多否，於公獨推重焉。

其視四川學政也，當兵燹之後，士多窮乏。公加意存恤，鼓勵而振起之。先是，蜀士斥復之柄操自有司，不待學校除名，笞扑與齊民等。公知其弊，先戒諸生毋抗守令，而特飭守令之違例辱士者，必詳參論如法。有司之遇士有禮，自此始。蜀多崇山峻嶺，按部所歷，崎嶇艿莽，與豺虎競涂。士之應試者，裹糧徒步，遠者千餘里，近亦數十百里。或縛竹爲簰筏，下上岭岈石齒間，倉卒失足，呼吸莫拯。公惻然憫之，於原定六□之外，從來星軺所未到者，不憚親臨，俾士子免跋涉之苦。又修舉廢墜，嚴鄉賢名宦之祀，旌苦節以勵風化，尊耆碩以示儀刑，人始知有讀書爲善之樂。三載考績，學使者例自署牘上，督撫核題，公自署曰：「平常。」中丞于進公語曰：「君治行而平常，誰則公明尤著者？」將以稱職報，公謝曰：「荷上臺厚意，顧某老矣，方欲引年。且實有歉然於中者，自叨科第，受國恩四十年，思起西南文教比鄒魯，而今不能，其敢濫膺獎薦？」乃如所署上，部覆以原銜候補。蓋公生平涖官飭政之大略如此。

國家官制，外吏任專而權不分，故居其職者，得自行其志。至京朝官，則自大學士、九卿而下，每一職必二人共理，部郎於其間抱案牘，署紙尾，旅進旅退，雖有奇才偉略，無所設施。故公之政事文學，亦著於外而略於内云。

居恒研究，務爲明體達用之學。所作詩古文辭，及制舉業，發抒性靈，不屑掇拾牙後語。嘗言：「文無定體，惟變化斯無窮，運用之妙，存乎心耳。」性嚴毅，不苟徇流俗，而遇事有幾先之哲。妖人朱方旦以左道惑衆，舉國若狂。大吏迎至江右，稱受業弟子，望塵而拜，屬員奔赴恐後。公獨拒不往，且下教曰：「苟入吾境，必逐之。」未幾而敗。吴三桂初叛，人情洶洶。公獨曰：「自古奸雄逆僭，平時必邀結人心，而三桂所至殘暴。余昔治漢中，適其移鎮滇南時。漢中民怨之入骨髓，他可知矣。狂悖反覆，祇自速禍耳。」果如所料。

歷官七政，一以義命自安，恥事躁競。與人交，事賢而友仁，不以顯晦存亡易節。於關中，則親三李。於江右，則敬禮湯惕庵，聘主白鹿講席。於蜀，則式高士吕潛、李開先、龔懋德之廬，拔射洪楊忠節之孫於飢寒，而貢諸國學。達州唐敬一，前任西安丞，與公厚，後唐被誣，公致書所知，白其枉。既殁，而卹其家。及行部至州，則酹其墓，躋而祀諸鄉焉。他若營同學沈墨庵之葬，拯故人周雷之急，歸故高令凌天保之喪，俱施德於不報，尤人所難。一生專事酬恩，未常稸怨，常曰：「古人理喻情遣之論，意非不佳，然猶多存此四字於胸中，將理非可喻、情非可遣者，遂當與之校乎？」撫本宗兩弟魯、會，情義交摯。當本生祖司訓公殁〔二〕，析遺産，公方爲貧諸生，悉推以與之。教養婚嫁，下逮其子女。念本宗繼起乏人，爲姪匡世援例入成均，更其名必大，以寓屬望之意。公既後曾氏，應得卹典不逮所生，每念子莘公孝行當表，顧事已易代，難於陳請。令都昌時，遇覃恩，乞以身及妻應得封典，移贈本生父母。部議兩姓無貤贈之例，格不行。迨康熙三十八年，有總兵王化行者，疏請復殷姓，且言受王氏恩，乞無奪其所贈官，而移本身及妻誥命，貤贈父母。奉旨允行。公時候補家居，聞之躍然喜曰：「吾今得例矣，雖復姓與出繼微有不同，但聖天子以孝治天下，倘得遂烏鳥之私，死且瞑目矣。」將以是秋赴闕陳情，而病遽不起。公生平未展之願，抱痛於九幽者，此而已。

或問余曰：「矍相之射，與爲人後者不入，何義歟？」余謂聖人之意，蓋惡夫與者耳。解者之曰：「與猶奇也。」後人者，一人而已，既有爲者，而往奇之，是貪財也。公之爲後於曾，夫豈貪其財歟？豈既有一人而往奇之者歟？蓋外父母無後，族既無應繼之人，壻又無後外父母之理，而命其子承之，則固其所自出也。以所自出者，而爲所出者之後，詎非人情？且既爲之後，而於本生降服矣，則貤贈之典，自當權其所重，《記》有之，變於禮者之禮也，其斯之謂歟？

抑余又嘗讀元黄文獻公溍所作《外舅王公墓記》，曾祖妣宗氏，忠簡公澤四世諸孫女，累贈令人，考諱沂，文林郎，不禄。公本宗氏子，令人之從孫也，遵母命俾爲文林後〔三〕。其後葬文林，而旁置冢舍，名之曰「繼庵」，示子孫使勿替其承云。此事於今髣髴相似。文獻公，有元一代名儒也，於王弗諱其所自出，因竊取此義，以表公之志，雖不必合於古書法，覽者庶無誚焉。

公所著，有《清風堂集》六卷，《書牘》六卷，《漢中録》三卷，《都昌録》五卷，《四川録》二卷，《雜記》一卷。生明天啓甲子二月廿五日，卒康熙三十八年己卯七月廿六日，春秋七十有六。屢遇覃恩，初階文林郎，進承德郎，誥授奉政大夫。配沈氏，累贈宜人，先十年卒。子男一，安世，歲貢生，任浦江學訓導，側室魏氏出，賢而有文，所著詩古文及舉子業，皆有家法，娶吴氏，禮科給事中準庵公女。女三：一適太學生褚蔚章；一適鎮海學訓導蔣名世，沈宜人出；一適諸生錢某，魏孺人出。孫男八人，都、郊、祁、郃俱諸生，邠、郁、郇、某尚幼。郊，嫡冢也，才而夭。以庶弟郇爲後，更名嗣況。孫女五。曾孫男三，曾孫女五。

先是，公擇地於秀水縣崑字圩，以己卯正月合葬贈公及王太宜人，而以原配沈宜人祔其穆，曰：「吾歿後，亦葬此，庶幾魂魄長依先人。」窀甫畢，而公以疾終。形家言兆非吉。安世乃更卜域，於是冬十一月八日壬申，奉公柩葬於嘉興縣里仁九都之辰字圩，遷沈宜人祔焉。而以前二日庚午，并遷贈公、王太宜人之柩於新阡之東。兩塋相望，承公志也。安世乞銘於余，余方引疾歸田，筆墨荒廢，敬謝不敏。安世請益堅，庸不敢辭，據行狀論次如右。爰系以銘，銘曰：

始從治命兮，卒妥先靈。魂魄往來兮，順事没寧。爲後於人兮，無忘所生。以爲不信兮，視其姓名。

〔一〕「餌」，原闕，據四部備要本《文集》補。

〔二〕「當」，原本作「摯」，據四部備要本《文集》改。

〔三〕「後」字，四部備要本《文集》闕。

皇清誥封一品太夫人于母張太君墓誌銘

太夫人張氏，太子太保、兩江總督、謚清端北溟于公冢婦，曲沃學博、贈光禄大夫右之公原配，大中丞、江蘇巡撫子繩公母也。世爲永寧州人，父，文學有培公，爲州名宿。太君幼嫻禮教，及笄而歸光禄。清端公起家羅城令，縣當猺箐，單騎赴任，時祖母李太夫人、母王太夫人俱在養。光禄家居，以孫而供子職。太君相之，敦牟卮匜，奉事惟謹。清端藉是無内顧憂，得以殫力封疆，砥礪廉節。迨薨於兩江制府之任，太君相光禄，支持喪紀，宗黨内外，咸以孝稱。及光禄司訓曲沃，太君隨之署，俸入不給，往往脱簪珥佐之。時中丞已由門蔭特授臨清州守，光禄解組，偕太君就養焉。每晨夕出聽訟，太君輒坐門屏後，聞鞭杖聲，則慘動顔色，屢以哀矜勿喜爲戒。中丞益自奮勵，爲時名臣。蓋自州牧，歷監司，秉臬浙江，總藩全蜀，以至開府江蘇，極禄仕之入，爲娱親之奉，太君享此者二十餘年。中丞依依膝下如孩稚時，太君亦不以令子官高，少弛提撕儆誡之義。天子聞而嘉之。丙戌春，車駕南巡，特賜「壽帷恩永」御書匾額，可謂榮矣。康熙五十年十一月十四日，以疾卒於永寧里第，享年七十有四。子一人，即中丞也。女四，壻某、某，孫男一，孫女二。某年月日，將合葬光禄公之墓，中丞書來乞銘。昔歐陽文忠志蔡端明母墓，謂洪範五福，離之雖爲五，必合而不闕其一，然後爲福之備。今太君以孝事重闈，爲賢婦；以柔順事夫，爲令妻；以官方勖子，爲壽母。蓋厚其德者，斯享其報，其於五福，洵無一之或闕矣。於是乎可銘。銘曰：

于公之門，流澤孔長。裕後承先，母道克襄。施於有政，爲邦家光。德隆以壽，歸安其藏。我作銘詞，仍世永昌。

太學生候贈承德郎御六徐公墓表

自唐以來，士大夫家多言族望。顧有一家之望焉，有一鄉一國之望焉，有天下之望焉。其出而仕者，著勛猷於當代，鬱爲社稷名臣；其處者，亦能敦天顯而篤友恭，無失爲淑躬砥行之士，實之既至，羣望於是乎歸。蓋族以望重，而望族又以人重也。以余所見，鄉之長老推海鹽望族〔一〕，必曰徐氏。於徐族之望，言忠節者，必稱肩虞公；言孝友者，必稱御六公云。

公諱乾貞，字長善，御六其别號也。徐氏自宋靖康末觀文殿大學士諱某，扈從南渡，始居臨安，再遷金華下管。其後，有諱某者，仕爲嘉禾令。子孫遂占籍海鹽，世有潛德，至明而大顯。公之曾祖考定溪公諱淵，祖考星魯公諱應奎，兩世皆因肩虞公貴，贈資善大夫、兵部尚書。星魯公生四子：長光治，任光禄寺丞，贈奉直大夫、大理寺正；次從治，萬曆丁未進士，巡撫山東，殉難萊州，卹贈兵部尚書，賜祠額曰「忠烈」，世所稱肩虞先生也；次元治，任和州同知；次昌治，崇禎癸酉科舉人，以子貴，贈承德郎、岳州府通判。承德郎，公之考也，子五人〔二〕，公序居長，次拱樞、升貞、蒙貞、頤貞。升貞由岳州府通判，歷仕户部陜西司正郎。餘皆文學，不仕。母許氏，繼母屠氏，俱贈安人。

自肩虞公殉節封疆，其子姓羣從，往往激揚風義，磊砢而英多。公於其間，獨以性行肫純，爲戚黨所推服。年十五，母許安人歿，擗踊哀毁如成人。承德公有疾，奉侍湯藥，衣不解帶者累月。晨夕籲天，乞以身代。承德病良已，迨年近期頤，承顔膝下，極養志之樂。

季弟頤貞病且篤，承德命以公次子爲其後。先是，弟有妾生子，寄乳外舍，人罕知者，公已陰詗得之。至是，義形於色，曰：「吾弟自有子在某處，吾忍令吾之子利其所有，而斬弟脉乎？」因請于承德公，告諸家廟，似續之議乃定。公以孝弟著聞非一日矣，遠近尤高此舉。嗟嗟！世之人，乃有幸昆弟之無後，陰利其資産者。一門以内，紾臂攘敓，釁起鬩牆，應繼者既有人矣，復有與爲人後，託名曰愛繼，寸椽尺地〔三〕，必縷析而瓜分之。又其甚者，匍匐公庭，少長搆訟，不至兩敗俱傷不止，所獲無幾，而所損者寔多。聞先生之風，亦可以知媿矣！

平生又篤於交誼。桑海之初，忠烈門人某某，避難至鹽邑，舊交咸揵户不納。公假館授粲，視疇昔有加，闔門百口，資給經年，訖事定乃去。其他賙卹窮乏，緩急患難，不以在亡爲辭，大率類此。

壯年亦嘗有志功名之會，發憤下帷。既而屢躓場屋，乃援例入國學，絶意進取，惟督課子孫，惓惓以勿墜門風爲訓。

康熙戊申七月某日，以疾終，享年□十有□。待贈承德郎。公凡三娶，皆待贈安人。原配朱氏，父曰循默先生，幼育於絳州守葵愚公，及笄而歸徐。旋遭喪亂，大江以南，盜賊充斥。公居常怏怏，謂朱曰：「丈夫際此仳離，恒惴惴，恐不免，况女子乎？」安人曰：「妾籌之熟矣。設有不虞，拚一死耳，必不貽家門羞。」未幾，而溆浦之難作。城中人情洶洶，公挈家避兵豐山。寇至，公適他出，安人被執，曰：「我徐秀才妻，義不受辱。」兵問徐秀才何在，偪迫再四，終不肯言。勢漸亟，安人度不免，罵不絶口，遂遇害。二婢商氏、顧氏俱從死。時順治乙酉八月二十三日也。是夕，大雨達旦，黎明，公始歸，於積屍中求得之。比含殮，顔色面如生，權厝於先壠之側。丙戌，繼娶宋氏，甫一年而歿。戊子，再娶許氏，賢能冠九族，撫前産子女如己出。綜理家政，巨細有條。公殁後，長齋奉佛，又三十年卒。子二人：長儲元，朱安人出，順治辛卯拔貢，某官。次賡元，宋安人出，例監生，候選州同知。女□人，適某某。孫男□人。儲元出者某某，賡元出者某某。孫女□人。二子奉公及三安人之柩，合葬於大步山祖塋之側，既有年矣。康熙戊子春，公之仲子賡元謁選至京師，與余同寓城南道院。嘗爲余言：「先君子之孝友，朱安人之節烈，未獲表揚萬一。不孝幼而失恃，甫生數月，而母宋安人卒。所以乳哺鞠育，得至今日者，後母許安人力也。今皆棄養，遠者六七十年，近者亦十餘年，雖薄營窀穸，而幽珉缺如。每一念及，無地自處。今屬筆於君，用表先墓，幸有以惠賜之。」余時方出入禁闥，碌碌未暇爲也。及癸巳秋，病假歸家，相見復申前請，至于再，至于三。因念余與仲子交好，垂四十年，近復託葭莩之末，仲子之女爲余次兒婦，于公家内外懿媺知之稔矣。按之于古，皆合銘法。謹據賡元所撰行狀，而撮其大端。系曰：

秦駐之東，大海之濱。山川盤礴，蔚爲名人。惟忠與孝，式範人倫，冰霜之操，爰及閨門。巍巍族望，世所見聞。我作銘詞，信以表墳，後有過者，尚徵斯文。

〔一〕「望」字，四部備要本《文集》闕。

〔二〕按，「子」前原衍「五」字，旁改爲「公」，據北大本《文集》删之。

〔三〕「尺」，四部備要本《文集》作「寸」。

待贈奉政大夫允思李君墓誌銘并序

國家設科以取士，士生其間，雖簪裾之族，名卿才大夫之子若孫，擩染庭誥，耳聞目見，謂不由此塗進者，則爲旁岐、爲捷徑，一切唾棄勿屑。往往刻苦爲文，争自切劘，與後門寒畯較勝負於毫釐。天亦遂賦之以才以昌，仍世胚胎之業。然或有才，而艱於遇，且奪之年，則又疑修短榮悴之故，造物者有時不能自主。此余於吉水允思李君所爲拊膺太息者也！

君諱景邁，號怡園，允思其字也。世爲江西吉水著姓。曾祖尚德，誥贈太光禄大夫、户部尚書。曾祖妣某氏，誥贈一品夫人。祖元鼎，明天啓壬戌科進士，歷官兵部侍郎，累贈户部尚書。祖妣朱氏，諱中楣，誥封恭人，累贈一品夫人，世所稱遠山夫人也。與司馬公閨門唱和，有《白石山房》諸集傳世。父振裕，康熙庚戌科進士，歷任户、禮、工三部尚書，仕終大宗伯。母劉氏，累封一品夫人。宗伯公之子七人，惟君爲劉太夫人所出，序又居長，生而頭角嶄然，天姿秀拔，戚黨尤愛重之。年未弱冠，博通經史，兼工舉業。入成均，爲博士弟子，試輒空其曹，雖老生宿儒，自遜弗如也。再從鄉賦，有聲場屋。時宗伯公以詞垣重望，特簡督學江南，君隨任官下，獲親良師友，益奮發於文章。宗伯公按節諸郡，必挈君以行，間令檢閱士子試卷，第其甲乙，輒當公意。君亦不憚勞悴，然官燭以繼晷，目不暇給，手不停批。坐是致疾以卒。時康熙□年某月某日也。君殁後二十年，同産諸弟，聯翩雀起，舉孝廉者二，成進士者一，仕於朝且通顯矣。君之孤子，亦以壬午舉于鄉。一門科第，後先相望，而君獨有才無命，竟以青衿殞矣！嗚呼！不亦可哀也歟！

君生於康熙□□年□月□日，享年僅二十有□。以子貴，待贈奉政大夫。配鄒氏，原任翰林院檢討諱度珙公長女，待贈宜人，稱未亡人者二十餘年，以婦道而供子職，訓藐孤使有成，未逮禄養而卒。子一人，暄，康熙壬午科舉人，候補部主事。《傳》有之：「績學之報，不於其身，必於其後。」天之所以厚君者，或在此乎？暄，余女夫也。甲午八月某日，將奉君之柩，與鄒宜人祔葬於吉水縣石瀨鄉飛鳳原先塋之側，先期以書來告，曰：「不孝生而孤露，先君棄養，餘二十年矣。今又居母喪，行將釋經。惟是先君之器識文藝，早見推於士林，不幸賫志下泉，百未展一。暄無所似肖〔一〕，不能表揚潛德，負釁蒙累，不復比數於人。幸丈人一言，旌紀以光幽壤，敢百拜以請。」慎竊自惟不腆之文，無足爲君重，固宜以拙陋辭。所以不敢終辭者，念余爲孝廉時，辱宗伯公古道，降門閥而締婚姻；繼官於朝，昕夕奉教者，且及六載。吾女又獲侍重闈，於君家門風，知之甚悉，每以不得識君爲恨事。故徇令子之請，勉爲序次如此。銘曰：

君之生兮，瓊枝襲芳。君之殁兮，寶劍銷光。謂天難問兮，仰視茫茫。生前之憾兮，身後其昌。佳城兮孔臧，鳳飛兮翺翔。日吉兮時良，魂歸兮故鄉。松楸鬱鬱兮，石瀨洋洋。我卜世澤兮，山高水長。

〔一〕「似」，四部備要本《文集》作「依」。

皇清誥授資政大夫總督雲南貴州兩省軍務兼理糧餉兵部右侍郎兼都察院右副都御史加五級謚恪勤郭公神道碑銘并序

康熙五十五年五月初六日，資政大夫、總督雲南貴州兩省軍務兼理糧餉、兵部右侍郎兼都察院右副都御史、加五級郭公以疾薨於滇南公署。事聞，天子深加悼惜，有旨欽賜祭葬，復允禮官易名之請，予謚「恪勤」。輀車北還，將卜葬於某縣某原，窀穸有日矣。先期，公子費晟介予族孫元昌，自京師以書致善狀〔一〕，請銘公隧道之碣。余自歸田以來，筆墨久廢，欲謝不敏〔二〕。猶憶乙酉之歲，追陪豹尾後，識公於馬上。公時方貳太僕，既而晉冏卿，不數月，擢副憲，出撫雲南。余旋以老病乞休，忽忽十餘年，如昨日事。而公以勞瘁卒官，不可復作矣。京師距吾鄉三千餘里，束芻之餟訖不得自將，今孝子不朽其親之託，不於在位之大人先生，而遠以見屬，此意其可虛辱乎？爰詮次公之族出歷官而序之，曰：

公諱琛，字子燦，滿洲人。先世遠有代緒，見於國史。樸也公，諱納爾賽，從世祖入關有功授世職者，公之祖也。静齋公，諱納可達，官護軍參領，隨征逆藩，於岳州、長沙，屢立戰功，以病卒於軍中者，公之考也。兩世皆以公貴，誥贈資政大夫。祖妣納拉氏，妣括爾嘉氏，俱贈夫人。參領公生子二，公居長，次法哈，累官陝西駐防副都統。

公生而岐嶷有志局，家世武胄，至公始以文學顯，雅好讀書，顧不屑屑於章句。年十八，選充翰林院筆帖式，翻譯《五經》、《四子書》，精析義藴，院長及詞垣諸公，咸推服焉。尋以内閣中書榷蕪湖關税，陞户部主事。浙江踏勘水災，關東有事於賑濟，公以才能，連被遴遣。軺車所指，兼程剋期，克殫厥職，積資擢禮部員外郎。時皇上親征厄魯特，輓運軍糈，分中西兩路，公隨督運大臣辛保等出西路，寒暑晝夜，不辭况瘁，首先飛輓，士馬飽騰。以功進太僕少卿。乙酉秋，車駕巡邊，由興安嶺入張家口，閱視慶豐司羣牧。公時扈蹕，上于馬上問馬政，公下馬徒步，上命騎以從，隨問隨答，靡不稱旨。由是深加褒賞，駸駸大用矣。其冬回鑾，即遷本寺正卿。

明年三月，陞副都御史。四月奉巡撫雲南之命，尋丁内艱，奉旨慰留，在任守制。滇省在西南七千里外，苗蠻峒箐，與州縣參錯。又經吴逆變叛之餘，羣情易動。有妖人李自業者，結納亡命，自稱桂王，僞造印信，將倡衆爲亂。廣南開化、廣西臨安四郡，根株蔓延，訛言日至。公廉得其狀，密遣兵搜捕，殲厥巨魁，而諸方以靖。三江苗民，互相仇殺，侵犯邊界，公檄羅平協將，一舉討平之。復榜示諸苗寨，俾舊染污俗，咸與維新。既又念滇民之困，首在私派也，則嚴行禁革以甦之。念退卒之貧而無告也，則墾廢田以贍之。一切飭吏、整軍、重農、恤士、儲餉、籌邊、備災、捍患諸務，無不次第舉行。天子稔公治狀也，己丑春，循例陛見，賜弓矢、食物外，特賜御書「進善詰奸」匾額，及「九天雨露隨符節，萬里煙嵐奉簡書」對聯，蓋異數也。

會雲貴總督缺員，即命公開制府，兼督兩省。公自以任大責重，益感激奮勵，鞠躬盡瘁，以抒當宁南顧之懷。於是申明紀綱，訓迪將吏，務歸於上下協和，兵民安堵。自此五六年來，牂牁、夜郎、三宣、六詔之域，訖以寧謐，胥公鎮静休養之力也。四川與黔省爲鄰，烏蒙土司禄鼎乾搆釁别部，頑梗不法，川撫上其事，上遣大臣至黔，命公會同川貴巡撫、提督，酌議勦撫事宜。公馳至畢節，遣一介持檄往，曉以大義。鼎乾素聞公威名，則立率所部頭目，匍匐聽命。公面諭以「朝廷威德，無遠弗届，爾等共托生成，胡乃自相蹂躪，不受有司約束，敢煩天使臨邊」。又諭以「皇上憐憫遠彝，不忍即加誅戮」之意。鼎乾等稽顙乞哀，咸願解仇釋憾。公察其誠，爲奏請，從寬貸死。凡公身任封疆，從容以遏亂，略多此類也。邊圉要地文吏，經公薦達者，率皆循良；其被斥者，亦俯服無怨。武弁自偏裨以下，或調或陞，例應選擇具奏。他人或以市恩，或因以爲利，公試其技勇，量其幹局，必人地相宜，而後登諸薦剡。逮引見時，上親加考閲，無一變易更置者。前後在滇十年，與文武同僚和衷式好，下遇屬吏，亦無疾言遽色。

性不殖生産，或有以子孫衆多，宜稍爲之計者。公正色曰：「吾受主恩最深，肯爲若輩易素履乎？且吾之子若孫，皆國家所豢養者，苟繼吾志，何患不能自立耶？如其不肖，雖遺以籯金，奚益？」蓋公之家教如此。故其諸子諸孫，多禀承庭誥，檢身砥行，不媿清白云。

公舊有胃疾，灸以艾而愈。已而復發，遂不起。方公伏枕時，兩省紳士軍民，咸號呼籲天，願損己算以益公壽。其薨也，遠近男女，奔走哭轅門者，日以千萬計。嗚呼！此豈易得者哉？自公云亡，西南徼外，屬有軍事，接任此席者，以託故引疾獲譴去，天下於是益多公任事之勤劬初終一節，有古大臣風焉。伏讀諭祭文曰：「方謂股肱攸寄，何圖年力早衰。」賜謚文曰：「生前既著其勞勩，身後爰被以恩施。」煌煌天語，所以風勵有位者深矣！

公生于順治乙未四月二十一日未時，薨於康熙丙申五月初六日亥時，享年六十有二。元配覺羅氏，誥贈夫人。繼配納拉氏，誥封夫人。子男十一人：長，傅爾敦，護衛兼護軍參領，娶某女；次，費昌，內務府慎刑司員外郎，娶某女；次，常禄，禮部主事，娶某女；次，郭多宏，御前侍衛，娶某女；次，惟，候補主事，娶某女；次，僧保，候補筆帖式，娶盧氏，雲南布政司詢女；次，費晟，監生，娶汪氏，佐領諱額爾倫女；次，圖宏，娶覺羅氏某女。並納拉夫人出。次，雲圖，側室趙氏出；次雲布、雲泰，納拉夫人出，俱幼，未聘。女四人：一適某氏子，覺羅夫人出。納拉夫人出者二，側室張氏出者一，俱幼，未字。孫男十二人：傅爾敦出者六，費昌出者二，常禄出者一，郭多宏出者二，僧保出者一。伊爾敦，戊戌進士，官翰林院庶吉士，娶某女；圖洪，庚子舉人，娶某女；伊爾恭，聘固山額真瓦烏力女。皆傅爾敦出。餘俱幼，未聘。孫女十二人：傅爾敦出者二，費昌出者三，常禄出者三，郭多宏出者二，僧保出者一，費晟出者一。一適某子，費昌出。餘俱幼，未字。費晟，即以書來乞銘者。賢而有文，輦下士大夫羣稱許之。公後之昌熾，殆未可量也。銘曰：

世運維新，雲龍在宥。聯翩方召，世禄世懋。景鐘勒勳，巨鬯錫卣。踵武以文，緊君子之胄。秉姿端毅，好是正直。爰自文資，試諸右職。皇華載賦，洊膺華秩。譽望攸歸，緊君子之德。迺登憲府，迺秉旌幢〔三〕。惠此南土〔四〕，王臣匪躬。殁享令名，謚以酬庸。惟勤惟恪，緊君子之功。東海千屯，西京萬石。門容旋馬，居無割宅。友于挺拔，慶餘善積。維賢象賢，緊君子之澤。坡陁丈六，瞻彼原田。峨峨佳城，豐碑用鐫。聿徵史氏，銘以永傳。過者下馬，緊君子之阡。

〔一〕「善狀」，四部備要本《文集》作「詞」。

〔二〕「敏」，四部備要本《文集》作「及」。

〔三〕「秉」，四部備要本《文集》作「乘」。

〔四〕「此」，四部備要本《文集》作「北」。

勑授承德郎原任詹事府右春坊右中允兼翰林院編脩晚研楊先生墓誌銘并序

嗚呼！經學之不講久矣！自分經取士之法行，士率以帖括爲捷徑。就其所肄習者，則曰本經，餘皆庋之高閣。父以是教，子以是承，師弟以是相授受，拘守一家之説，出口入耳，不踰四寸之間。取足徇時尚而博决科，一得志于有司，輒詡詡然誇于衆曰：「習某經，出某房。」世亦遂指目之曰：「此以明經得第者也。」明經者，固若是乎哉？

考明初科試經義〔一〕，多參用古注疏及諸儒傳説，逮其後，于《易》，則去《程傳》，專主《本義》；於《詩》於《書》，則去《注疏》，專主《朱注》、《蔡傳》；於《春秋》，則去《左氏》、《公羊》、《穀梁》、《張洽傳》，專取胡氏；於《禮記》，則去《注疏》，别取《陳氏章句》。小儒又從而滅裂破碎之，節删注脚，杜撰講章。習舉業者，喜其説之膚淺，而便於剿襲也，往往奉爲矩矱。由是，聖人之微言大義，反湮没于家傳户習中，求其於本經中，捨講章而體認傳注者，千百不得十一，况肯旁及他經乎？即或稍加涉獵，孰能於傳注之外，參攷諸家同異，折衷六義指歸乎？自非上下古今，好學深思，不以一時科目爲榮、卓然以儒者自命，鮮有不與齊俱入與汩偕出者。此余於晚研先生云亡，不禁過時而悲也。

先生幼受業於秀水竹垞朱公，長從姚江梨洲黄公游。兩公皆湛深經術，先生遂傳其學焉。先生姓楊氏，名中訥，字耑木，學者稱晚研先生〔二〕。先世自將樂遷居海寧，至司馬公而族望始著。司馬公諱雍建，字以齋，順治乙未進士，歷官兵部左侍郎，世德宦業，詳竹垞所撰《墓志》中。先生，其長子也。生而穎異，讀書數行俱下，過目不忘。自爲諸生，所稱述著作，固已驚前輩而壓曹偶矣。既而貢入國學，舉順天丁巳鄉試。四上南宫，以文中用經語，輒被斥，至辛未始成進士。殿試二甲第一，改翰林院庶吉士，授編修。丙子，充河南鄉試正主考。癸未假歸，適丁司馬公艱。服未闋，奉校刻《全唐詩》之命，開局揚州，已赴，補原官。稍遷詹事府右春坊右中允，出視江南學政。未終歲而去官。家居者六年，奉旨修理密雲城垣，工既竣，以逋帑未歸，逾年得疾，卒於京邸。長子守知匍匐扶柩南歸，卜兆于鳳皇之原，葬有日矣。以嘉定張檢討大受所撰《行狀》來乞銘，余與先生生同邑，長同學，仕于朝，以後進爲同官，老又同歸田里。以余之迂疎無似，惟先生知之獨深，則世之知先生者，固宜莫余若也。雖不文，其敢辭？

竊窺先生，自壯及老，無非讀書之時，自入仕迄歸休，無非讀書之地。故於書，無所不讀，而最深於經。于經，無所不窮，而尤精于《易》、《春秋》。

其于《易》也，謂聖人立象設卦，以前民用。自王輔嗣以理言《易》〔三〕，乃入于虚無幻眇之域。故言《易》不言數，非《易》也；言數而不知變，非《易》也。余嘗叩以《卦變圖》及十九卦之義，先生曰：「卦變之説，昉于虞仲翔，至朱子始作圖，以陰陽對待兩卦，一前一後，合爲一圖，六十四卦合爲三十二圖。如重《乾》居首，則重《坤》居末，《姤》居圖首，則《復》居圖末之類是也。以三十二圖反復之，則爲六十四圖。每圖首末各以一卦爲主，如如遇前一卦有爻變，則自前而後，共變六十四卦。如遇後一卦有爻變，則自後而前，共變六十四卦。此三十二圖之凡例也。進而推其詳，如本卦只一爻變，自初變上便成六卦；有兩爻變，自初變上共成十五卦；有三爻變，自初變上共成二十卦；有四爻變，自初變上共成十五卦；有五爻變，自初變上共成六卦；若六爻全變，只一卦，連本卦共六十有四也。以前後論，後卦一爻變，與前卦五爻所變之卦同；二爻變，與前卦四爻所變之卦同；三爻變，與前卦三爻所變之卦同；四爻變，與前卦二爻所變之卦同；五爻變，與前卦一爻所變之卦同；若六爻皆變，即是前卦前後交互，所以兩圖合爲一圖也。凡占變例者，自六爻皆不變，至一、二、四、五、六爻全變，固可無待于圖。惟三爻變通二十卦，以前後十卦分『貞』、『悔』，非按圖考索，猝未易辨其前後，須玩六十四圓圖，凡變在前十卦者，初爻皆有變。凡變在後十卦者，初爻皆無變。占值一卦三爻變者，專看初爻之變與不變，初爻或九或六，則變在前十卦。初爻或七或八，則變在後十卦。以此推之，一一不爽。三百八十四爻，無一爻不變，即無一卦不變。其指《訟》、《泰》等十九卦爲卦變者，朱子特因《彖傳》有『上』、『下』、『往』、『來』之文，故舉以見例耳，何嘗謂卦變止於十九卦耶？」

其于《春秋》，尤嗜《左氏傳》。余又曾舉五始之説叩之，先生曰：「《春秋》一書，聖人爲尊王作也，既爲尊王而作，則所以正天地之常經，垂萬世之大法者，豈特謹始一端云爾哉？自王褒因圖緯之説，以黄帝受圖而得五始，謂《春秋》書改元即位，取法于此，何休從而和之。殊不思改元正號，即位謹始，王者事也。諸侯用之，則僭矣。當春秋時，周德雖衰，天命未改，魯安得有元年？魯君不奉王命，安得自即位？聖人於元年之下，即位之上，以王法繩之，故首書云『元年春，王正月』，意蓋託魯以尊周。正以見元者，王之所自出；正朔者，惟王乃得改。而非謂魯之元年足以善始、魯君之即位足以奉元也。左氏與公羊，惟知此義，故以正月爲周正，以加王於正，爲大一統。王褒、何休之徒，不明乎此，遂以元之氣正天之端，以天之端正王之政，以王之政正諸侯之即位。其與聖人筆削之微旨，不幾刺繆哉？」

之二説者，余退而識之，至今罔斁云。

大抵先生之學，蘊蓄包涵，宏深粹密，而如鐘之在懸，隨叩輒應，如泉之有本，遇坎斯盈。《傳》有之：「記誦之學，不足以爲人師，必也其聽語乎！」其先生之謂歟！惜其不自表暴，心所獨得，事若有待，未嘗筆之於書，而今已矣！學者雖欲質疑請業，無從矣。夫余之知先生者，世或不盡知；即余自以爲知先生，而究不足以盡先生之藴。然則世之知先生者，抑又淺矣！早工制義，及詩古文詞，典雅精深，各臻其奥。書模晉唐〔四〕，于縱横中具有法度。他人分其一節，皆可名家。由先生視之，直餘事焉爾。

先生生於順治己丑五月，殁于康熙己亥八月，享年七十又一。恭遇覃恩，勅授承德郎。配徐氏，勅封安人，先□年卒。子二：長即守知，來速銘者，庚辰科進士，歷任陝西平涼府知府。原聘許氏，予告禮部尚書時菴公女。娶徐氏，提督河南學政僉事桐岡公女。次觀成，太學生，娶陳氏，原任淳安縣教諭、誥封奉政大夫宋齋公女。女三：一適乙酉科舉人吴方大，一適康熙乙未科進士、翰林院庶吉士陳世仁，一適候選縣丞彭載奕。孫男三：守知出者一，師俟；觀成出者二，師倫、師何。孫女三：一適邑庠生陳源生，守知出。餘幼，未字。

噫！先生視余一年以長。余早衰多病，先生精神視履，過余奚啻十倍。憶丙申閏月，先生將北行，余舉酒相屬，期先生蚤賦歸來。蓋慮余溘先朝露，不朽之託，當以相累。嗚呼！豈意余乃銘先生墓乎？又重自悲已。銘曰：

惟古造士，非一區兮。降而科舉，迺權輿兮。被服古訓，疇非儒兮。敷衍爲文，拾唾餘兮。用悦羣目，流時譽平聲兮。一往不復，迷厥初兮。孰拯其流，俾歸墟兮。先生與世，豈異趨兮。獨爲其難，闢經畬兮。原原本本，先注疏兮。旁綜百家，並資須兮。唐捐俗學〔五〕，如土苴兮。磨礲奮發，皆道腴兮。欿然自視，實若虛兮。有問斯答，端貫珠兮。傾倒出之，以誠輸兮。《易》精於數，自堯夫兮。《春秋》義例，傳江都兮。既得其精，不著書兮。余悔失學，負居諸兮。老知向方，嘗問途兮。飲醇且飫，解飢劬兮。古之學者，今則亡叶兮。神明摧傷，形影孤兮。鳳皇之阡，鬱楸梧兮。爰銘貞石，納幽墟兮。誰其表之，燦龜趺兮。過者下馬，斯人徒兮。

〔一〕「試」，原作「詔」，據四部備要本《文集》改。

〔二〕「研」，原作「硯」，據前文及四部備要本《文集》改。

〔三〕「輔嗣」，原作「嗣輔」，誤，據四部備要本《文集》改。

〔四〕「唐」，四部備要本《文集》作「陶」。

〔五〕「唐」，四部備要本《文集》作「棄」。

亡壻李暘谷墓誌銘并序

嗚呼！此吾壻李暘谷孝廉之墓。竊嘆吾壻一身所係綦重，有必不可死者三焉：曾祖考少司馬公，祖考大司農公，兩世俱未葬，壻爲冢適，一也；祖母劉太夫人春秋高，與孤孫相倚爲命，二也；蚤娶吾女，生一子，不育，偏房某氏，生子名朝英，甫就外傅，以痘殤，冢嗣尚虛，三也。迹其生平，居家之孝弟，御下之惠慈，誼篤於姻親，信孚于朋友。抑且勤學問，礪廉隅，不沾沾一名自足，而以遠大爲期，自今追溯，絶無致夭之由。而乃旬日之間，父子相繼殞歿。天道至此，真不可問矣！

自余歸田後，嘗因訪舊至閩粤，每過南昌，必下榻壻家，流連浹月。己亥夏，白中丞以修江西新《志》，復枉書見招。壻聞之，先期專价勸行。衰暮頹齡，不辭跋涉，亦以壻在故也。至則開書局於會府，與壻居隔巷，晨夕過從，依依同子舍，如是者半年。孰謂永訣之期，竟在此乎？其没也，祖母哭于堂，寡妻弱女哭於室，諸叔諸弟，莫不銜悲而襄事。外而戚黨交游，以詩文致哀輓者且數十百人。旁至鄰里，亦多太息流涕，非實行素孚，何以得此？没後一月，即出厝于原籍吉水縣之谷村。余素衣執紼，送至撫州門外，憑棺大慟。蓋慮自兹以往，遥遥長暮，不知窀穸何期也。

乃余歸未一年，未亡人已爲壻筮宅卜日，命外孫女以書告哀曰：「先父一生品行，著在家庭内外。煢煢母女，無力表章。欲求外祖賜墓誌一篇，但恐老人臨文又增傷悼，奈何？」余覽之，不禁老淚重揮，一再執筆，不忍爲又不忍不爲也。爰遣兒念西行會葬，俾以此文刻石納諸幽。

壻名暄，字紹津，號暘谷。世爲吉安望族，先代宦業，詳前所撰《允思君墓誌》中。允思君，壻考也，不幸蚤世。母鄒氏，順治己亥進士、原任翰林院編脩度珙公女〔一〕，攜孤兒，依舅姑於官舍。幼惇重，異凡兒，長而聰明穎發，嗜學能文。年十八，中本省鄉試副榜。

又三年壬午，舉於鄉，屢上春官，不第，例授部主事，旋丁鄒太君艱，服闋，需次已及，或勸之仕，則以祖母在養，不肯赴選。既又深念自宗伯公以上，兆域未卜，力之所逮，姑自近始，因先營其父母之葬，將推而上之，與諸父次第舉行〔二〕，今且永抱痛于九原矣。生於康熙壬戌三月初一日，卒于庚子正月三十日，年三十有九。辛丑十月某日，葬于吉水縣某村某阡。有詩集四卷，藏於家。配査氏，余女也。子二人，俱殤。嗣子某。女一人，福辰，許字順治壬辰進士、原任江西按察司副使、分守饒南九道先伯勉齋公之曾孫，原任江南碭山知縣先兄恭庵公之孫，原任廣西荔波知縣、吾侄沛恩之子太學生廷樞。余嘗爲允思君志墓矣，今又銘吾壻之墓，且古未有以女乞銘父墓者，嗟嗟！不重可哀也歟！銘曰：

五世之澤，一身之肩。孰承厥後？孰光于前？上有重親，下有病妻。無兒待似，有女未笄。先人之藏，魂魄伊邇。誰其銘者，曰外舅氏。

〔一〕「度珙」，底本、四部備要本《文集》均空缺兩字，據《待贈奉政大夫允思李君墓誌銘》補。

〔二〕「行」字，四部備要本《文集》闕。

傳南山宗昭慶寺宜潔律師塔銘并序

昔優婆離受如來之命，集毗尼藏。自結集以後，垂範四儀，調御三業，盡刹海無量聖凡總歸一律，可謂嚴矣。流傳東土，法其羯摩，論行相，則有二百五十之殊；究威儀，則有三千八萬之別。唐顯慶中，終南山道宣律師精研律部，從教爲名，天下推爲防非止惡宗。終唐之世，號稱極盛。厥後，禪教興，而律教漸衰。學佛者，謂威儀無關于心性也，則往往廢而不講。宋初，錢塘有允堪律師者，起而復振之，南山之教于焉中興。慶曆中，建戒壇于杭、于蘇、于秀，昭慶寺之有戒壇，自堪師始也。爾來六百餘年，又得一人焉，曰宜潔律師。師諱書玉，宜潔其字，武進唐氏子。父吉王，儒而好佛。母朱氏。師生，抱異質，神光奕然。甫能言，常口誦佛號。稍長，習舉子業，已出應有司試。一旦宿根内萌，辭割親愛，入嘉山寺，禮自謙師，薙染依止。既而走華山，謁見月律師，始圓具爲綱維者有年。夙夜勤劬，精究儀範，博通經典，造詣日深。見公知其爲法器，遂傳夜半之衣。見公歿，繼之者爲定菴律師，與師同居華山，晨夕叩擊，多所資益。癸亥冬，昭慶本山長老及杭城紳士，延定師開壇説法，師與俱來。明年正月期滿，定庵返華山，師徇緇素之請，遂留住昭慶，時康熙二十三年也。

自師主法席，凡四方禀戒求具者，不之華山而之昭慶，曰：「宜公真吾師矣！」師豐頤廣顙，目深口方。每遇戒期，座下圍繞恒數千百人，不論根器利鈍，一繩以律，無少寬假。至告諭之下，則演大乘以覺聽，談因緣以化愚。柔其舌而平其氣，諄諄循循，無疾言，無倦色。故聞其風者，于于然而來；睹其貌者，聳聳然而敬；迨入其門，則依依然久而不忍去也。他寺院開戒，率簡於行事，惟昭慶一遵佛制，必謹必嚴。器鉢之聲，與山水清音相應，自晨達莫，自夏徂冬，整齊端肅如一日。其或行脚諸方，搭衣於盛暑，露頂于嚴寒，往往目無邪睨，步不歧趨，見之者，不問可知爲昭慶戒子也。爲導師非止一方，如京口彼岸寺、佛日浄慧寺，皆嘗延請說法，所至善信向化，一如在昭慶時。

庚辰冬，昭慶經回禄，戒壇亦被灾，師處之怡然。勤持律部，羯摩布薩，檀施踵來，木章竹箇，山積壑委，數年之間，崇壇傑閣，焕焉復新。瞻仰皈依，人天歡喜。向非具龍象之力，其能致此歟！萬乘南巡，屢經兹寺，初賜宫燭名香，再賜御書「般若尊經」，三賜龍藏法寶。皇四子和碩雍親王復頒「波離重來」匾額，叢林傳以爲榮。洵足稱大闡無遮法門，翕受人天供養者矣。

余嘗攷釋氏載紀，奉南山教者，如文綱、道岸、道澄、慧欽、元照諸公，法號僅傳，他無聞焉。又考昭慶律寺剙于晉天福中，自堪師而下，住持雖代不乏人，至論戒律之精嚴，道行之純粹，以及法緣之廣，遭遇之隆，父老相傳，未有盛于宜師者也。師住昭慶四十年，老而精進不衰，日誦《梵網》、《四分》，率無間寒暑云。吾邑去杭百里而遥，既熟聞師行業，垂老歸田，喜從方外游。邑西舊有戒壇寺，擬約一二同社，與師共結香火因緣。俄聞師示疾，且隻履西歸矣。辛丑十一月十四日，乃其示寂之期，世壽七十有七歲，僧臘五十有六。講律度衆者，二十有九壇。載在《同戒録》，塔于某所。壬寅十月，其徒某介安國寺僧自誠來乞余銘。銘曰：

三無漏學，闡自世尊。因定生慧，戒爲其根。登堂由階，入室視門。毗尼秘密，直溯道源。奈何末流，久而澌淪。不有大覺，疇續智燈。猗歟宜師，有傳有承。爲法出世，律宗中興。鐘之在懸，何叩不應。泉之有源，靡委弗瀓。聿來昭慶，梵網是宏。巍巍法堂，白椎晨升。衲流駢集，萬屐千簦。攝以威儀，歸一佛乘。觀者屏息，聽者伏膺。祝融不戒，焰烈烟騰。豈伊劫灰，式顯功能。師方宴坐，檀度頻仍。殿巆復故，壇高彌增。皇有優賚，嘉汝律僧。于再於三，旁加殊稱。爲國祝釐，與人發蒈。人之望師，如千歲冰，如彌天網，如絡地繩。謂宜高臘，長此棲憑。云胡不慭，遽赴冥徵。湖山巑巑，湖波盈盈。助法而施，翼禪而行。永同此律，時靡有争。逝矣如歸，來者如迎。瞻無縫塔，讀有道銘。乘億萬劫，幽珉媲貞。

翰林院檢討亡甥陳元之墓誌銘并序

太史公傳萬石君，稱「其教不肅而成，不嚴而治」，子若孫，自二千石以至丞相封侯，五朝不絶，可謂盛矣。顧其始終盛衰之故，獨惓惓於「孝謹」二字，三致意焉。誠有味乎其言之也！大抵世禄之家，鮮克由禮，始于一念之縱恣，其後必至于忘親。則知孝未有不由乎謹者。謹于言動，則不輕然諾，不苟步趨；謹於處世，則不泛交游，不徇利禄。皆所以成其孝也。以是修身，則爲身教；以是刑家，則爲家法。氏族之蕃衍，子孫之昌熾，其在斯乎？

然世亦有砥行窮鄉，没世而名湮滅弗彰者。幸而生長名家，聲稱在人口矣，往往天奪之年，不克終其孺慕之初志，則又竊疑天道茫昧，而人事之多缺陷。有心世道者，能不爲之亹焉神傷，潸焉出涕矣乎？若吾甥陳元之是已。

君諱世仁，元之其字，大宗伯實齋公之第三子，吾從姊查夫人所出。陳爲吾邑望族，宗伯公禔躬淑世，鬱爲當代名公鉅儒。賢嗣五人，聯翩濟美，皆能禀承庭誥，循循修弟子之職，被服儒雅，儼然萬石家風。吾里之推門第而兼孝友者歸焉。君生而資性謹厚，稍長，嗜學能文。早爲諸生，蹭蹬場屋。康熙戊子，始舉于鄉。又七年，乙未，成進士，授庶常。則其兄蘭侯，弟秉之、行之，已捷南宫，或歷曹郎，出典外郡，先後讀中秘書矣。君以得路稍遲，益自奮勵。於書無所不窺。經史而外，兼精算學，旁通内典。每遇館課，纚纚成章，同輩望而推服。與人交，無翕翕熱[一]。敝衣曳履，一童子相隨，間出徒行以詣客。客或非之，不顧也。其他儉約多類此。

時太夫人春秋高，居家，綜理内外，積勞成疾，兩目忽失明。君聞之，寢食俱廢，而朝廷方嚴京官請假之令，君父兄諸弟，俱仕於外，無一人在籍者。乃以嫡母一子陳情終養，既得請，星馳南歸，時丁酉九月也。至則母夫人目疾如故，乃徧訪名醫於吴越間。聞苕中有閔元一者，能以神針開瞽，親往延之家，醫胗母脉，謂曰：「此非可旦夕奏效也。」先投以拔本澄源之劑，君晝則奉侍湯藥，夜則默禱於天，願減己筭以瘳母病。如是者久之，然後用針。蓋一年而左目明，又二年而右目明。如金鎞刮膜，掖披雲霧，而睹青天。母子相看，破涕成笑。遠近傳爲異事。非君至孝感通，何以得此？性又深於友愛，仲兄履之孝廉蚤歿，教其長子如所生，又撫其幼子如爲己子。迨宗伯公予告還鄉，君日侍二人側，問寢視膳，不異未第時。在籍三年，例授檢討，人方謂積善之餘慶當未艾，孰意攖不起疾。其歿也，二老人哭之甚哀。宗伯公每語人曰：「兒以母病乞歸，歸愈母病而身死，終養之志，迄不得遂。」嗚呼！是誠可悲也已！

生于康熙丙辰正月二十三日，卒于壬寅二月□日，享年四十有七。原配楊氏，辛未科進士、原任右春坊右中允晚研公之女。繼娶萬氏，癸未科進士、原任翰林院編修授一公之女。子女幾人，某氏出。君歿九月，而宗伯公薨。新天子追念老臣，賜卹有加，哀榮備至，而君已不及見矣。

遺孤皆未成立，惟是太夫人年七十有八，尚在堂。將葬君於龍山花邊堰南盤溪之上，先期，其季弟行之以母命來乞余銘。世系詳宗伯公行略中，茲不具載。獨念其母老子幼，仰事俯育之懷，有未能釋然于身後者。爰叙次其平生，而推本於孝謹，庶幾無愧辭云。銘曰：

嗟嗟吾甥，禄不逮年。慕白華之純潔，爰敝屣乎一官；開母目于既盲，惟積誠而格天。名雖彰于殁後，志未殫于生前。所悲者哲人之云逝，所幸者德門之多賢。庶足慰北堂于垂白，寧爾魄于重泉。龍西之阜，孝子之阡。我作斯銘，以永其傳。

〔一〕「熱」，各本皆同，當爲「然」字之誤。

皇清誥授中憲大夫原任大理寺丞仍正四品服俸致仕栗巖顧公墓誌銘并序

雍正二年八月癸酉，中憲大夫、大理寺丞、仍正四品服俸致仕顧公以疾卒於石門縣里第正寢，孤子濂遠宦四川，聞訃旋里，既治喪矣，明年七月辛丑，卜葬公于本邑芝村西獨字圩。先期素冠素衣，詣同年友海寧查慎行之門，涕泣而言曰：「濂無狀，萬里孤蹤，一官需次，再乞養親不得，終天之恨，負疚靡涯。惟是先大夫一生嘉言懿行，以及出處大節，皆足爲朝野矜式，而懸綍之石，未有銘辭，敢固以請。」余惟古來賢公卿既殁，其名行政業，紀載表揚之者，類出同時巨公之手，名位輩行不相上下，其言庶幾信而足徵。今某於公，以詞館，則後進晚生；以年誼，則通門子姪。抑且嫥鄙無文，自揣何能爲役？所以不敢終辭者，既辱孝子之命，至于再至于三，而自歸田以後，竊望公之後塵者，十有三年於兹矣。吾里與石門相距僅百里，及公强健時，未獲一問起居，奉杖几相從於雲泉風壑之旁。由今思之，雖悔莫追〔一〕。爰據行述而爲之辭，曰：

公諱鐔，字詩城，一字栗巖。姓顧氏，系出祝融，歷六朝，爲吴中望族。其諱政者，則石門遷祖也。四傳至封行人司，諱文昌，字明寰，篤行耆德，樂善好施，鄉黨依爲惠聖〔二〕，公之王考也。生子五，行人次居三，公之考也。諱朱，字某，前明崇禎壬午舉人，癸未進士，甲申選授行人司，年方弱冠，磊砢多大略。同朝鄉先達倪鴻寶、劉念臺兩先生咸器重之。時南北鼎沸，奉差清餉兩浙，毫髮不爲家計。南都潰，慷慨欲引決，有以老親在堂勸阻之者，乃從間道歸。入本朝，二十餘年而殁。兩遇覃恩，以公貴，加贈徵仕郎、翰林院庶吉士，再贈文林郎、山東道監察御史。母朱氏、吴氏、沈氏，並贈孺人。

沈孺人從贈公於革命播遷之餘，順治丙戌九月初三日，生公于吾邑之石墩里〔三〕。頭角岐嶷，顧盼與凡兒異，贈公拊而喜曰：「必此子也，大吾門者。」稍長，就外傅，習爲制舉之文。稟承庭誥，學日益專，業日益精，顧不利于小試。贈公歿後六年，始補博士弟子員。康熙戊午，本省鄉舉第二人。明年聯捷南宫，改翰林院庶吉士，時年三十四矣。散館，補山東道監察御史，巡視北城，豪右爲之斂跡。每遇大案，三法司會審，屬公裁定者居多。以吏部銓注不如法，特疏糾劾。奉旨「着該部明白回奏」。大恚恨，力詆公，擬降四級調用。賴聖明在上，命再議，鐫級留任。又條陳濱海之利，宜弛禁以業貧民。繼掌鼓廳事，閲條例，應駁者多，鮮得上聞。疏請減科條，以達下情。雖格於部議，論者韙之。己巳，掌京畿道，巡視長蘆鹽課，革除積弊，屏絶苞苴。先後在臺中七八年，直聲大著。凡所以條奏，家不留稿，科抄部案，可考而知也。壬申八月，内陞京堂，借補大理寺丞，仍支正四品俸。廷平司天下奏當，公益研精律例，辨析疑似，援史證經，上下數千百年，酌劑異同，而洽於今制，聽者心服焉。

甲戌，移病旋里，家居者五年，迨己卯起補原官。明年八月，遂以原品致仕，年甫五十有五。自解組後，未嘗以一牘干當事。當事咸器敬禮之。恭遇聖祖仁皇帝兩度南巡，公與在籍臣僚，隨例迎謁，先帝不忘舊臣，恩賜墨刻御書《孝經》手卷，又賜宸翰唐人詩、朱子詩兩幅。公于中摘取二字，自號「茆屋山翁」。人益以此知公内斷于心，無復出山經世意矣。所居城西老屋數椽，兩版常掩，客或過，叩索應門僮不得。遇春秋佳日，步行出郭。

蔬町稻隴，逢田夫里叟舊所識者，款語相勞，若如家人。童穉旁立，亦問知爲某氏子，善氣近人，見者忘其爲達官也。公天資樂易，而器宇凝重。長身脩髯，素少疾病，安恬順養。年彌尊而德彌劭，優游林下者，凡二十五年。一旦無疾捐館舍，聞者咸太息，或至流涕。古所稱鄉先生殁而可祭于社者，非公其誰歟？

溯公生平，孝友于家庭，惇睦于戚黨。承前而啓後，美不勝書。自丙午丁贈公之艱，治喪甫畢，痛先世未克葬，與伯叔謀襄大事。時歲方祲，或有難色。公曰：「禮不非懸棺之窆，且今之殯宫，先祖築室覲稼處也。存之所樂，殁之所安。撤屋以葬，不亦可乎？」既葬，果吉壤。贈公著《春秋本義》未竣，公編次續成，合經文梓行於世。兄弟五人，公居長，綜理家政。壯者爲禮聘成婚，幼者爲延師督訓。一妹既長，具資裝嫁之。皆出一手所營辦〔四〕。其後既貴，猶時時量力佽助，自少至老，未嘗分彼此也。沈太孺人殁時，其母猶在，及卒，公爲合葬于外祖墓。舅氏無後，復爲附葬墓旁。歲時親往展省，其篤於一本如此。奉己純約，無聲色玩好之娱。禄入少豐，誼存推解，宗黨婣親，靡不分沾。以故家無贏餘，盎中之糧，不爲旬月計，衣裘鮮潔者，在子錢家〔五〕，處之恬如也。少所嘗受業師，周恤其後人，無吝情，無德色。鄉會座主，居址不問遠邇，遇喪必躬哭諸寢。初結文社十餘輩於邑中，其後或出或處，或存或殁，餽問唁慰，備極情文。其子弟有所能，則奬成之；無所能，必爲道先世舊事，以誠意戒勉感動之。其篤於師友故舊如此。其教子孫也，讀書課文而外，輒舉少年函丈所聞，或朋好贈言以相示。嘗曰：「吾平生所學，得諸過庭爲多，今亦樂與汝輩共語。」耳擩目染，不見其益當有時而悟也。未第以前，專精舉業，帖括家奉爲金科玉律。至治經，必會萃諸儒之説，辨析異同，而求其至當。常言：「不得聖賢立言之旨，雖泛濫，不可謂通經。」平居問答，偶舉一義，羣疑盡釋。推其緒餘，子孫皆興於學。又喜讀朱子《通鑑綱目》，手繙二十一史凡數過。好學深造，老而不衰。與人交，多恩而寡怨。或有負之者，公不與校。後來謝，歡如初。不許人之惡以示直，不飾己之情以悦人。子弟有微過，亦不以疾言遽色相加，徐析情理，令自思之，改則止。下逮左右使令，笞朴怒駡，終身亦不數見，其大度有容，天性然也。

前後立朝十六年，家居之日倍之。自以蒙被國恩，奉職日淺。長子濂，既成進士，行當謁選，意在侍養，不忍遠離。公促之就道，曰：「吾投閒，不能爲國效力。汝可不成吾志耶？」歷任自邑宰晉部曹，所至勖以「清、慎、勤」三字，繼奉「分發四川補用」之旨。時西陲方宿重兵，公貽書告誡：「勿以勞瘁爲辭，勿以晨昏爲念。」及聞大捷，額手北面向曰：「老臣之望此矣！而今而後，庶慰宸衷西顧之懷乎！」其居江湖而不忘軍國，又如此。

卒時享年七十有九。配温氏，誥封恭人，文學叔子公諱良之女，前癸未進士、殉難寶忠公諱璜之姪女，先二十年卒，今合葬焉。子二：長濂，康熙癸酉科順天舉人，己丑科進士，行取主事，題補四川巴州知州。初室沈氏，繼室尤氏。次淍，戊子、甲午副榜，庚子科舉人，娶吴氏，先卒。女三：長適太學生温廷奏，次適太學生許大任，次適歲貢生鍾處厚。孫男七：槩、檠、棨、槩、檕、棃、棻。孫女二。曾孫男一，煐。曾孫女一。銘曰：

緬公初終，垂八十年。靡疚維人，樂全者天。爲克家子，爲邦國賢，爲黄髮叟，爲玉籍仙。秉兹全德，康寧壽考。羣望攸歸，靈光一老。雖滿百齡，人以爲少。胡乘箕尾，遽辭塵表。余初游學，識公京師。道德之腴，一望可知。洎乎通籍，公蚤賦歸。如何末路，迺失追隨。哲人云萎，行將安放。公之賢嗣，昔同鄉榜。俾作銘辭，勒珉泉壤。聿來執紼，感深俛仰。芝村膴膴，語水湯湯。泝忠孝源，澤流孔長。坎其幽深，表厥阡岡。既安且固，名賢之藏。

〔一〕「追」，四部備要本《文集》作「及」。

〔二〕「聖」，原作「至」，旁改爲「聖」。四部備要本《文集》作「聖」。

〔三〕「石」，四部備要本《文集》作「后」。

〔四〕「出」，原作「不出」，「不」字旁有删點號，四部備要本作「出」。

〔五〕「在」，原作「常在」，「常」字旁有删點號。

族姪言思孝廉哀辭并序

吾宗於元末由婺源分支海寧，明成化中，大參東谷公首以甲科起家。已而中丞、京兆繼起，歷弘治迄萬曆六朝，里中推望族，迨明季衰矣。入本朝，前輩則黄門勉齋伯，同輩則翰編荆州兄〔一〕，後輩則少詹聲山姪，皆以名進士通籍，門風稍稍復振。四十年中，先後下世，余既目睹其盛衰。歸田以後，聲山之兩子相繼殁。此外又有晨夕往還，年齒未暮，初聞其疾，遽送其終，已哭其父，旋哭其子者。老在人間，則往往感懷自悼。乃今復喪我言思，此七十六翁不禁俯仰神傷，淚隨筆落者也。

言思名克忠，號厚村〔二〕，大參公十世宗孫，荆州兄長子也。生而頭角峥嶸，甫離乳抱，荆州兄猝攖飛禍，久之得釋。攜兒就館于敬脩堂。姪處羣兒中，言笑不苟，展卷數行俱下，整衣雒誦，目不旁矚，見者異之。己未春，荆州北游太學，姪年纔十五，時祖母祝太孺人尚在堂，以孫而代子職，侍其母朱孺人，黽勉有無，饘酏甘旨罔缺。督訓諸弟，切偲如朋友，方正若嚴師〔三〕。如是者十年。荆州兄始以五經欽賜舉人，聯捷，授翰林編修。家故中落，老屋數間，僅蔽風雨。太孺人就養京師，諸弟隨侍，姪以年長，家居持門户。讀書之暇，不廢治生。竭手口拮据之勞，堂構維新，規撫拓舊。及荆州兄奉親回籍，旋丁祝太孺人艱。未幾，朱孺人亦逝。三年内，連舉兩喪。姪侍尊人，則晨昏銜恤。居廬次，則哭泣盡哀，鄉黨稱孝焉。庚辰四月，荆州兄以疾卒官，姪帶星北上，余時適留邸舍，見其哀毁骨立，且慰且憐之。執其手曰：「爾先人未竟之緒，繼述在賢兄弟，願以守身爲孝，上慰先靈。」姪稽首曰：「敬受教。」自是以後，待余恭謹有加。乙酉九月十九日，余與聲山同直南書房，御前發下《浙江鄉試録》，姪之姓名在焉。兩人相對而笑，不覺泣數行下，蓋喜哲人之有後，而痛其已殁不及見也。是秋，余弟潤木同舉于鄉，明春，潤木幸捷南宫，而姪連不得志于有司，年且六十矣。余衰廢田居，兩家相距不半里，較晴量雨，時或過從。猶記去秋重九，步過玉禾堂，姪與其弟百源、存叔、季益咸在坐，余留詩云：「五十餘年指釣游，憶曾把蟹撇新篘。竹林便是西州路，剩對諸郎半白頭。」竊自附于陳留阮氏，不敢以行輩相高。姪之見重于余，固自有在也。

蓋姪天性孝友，父没後，先廬陋，弗能容身，與仲同居。三四兩弟雖析居，金粟往來，會聚未嘗隔旬。事孀居叔母如事母，撫同堂弟如同懷。遇事所當爲與力所能爲，直任不避嫌怨。宗祠雖久頽圮，倡率族衆，協力佽助，楹桷一新。戚黨之貧無告者，死不克葬者，周恤恩勤，纖毫無德色。房師陳官罷不能歸，鬻産以饋贐。後其子知解州，州故多疑獄，積歲未决，姪偶過訪，留旬餘，檢視案牘，一一爲開陳剖析，全活者數十家。嘗笑迂儒專守章句，不適時用，特留心經濟，凡選舉、河工、漕運，一切興利除弊之事，所纂述約數萬言，皆灼然可施行者。平生不惑異教，不邇聲色。原配瞿氏歿，旁無妾侍，匡牀斗室，卧起如空山老僧。體素清勁，少疾。去冬忽患瘧，久漸沉緜，諸弟偕其一子撤扶牀更番視湯藥。既知病且不起，遺命禁絶佛事，自擇葬地于宅東南，預定安厝之期，則初生之年月日時也。噫！異矣！易簀前一日，余走探之，神氣爽朗猶平時，回面相向曰：「命其止于此乎？」嗟嗟！余亦不虞其止于此也。乃越一日，而凶訃至矣，不亦可哀也歟！既視其含殮，復一以辭叙哀。辭曰：

謂蒼蒼而無知矣，壽夭者孰司其權？謂蒼蒼而有知兮，良與竄宜精以甄。參觀于往古來今兮，殆介乎然不然之間。自世教之澆漓兮，慨故家之獨先。或仰慚于弓冶兮，或失矯于韋弦。或出門而罔功兮，或入室而叢愆。彼無質之可采兮，或揚灰而求鉛。何含輝而藴璞兮，乃輒遭乎棄捐〔四〕。彼涓靡之淫哇兮，或聚聾而翕觀。何正始之元音兮，獨知希而和難。彼萍藻之泛泛兮，孰與夫松柏之丸丸。亦既畀以材美兮，奚勿施于榱椽。彼腹背之柔脆兮，孰與夫鸞凰之高翰〔五〕。苟傅天有摧鎩兮，與沉冥又奚别焉？胡德優而運促兮，霄泥若是其相懸。曾惠吉而逆凶兮，吾將廢蓍龜而折筳篿。嗟乎言思，人中龍兮！重規叠矩，承前蹤兮！厥初秉質，稱聖童兮！長而英英，有父風兮！式瞻趨步，應鼓鐘兮！宜爾室家，諧肅雝兮！刑于兄弟，篤友恭兮！章品騭〔六〕，出磨礱兮！懷抱經濟，才力充兮！長身脩髯，好儀容兮！鄙彼迂儒，徒冬烘兮！羣望所屬，歸才雄兮！謂宜奮發，大吾宗兮！早登賢書，扼南宮兮！跼天蹐地，仍餒籠兮！乙巳立占，乙巳終兮！自卜吉兆，馬鬣封兮！煢煢令子，愴孤熊兮！依依羣弟，形影從兮！食報于幽，若酬庸兮！存順没寧，夫奚恫兮！感彼鄰喪，輟相舂兮！矧予與汝，氣本同兮！盛衰休戚，萃寸衷兮！辭以告哀，哀靡窮兮！

〔一〕「翰編」，四部備要本《文集》作「翰林」。
〔二〕「村」，原作「材」，據四部備要本《文集》改。
〔三〕「正」字原闕，據四部備要本《文集》補。
〔四〕「輒」，原作「轍」，據四部備要本《文集》改。
〔五〕「凰」，四部備要本《文集》作「鳳」。
〔六〕「章」字，四部備要本《文集》闕。按，此句疑闕一字。

祭房師汪東山先生文

維年月日，文林郎、翰林院編脩、受業查某，謹以束帛牲醴之儀，致奠於皇清勅授儒林郎、翰林院修撰房師汪公之靈，曰：

在三之義，師生最重。洎來存歿，關心尤痛。百草焚芝，大夏摧棟。天乎難問，臨風長慟。惟我夫子，金相玉質。卓犖者才，特達者德。外朗内潤，含華佩實。瓊樹無雙，威鳳罕匹。早摘魁宿，掉鞅名場。三年養翮，一舉騰驤。臚句首唱，爲邦家光。駸駸華近，籍籍周行。宫月如眉，苑花似雪。榮遇攸專，地分親切。繼持文枋，春闈校閲。玉尺森嚴，冰壺皎潔。余慚癸酉，鄉書同薦。蹉跎遲暮，三北文戰。敝帚甘棄，焦桐就爨。垂老同年，立雪相見。公顧而笑，爾我昆弟。自今往還，如家人誼。晨趨禁直，夕依邸第〔一〕。一月春風，門牆私被。余隨告別，扈駕北行。公旋奉母，八月南征。特戀慈幃，非厭承明。校書給俸，人以爲榮。自公言歸，余同失路。寒暑再離，惄如朝暮。公又憐余，頻傳尺素。勉以自力，仰承恩顧。公於王事，其肯辭勞。書局隨身，何異在朝。窮年矻矻，繼晷焚膏。積以時月，菁華俱消。今春人日，奉公手劄。云自歲除，夙疾間發。顧惟珍重，謂可勿藥。如何力疾，勤瘁猶昨。秋風塞外，回雁哀鳴。有書南來，疑信交并。倏焉驚訃，忍痛失聲。四年一夢，遂訣死生。嗚呼！夫子盛年，生徒白首。恩重踰山，慚無力負。桑榆之景，自憐蒲柳。長恐棲遲〔二〕，負我師友。詎意心喪，反在目前。流水嗚咽，伯牙絶絃。緬懷疇昔，音容宛然。公豈遽歿，有文必傳。公之遺篇，特付李漢。手澤猶新，一辭難贊。辱委編輯，敢云點竄。後有知音，式標藝苑。公之身後，賴有餘澤。繦褓遺孤，形單影隻。琴書無恙，留貽他日。公其勿念，後死之責。惟太夫人，齒髮蕭疎。倚閭望斷，血淚交枯。飄揺風雨，綢繆卒瘏。公目未瞑，其在斯乎？余念先壟，歸營得請。路出海虞，哭公於寢。靈帷肅然，神其不泯。絮酒陳詞，有淚如梗。

〔一〕「邸」，原作「卯」，據四部備要本《文集》改。

〔二〕「恐」，四部備要本《文集》作「怨」。

祭王麓臺少司農文

維年月日，具官查某，謹以楮帛之儀，致祭於誥授資政大夫、經筵講官、户部左侍郎麓臺王先生之靈，曰：

己巳仲夏，識公京師。余未釋褐，公官拾遺。用介吴子，因緣致辭。余乞公畫，公徵余詩。詩往畫來，如塤應篪。自爾忘分，成心相知。内顧而慚，匪曰等夷。實惟古道，下交逮而。公齒長余，十年以内。余名後公，卅年以外。公改詞垣，余稱後輩。余入供奉，公來參對。恭惟聖主，右文昭代。道際其亨，時逢其泰。海流典籍，山萃圖繪。公處於中，擅奇標最。旁觀落筆，署名斯退。几研從容，間承私誨。時暢春苑，初置直廬。公珂余珮，亦步亦趨。靡風不被，靡澤不濡。一味之甘，分嘗御厨。有時蒙召，賞花釣魚。黄頭撥櫂，黑衣揚艫。无逸淵鑒〔一〕，露華蕊珠。天上陪游，形隨影俱。以公器度，厚重和舒。遂於衆中，眷注優殊。爰擢掌坊，爰相儲宫。爰作院長，爰貳司農。維寅維清，夙夜在公。公望日峻，公階日崇。人之處己，歷級乘墉。孰善持盈，循牆彌恭。人之款交，僚儕異同。疇篤念舊，迂疎見容。公之於余，屢不易蹤。歲踰十閏，有初克終。余昔假歸，冰霜戒令。公親呵凍，潑墨寵贈。比者寫真，前因是證。公爲横卷，豪鋒遒勁。余坐詩窮，公推畫聖。形跡匪疎，心親貌敬。山川匪邈，林輝淵映。矯首停雲，庶幾晚境。上方嚮用，公業未竟。何忽騎箕，追歡難更。嗚呼！公之家世，叠軌重規。公之族望，前皋後夔。公之在位，特達受知。公之云亡，朝野嗟咨。自聞公訃，悢悢移時。溯公緒言，清風載馳。展公名蹟，宿霧重披。拜公寢門，自哭其私。生芻一束，敬致繐幃。靈兮來格，庶無泛詞。

〔一〕「无」，四部備要本《文集》作「元」。

公祭京江相國文

嗚呼！河浮嶽降，鍾間氣於名賢；國幹邦楨，溯光儀於元老。嘆台星之中坼〔一〕，矜式何從；痛梁木之遽摧，攀躋莫逮。凡兹士庶，皆將瞻華表而愴神；矧我門牆，有不望繐帷而潸涕者哉！

惟我大師相京江公，望著南徐，名高北斗。應中天之景運，爲昭代之完人。總角而韞玉含珠，弱冠而懷蛟吐鳳。門踰萬石，獨傳恭謹之風；業在一經，大啓詩書之澤。辨微茫於理窟，根柢深醇；開軌轍于詞壇，菁華發越。百川手障，韓文起八代之衰；七曜胸羅，董策冠西京之首。早登王路，久簡帝心。密勿論思，不愧宣公内相；辭章華國，羣推太白仙才。剴切敷陳，務啓心而資講幄；從容轉對，每正色而侍經筵。李文靖器局宏深，堪羽儀於螭陛；周益公才情贍蔚，宜領袖乎蓬山。學士班高，屢拜九重之寵賚；尚書地峻，繼標二部之清風。於是命掌絲綸，人思霖雨。坐彤庭而論道，秉玉鉉以調元。八柱承天，鼎鈞之望斯重；四時成歲，亭毒之功爲多。而乃退食自公，絶口不言温樹；薦賢爲國，市恩寧受私箋？一介之取予必嚴，清而非矯；常時之顰笑維謹，和而不流。架有賜書，共識過庭之家學；門如止水，惟來問字之生徒。位益貴而業益貧，服食僅侔乎寒素；德彌尊而心彌下，詢謀或及乎芻蕘。際皋夔契稷之期，兼文武經綸之略。朝家掌故，既酌古以準今；廊廟訏謨，亦决機而贊畫。驛同籌筆，託風雲而遠護儲胥；地闢龍荒，近日月而頓消兵氣。出隨戎輅，靖鯨鯢於瀚海天山；入掌文衡，收才俊於南金東箭。内聖外王之學，遇事迺彰；先憂後樂之衷，無時或釋。

蓋天子之宵旰圖維者，五十餘年；而相國之左右勖勷者，二十一載。問京江之風度，何減曲江；知燕國之精神，還同潞國。屬懇章而引疾，奉温旨以慰留。裴令公再入中書，初終一節；富文忠時稱賢相，億兆同辭。爾其篤斐之忱，倍嚴於華首〔二〕；委蛇之度，無改於素絲。上方優待老成，公每扈從行在。省耕觀穫，山莊即清暑之宫；咏月吟風，延閣亦養賢之地。賞花釣魚之宴，往往陪游；分冰賜簟之榮，時時下逮。謂宜天壽平格，福備康寧。年届七旬，擬效躋堂之獻；時當六月，溘來頹岳之聲。皇情震悼，卹典優崇。加褒美於生平，極哀榮于存殁。錫帑金而厚襄大事，灑宸翰而親製挽章。近侍護喪道路，皆爲感泣；親藩致醊几筵，載荷哭臨。凡此終始恩禮之隆，孰非夙夜公忠之報。某等幸托帲幪，恭承榘範。音容如在，謦欬無聞。樹神道以爲碑，媿乏子瞻之製；束生芻而漬酒，敢忘永叔之悲。嗚呼！焜煌史册，公雖殁而猶生；寂寞羹牆，神式憑而來享。嗚呼哀哉！尚饗！

〔一〕「拆」，原作「拆」，據四部備要本《文集》改。

〔二〕「嚴」，四部備要本《文集》作「麗」。

祭祝安道文

維年月日，進士安道祝親家以疾卒於京邸。某月日，喪車旋里，越祭日，姻弟查慎行率男緦服子壻克建，敬致絮酒之奠，喇辭以哭之。曰：

嗚呼！謂天道其無知兮，賢者未必皆窮；謂天道而有知兮，念令德宜乎考終。彼纚褷腹背之毳兮，孰與夫六翮之蹻雄？苟傅天有摧鎩兮，曾何異乎牢籠？彼静谷與躁川兮，曾惠吉而逆凶。胡折箄而剡筳兮，莽不知其所從。參觀於然否之間兮，吾將謂蒼蒼之夢夢。維先生之秉哲兮，沐庭誥於聖童。際家門之鼎盛兮，貞苦節以褆躬。孺慕逮乎强壯兮，念天顯而篤友恭。加恩勤於俯育兮，雅化刑于肅雝。占同人而賦伐木兮，至性褜而爲禮容。凡宜家與諧俗兮，悉調協以冲融。欲吹疵於一毛兮，無纖瑕之可攻。洵有媺其畢備兮，又奚待乎彌縫？伊文行之分科兮，聖門或難於兼通。維君子而有章兮，羣推先於望宗。夙潛精於制藝兮，羅百家而發胸。文名焕其早揚兮，洪音儲乎鐘鏞。迨同祖之昆弟兮，咸篋羽而摶風。獨蹉跎而晚達兮，甫釋褐於南宫。慶者方及門兮，遽承訃於郵筒。嗚呼！寡妻在室兮，代養老翁。兒女盈前兮〔一〕，婚嫁未終。一第不足慰九京兮，痛生者之罹此鞠凶。蓋績學者罔知所勸兮，砥行者莫酬其庸。此士林胥爲喪氣兮，而豈徒戚黨之私恫？

伊余昔之締好兮，愧小子之賨虹。覬耳提而面命兮，仰丈人之高峰。胡泰山之忽頹兮，淚浪浪其呼空。銘旌飄飄兮，輀車總總。招魂歸來兮，先壟崇墉。椒漿奠醊兮，斧鬣未封。靈其不昧兮，鑒此哀衷！

〔一〕「兒」字，原闕，據四部備要本《文集》補。

長假後告墓文

維康熙五十二年八月十九日，長男慎行長假還家，敬告於勅贈儒林郎、翰林院編修加一級顯考逸遠府君，勅贈太安人顯妣鍾太君之墓曰：

男不幸早失怙恃，年二十三，吾母見背，又六年，吾父下世。家徒壁立，無以自存，不得已依人遠幕。時吾父之喪服方小祥，含悽靦面，幾不齒於人數。其後四年，自黔返里，兩柩在堂，未克卜葬。明年甲子，游學京師。又十年，癸酉，始舉鄉試。又十年，癸未，乃成進士，以詞翰入侍禁林。又四年，丙戌，奏請歸營窀穸。草草襄事，旋復北行。迄今癸巳，男慎行年已六十有四矣。竊念先世，自曾祖、祖父母及諸叔兄弟，享壽無及耳順者，而男獨邀天幸，年踰六旬。自惟賦分迂疎，常恐重獲罪戾，貽先人地下之憂。夙夜惴焉，匪朝伊夕。兹因病乞假，蒙皇恩俯允，於本年七月朔出都，八月十三日歸里，先已省視松楸。越六日，敬設几筵致奠。自今以往，誓以未盡餘年，依棲丙舍，和協兄弟，教訓子孫。仰答親恩，下綿世澤。伏冀父母在天之靈，鑒此微忱，來格來享。

岳武穆像贊〔一〕

非直也勇，有皎其節。非直也智，有丹其血。胸羅魚鳥，手握風雲。山猶難撼，况撼吾軍。公起行伍，登壇授職。直指龍沙，志清妖孛。前有關公，後有岳公。扶劉恢趙，志將毋同。一喜《春秋》，一癖《左氏》。討賊攘夷，千歲大義。

〔一〕此篇自四部備要本《别集》輯入。

代祭勵少司寇哀辭〔一〕

緊我師之至德兮，朝野奉爲儀型。謂上壽其可必兮，胡遽謝此年齡。丁游海而化鶴兮，説歸天而爲星。入寢門而長慟兮，猶思立雪乎中庭。以師之文章在館閣兮，勳業在旂。常言爲經而動爲則兮，與日月而争光。諒中外所共知兮，又孰煩余之諄詳。顧知我莫若師兮，欲不言而轉傷。彼禽鳥之無識兮，猶眷戀而懷恩。卷葹之有心兮，葵亦衛其本根。曾感高厚而不知兮，忽忽負此師門。緬形容而恍在兮，思言笑其猶温。謂所感獨在知遇兮，尚非余志之所存。

憶乙丑之受知兮，始服官而朝謁。迨蒙恩而入直兮，自丙寅之四月。抱芹私而獻御兮，時追陪乎禁闥。非師吾將曷依兮，若涉江之有筏。顧不材如□□兮，師常誨余之諄諄。遭聖明之寵遇兮，忝備員乎近臣。幸晨夕之相依兮，提命因之益親。出翰墨之餘暇兮，飲道德之和醇。謂事君無過竭力兮，處世貴其有常。毋臨深以爲高兮，寧用短而懷長。巧未勝拙兮，閒實勝忙。施恩慎勿求知兮，受恩慎勿忘。彼古訓有成言兮，期力行以自彊。稟師承之明訓兮，心惕惕其若驚。顧至愚莫若余兮，時率意而徑行。迂與疎而相半兮，懶與拙其交并。世羣起而非笑兮，惟師鑒予之愚誠。任天則落落兮，任人則營營。兩者孰分高下兮，歷久而自明。師既剖予之疑兮，余自信而益果。佩師言以終身兮，何所適而不可。我敢自謂知師兮，師誠知我。歷十八年如一日兮，尚烏識夫世情之瑣瑣。

帝倚師爲國楨兮，師逾戒滿而持盈。屢引年而弗獲兮，洊階陟乎六卿。雖坐棘木而聽事兮，仍出入乎承明。常臨軒而趣召兮，呼國老而不名。眷象賢之踵武兮，世篤忠貞。歷蓬瀛而入直兮，相友愛如弟兄。知師訓猶庭訓兮，努力保此樸誠。從師游已歷年兮，師步而亦步。視世人之翕訿兮，師終不改乎此度。積勤勞而不乏兮，齒雖牢而髮素。謂心閒者身康兮，謂天全者神固。諒物理所必然兮，何忽聞此哀訃。痛彌留之握手兮，涕横流而交頤。草遺疏而口授兮，命□□使書之。乞遺言以銘佩兮，尚肫懇其有辭。謂君父不可負兮，彼蒼不可欺。苟堅守而不惑兮，又何過之可訾？

驗吾師之積誠兮，雖造次而弗離。天不憖遺哲人兮，我安仰而安追？昔宣尼之至聖兮，年未耄而泣麟。洵生死如窮達兮，訝天問之難陳。言猶在耳兮，書猶在紳。惟師成我而兼知我兮，我今舍師其誰遵？過西州而長痛兮，杖屨隔乎宫牆。召巫咸爲我招兮，極呼籲乎八荒。靈上下其陟降兮，水行地而無方。跪陳詞而薦酒兮，神彷彿其在堂。嗚呼！自兹以往兮，何一日之能忘？

〔一〕此篇自四部備要本《别集》輯入。

祭楊少司馬文代侍讀學士陳元龍作〔一〕

嗚呼我公，人中之瑞。五緯經天，五嶽鎮地。兩朝耆宿，中外翹跂。胡不憖遺，凋此國器。公之勳蹟，日月長懸。公之文章，金石相宣。始於莅民，洊至九列。大小簡煩，應時而設。三十餘年，忠誠同結。當公立朝，諫紙横飛。洎乎出鎮，邛笮懾威。名書於屏，勳紀於旂。民安争輯，謹小慎微。事定還朝，晉階司馬。宴賞有加，《蓼蕭》心寫。願結遂初，恩隆予假。進退綽然，誰與匹者。安石東山，晉公緑野。

某生也晚，敬自垂髫。門闌相望，一水容刀。通家孔李，長接風標。良玉温栗，高山岧嶢。令嗣英奇，一一踵武。長公晚研，詞林學府。同官於京，差池接羽。再世神交，臭味蘭杜。公幾大耋，氣壯神酣。方期百歲，而康而强。胡爲不弔，在己旋傷。峰摧天柱，星掩文昌。方公家居，帝眷無已。時時存問，錫杖授几。四海延頸，望公復起。

憶歲己卯，扈駕而南。望公顔色，精采内含。帝隆勳舊，日接有三。煌煌宸翰，自天寵頒。顔以松喬，作鎮如山。赤松子喬，仙籙同班。距今六年，有如瞬息。流水東馳，曜靈西匿。遺表餘忠，聞之心惻。想像音容，高山可即。典型一謝，文獻云亡。屈指父輩，晨星渺茫。關西清德，千載彌芳。撫今感舊，何日而忘。

〔一〕此篇自四部備要本《别集》輯入。

代祭錢翟亭封翁文翁本姓何〔一〕

緊先生之華胄，肇韓何而相沿。遷婁江以入籍，遂系姓於彭籛。門惟通德，代産名賢。南贛有甘棠之餘愛，東臺有諫草之遺編。莫不聲施金石，譽永山川。洎先生而六葉，卜舊德之長延。自髫年而失怙，奉懿訓於三遷。但見丰標獨立，器宇無前。振層霄之彩鳳，鼓遼海之横鱣。恢經畬而重闢，戰藝苑而争先。於時一門羣從，比翼垂肩。京兆提其桴鼓，司農助其旗旃。相與砥磨而水淬，莫不學海而文淵。遂乃觀賓上國，聲振幽燕。瞻雲程之九萬，佇水擊於三千。先生則以堂有鶴髮，身無雁聯。與待時而晝錦，盍歡養而終天。迺望南雲，迺促歸鞭。循蘭陔而采擷，奉板輿以周旋。豈遺榮而玩世，實至性之攸虔。爾乃探珠淵海，采玉藍田。慶嗣公之蔚起，悉頭角之嶷然。何荀龍之並美，洵謝鳳之争妍。騁雲衢而通籍，羨次第而飛騫。九畹芬而齊茁，五花燦而交宣。

而先生方且左圖右史，品竹栽蓮。平章風月，嘯傲林泉。賓隨時而滿座，膝盡日而横絃。或共吟而投洛下之社，或奮筆而灑會稽之箋。並皆聲捷於鐘鼓，價重於珠蠙。僕仰高風，以日以年。身未親於杖屨，神已契於蘭荃。託葭莩之雅愛，愜素願之拳拳。方親周而誼叠，類璧合而珠連。憶去春之穀旦，值弧矢之高懸。盍簪雜遝，舞袖聯翩。袍製天家之雲錦，樽開仙醴之瓊筵。遠近傳爲盛事，方松檜而同堅。况先生行和器重，才大神全。于心無偷，于物無牽。披鶴田之莓莓，欣蘭畹之芊芊。謂宜下侣希夷，上友偓佺。胡風摧而電掣，竟孰起而問天。惟是形隨身盡，名與世傳。是先生之壽終於指使，而先生之雄文卓行垂萬古而不朽者，宜與鐘鼎而同鐫。哲人不可作，玉京不可還。鐘沉兮劍没，木朽兮膏煎。聊披詞而薦祭，涕沾臆而潺湲。

〔一〕此篇自四部備要本《别集》輯入。

代許司農祭陳封翁文〔一〕

天生我公，爲國禎祥。藴而不施，流澤彌長。在天斗極，在地扶桑。誰爲真宰，摧枝斂芒。僕與我翁，枌社連鄉。先之交情，金石同剛。重以譜誼，蘭杜齊芳。愛翁祝翁，百歲康强。何不憖遺，模楷冠裳。翁之一生，動驚俗耳。有量汪涵，莫窺涯涘。有性堅剛，不受塵滓。養性葆真，見表知裏。水火横前，直行無葸。簪芴盈牀，淡不加喜。生長高門，優游珂里。叠錫重封，考祥視履。昔迎鑾輅，歡動天顔。鳩杖龐眉，宸翰寵頒。隨以奇珍，絡繹頻煩。期翁上壽，坐鎮如山。誰云仙遠，近在人間。翁之尊榮，悉翁自致。玩好無耽，勤勞不避。閉户傳經，不問家事。辨色而興，夜分未寐。字準銀鉤，書探金匱。庭訓甫成，貽厥後繼。祖而兼父，恩濟以義。惓惓先業，惟恐失墜。漢有夷門，於翁爲二。毋謂山高，一簣所成。無謂林密，始自勾萌。天不負公，蔚爲國楨。根深末茂，實大聲宏。粤自戊午，蹋開雲路。蘭畹争芳，孫枝競布。兩紀之間，連翩振鷺。或翔郎署，或接蓬瀛，或領鄉賦。彩鳳和鳴，華星聯聚。朝野喧傳，令德垂裕。

憶昔初交，館榻招延。探珠淵海，採玉藍田。珠皆成貫，玉不煩鐫。課餘雄辨，晨夕相聯。歡忘爾汝，禮絶拘攣。前後八載，臭味蘭荃。僕時壯夫，翁已中年。一從計偕，相與分手。竊忝一第，隨行儕偶。録録風塵，自辰至酉。後膺皇華，道出江口。回軫故山，略訪親友。僕時中年，翁已白首。嗣後分襟，長抱飢渴。藉甚長公，名冠仙籍。曉漏追隨，聯鑣並轍。叙舊道故，或愕或悦。每得好音，慰此苑結。垂二十年，風馳電掣。僕已白首，翁逾大耋。聞翁雖老，眠食如常。行不用杖，體輕步强。愛寫蠅頭，不礙燈光。五福集躬，百齡何長。張荃思邈，異代相望。惟忠與孝，難兼自古。《詩》亦有言：「不遑將父。」長公望雲，心回寸縷。决志歸裝，及親三釜。况有季君，先後踵武。錦鯉齊陳，斑衣對舞。萬石高風，二難遺矩。天倫之樂，無藉鐘鼓。僕以職事，承乏湖濱。故舊間闊，往還垂鄰。迨乎三載，音問難申。往往聞言，疑僞疑真。今歲之吉，龍舸南指。惟翁冢孫，扈蹕迤邐。薄言相遇，於河之涘。知翁抱恙，累月未已。方祈天佑，勿藥有喜。豈料一病，旋呼起起。平生典型，俄然已矣。帝聞嗟悼，錫典光美。存殁銜恩，哀榮終始。感念疇昔，默數春秋。歷歷眼中，歲星幾周。從壯得衰，從老得休。日無東逝，水不西流。文獻凋喪，我誰與游？愴然中夜，横涕難收。翁存身榮，翁去名留。千載而下，比之太丘。

〔一〕此篇自四部備要本《别集》輯入。

代祭錢京兆文晉錫（一）

惟彭籛之華胄，誕江左之名賢。苞丹山之彩鳳，鼓遼海之横鱣。地居岳牧之首，治駕趙張之先。方馳聲於三輔，何輒返於重淵。緊先生之傑出，非時哲之比肩。起家聲於弱冠，擅獨步於丹鉛。摶程途之九萬，富奏牘之三千。詞鋒擬於神劍，文瀾壯於湧泉。懷美錦而待製，試裁割於小鮮。彼富春之蕞爾，實地瘠而民獧。得河上之神宰，遂臥治於琴絃。政不煩於鉤距，刑不費乎蒲鞭。稱治行之第一，宜報最而飛騫。遂驄鳴於戚里，儼鶴立於臺前。彊宗聞而外斂，墨吏悔而中悛。實素望之見化，非取重於威權。激清風之遐舉，荷主眷之日專。由臺霜而卿月，如鶚擊而鶯遷。洵才大而器弘，隨張弛而用圓。惟神皋之畿甸，本治教之所先。地則銅街鐵市，人則塵合雲連。非風望之峻整，孰鎮服而帖然。隆帝心之特簡，借威重於日邊。乍風行而草偃，亦吏習而民便。涖辟雍而講學，廣選造於陶甄。仰邦畿之翼翼，試王道之平平。游京華而覘政，徵往事於前編。彼三王之苛細，雖英斷奚取焉。

顧某某之不才，幸納交之有年。精誠貫乎金石，臭味並乎蘭荃。嗣同官於京邸，時軌接而鑣聯。瞻丰標之嚴重，味道藴於高堅。謂階基之不測，况聖澤之頻宣。宜勳名之日盛，懸鐘鼎而長鐫。何嚴霜之中人，乃遽折乎杞梗。歎壽命之不齊，孰排閶而問天。思古來之賢聖，或年促而名傳。如先生之偉望，與日月而高懸。雖設施之未竟，已名位之兩全。憶丰裁之如昨，撫掛劍而留連。非丹砂之可轉，豈菊泉之能延。悵庭皋之落葉，痛丹旐之翩翩。遂陳詞而薦酒，淚交集而淪漣。

〔一〕此篇自四部備要本《別集》輯入。

代祭徐母金太夫人文〔一〕

慈雲曉散，婺星夜移。女宗何則，壼範難追。猗與太母，坤德藴奇。仁心惠質，習禮明詩。作配司寇，内政虔持。惟我司寇，當代皋伊。文章弁冕，理學綱維。其生有自，其出有爲。提攜後進，表率羣司。忠乎宸幄，名冠蓬池。事常旁午，不失毫釐。客常滿座，無棄粟絲。非有令德，孰佐弘規。僉曰賢哉，殊錫是宜。珩璜照耀，褕翟紛披。南城受册，東武流貤。今兹所見，異代同揆。某於司寇，欽若鼎彝。言游京國，得挹光儀。高山仰止，實副所思。逮歲己丑，公任館師。長兒某某，幸拜履綦。禮園斠切，義圃追隨。如金就冶，如木就倕。講席之暇，杯斝燕私。五飲惟旨，四膳孔時。因知内教，式禮莫遺。天眷有德，福履永綏。既隆坤範，又著母儀。嗣君踵武，五桂榮滋。藍田採玉，蕙圃求芝。

苟龍謝鳳，曾何足侈。欽仰德門，佳氣葳蕤。通家再世，聲叶塤篪。絲蘿引蔓，遠附喬枝。敦崇明德，永好爲期。母雖眉壽，神不少衰。令嗣色養，孝敬融怡。江魚入饌，露薤流匙。潘輿毛檄，慶萃一時。今歲之秋，設帨迎禧。爰采菊英，爰奉瓊巵。錦袍璀璨，綵袖參差。天倫樂事，歡動九逵。方且稱觴，以祝期頤。東陵南嶽，仙侶相攜。胡爲不弔，遽薄崦嵫。緬懷懿行，舉世所推。二南彰教，七德流慈。貴不忘儉，榮不辭疲。仁能逮下，誼篤本支。喪者待殯，貧者待炊。司寇餘德，惟母承之。無成有終，地道弘施。古稱女士，非母而誰？忽焉朝露，傷心繐帷。班箴永絶，鍾禮長垂。載揚彤管，千古同悲。

〔一〕此篇自四部備要本《别集》輯入。

代祭陳宜人文〔一〕

嗚呼宜人，既稱女宗，亦號母儀。孝敬備至，禮法孔垂。何德兼家美，而壽止於斯。嗟少女之離位，豈神匕之可追。余與宫諭聲山，處則同鄉邑，出則同班資。翱翔鵷鵲之觀，游泳鳳凰之池。或侍奉直廬，聯吟而接武；或追隨警蹕，並轡而交馳。蓋誼相師友，而情等塤篪。竊見其丰神瀟灑，胸次恢奇。目不營生産，口不及家貲。然而周親篤舊，濟困扶危。事能立辨，禮無失時。非宜人之賢，則孰與左右而維持？

以宜人賦性純備，習禮明詩。四星連曜，七德承禧。其未字也，有聞於鄉，爲吾宗之淑女；其既字也，宜其家室，爲通國之閫師。但見動如德耀，静若貞姬。有委曲承歡之孝，有和煦一體之慈。迨乎從夫以貴，象服是宜。朝儀之藻火孔榮，而猶躬刀尺；官厨之酒膳不絶，而猶御園葵。謂此乃貧家之故物，豈暫貴而忘之。余觀夫仁慈者壽永，泊淡者福滋。此終古之皆然，何獨於宜人而參差？豈賦命之有限，實天道之難推。當宜人疾也，聲山方以賢勞扈從，南北分歧，見者爲之心惻，聞者爲之憂疑。而宜人方且蹶起牀褥，忼慨陳詞。勗夫子以忠愛，罔内顧而營私。幸楓宸之聖明，降湛露而淋漓。賜宮中之上藥，簡御院之名醫。宛乎家人之雅愛，骨肉之常儀。謂宜長年而益壽，胡竟蕙折而蘭摧？嗟乎宜人，受聖澤於生前，福亦不爲不厚。垂懿徽於身後，壽亦豈有窮期？矧夫驥子鳳雛之軒舉，芝田蘭畹之葳蕤。卜絲綸其世掌，於宜人乎何悲？獨是有宜人之才，且賢而後可，以佐宫諭之清規。故夫人各有死，而宜人之死，實爲遠近之所悼，而内外之所悲，况深知如余，能不爲之惻愴而漣洏？

〔一〕此篇自四部備要本《别集》輯入。

又族中公祭陳宜人文(二)

嗚呼！宜人之賢，世無其伍。爲郝爲鍾，常徵之古。有德自天，不藉保姆。有榮自性，不藉纂組。宜壽而康，光吾宗譜。胡爲嚴霜，凋此蘭杜？德如宜人，族黨所推。能識大體，動合成規。相我宮諭，中外具宜。方其食貧，財賄不私。及其既貴，服御不侈。三十年間，甘苦自知。無喜無愠，有如一時。求之士類，猶或難之。維我宮諭，天性孝友。宜人佐之，尺寸不苟。承事舅姑，如事父母。推之姊姒，若左右手。維我宮諭，湖海交游。宜人佐之，内政虔修。有殽惟嘉，有酒思柔。間脱簪珥，以佐觥籌。僉曰賢哉，今之尹姑。内則所傳，百不一失。是宜顯揚，從夫有秩。象服魚軒，惟安且吉。石窌延鄉，曾何足述。自我宮諭，帝眷日專。或隨豹尾，或立罏煙。夙夜在公，祇若冰淵。身且不恤，家何有焉。宜人有心，與宮諭同。相勗以義，相勸以忠。黽勉有無，竭蹶始終。積衰成疾，金石難攻。維帝垂照，曲體臣衷。垂問不絶，中使常通。禁方祕藥，出自深宮。恩誼日加，與山比崇。宜人之疾，自春伊始。默不自明，隨發隨止。宮諭扈從，不遑寧止。返節稍休，行裝復理。維時宜人，病不能起。然且扶攜，爲宮諭喜。謂君行哉，無以有己。日往月來，金銷石毁。竟入膏肓，數窮於癸。吁嗟宜人，德音勿諼。何知有貴，乃爲親尊。何知有榮，乃爲君恩。

忠孝大節，出自閨門。宜人雖往，懿德長存。哀哀令子，孝行孔彰。慈竹一枯，悲烏永翔。追念徽音，比德維□。非言可罄，豈筆能詳。再拜陳詞，有酒盈觴。傳之宗祊，千載留芳。

〔一〕此篇自四部備要本《别集》輯入。

敬業堂文集卷五

書啓尺牘

代賀實齋陞副憲書[一]

秋間蒙伯父以一書見示，碌碌未及稟候，開罪至今。某在家塵俗逼人，國書古學，兩無寸進，視秉之弟之勇猛無前，自當退避三舍，况其他哉！十七日，得伯父超擢之信，欣喜無量。夫臺端重任，非風望峻整，無以當之。以伯父膺此，所謂人職雙清，當令不察而威，不繩而肅。且以紀綱耳目之地，二年之間，兩伯父先後炳耀，昔兄弟并驅，一時榮之。將來國史登載，又增一段盛事。此姪所爲上爲天下賀，下又爲家賀也。

〔一〕此篇自四部備要本《文集》輯入。

代上熊孝感書〔一〕

某以菲質庸才，蒙老夫子拂拭於驪黄之外。旋荷君恩，得讀書中禁，本擬潛心館閣，努力寸進，以圖不負聖朝，不負師門。緣慈幃在堂，循陔念切，迎養則勢有不能，望雲則情有難忍。因暫爾給假，庶幾兩全。

自拜違函丈以來，塵事日積，回憶栽培厚德，無日或忘。去冬，老夫子予告南旋，政府積勤之餘，暫憩緑野。私喜宫牆稍近，可以隨時趨謁，祇聆誨言。奈老祖年高力耗，家伯、叔父，俱宦游京師，不可一日離左右，以致寸心未展。夏間，反蒙存注，并賜簡翰。時以家伯父覲省言還，出關相迓，致失裁答，悚惶無地。重煩遣使遠詢，益增慚恐。秋氣平分，聞老夫子奉詔還朝，四海延頸如宋司馬，况忝列門牆，加額尤甚。雖老夫子桃李半天下，而卷葹小草，誰不有心。謹備餞儀若干，本欲親賫拜奉，而目下家伯父甫歸，諸瑣事悉以委某，分無所辭，謹藉紀綱奉上，以爲祖道之一助。臨紙無任瞻依。

〔一〕此篇自四部備要本《文集》輯入。

復楊次崖書〔一〕

一從分袂，歲籥幾更，間闊如許，曾未奉尺一以通情愫，疎懶之罪，概可知矣。比年，長兄先生既奏成效於河濱，旋展長才於中土。倥偬旁午之間，從容展布，誰識文章雄伯中，得覩此經濟巨手耶？展讀瑶翰，遠辱注存，兼蒙延譽，知長兄於數千里外，不忘杵臼交如此，真令人感愧交集無論。徐中丞公爲當代碩儒，清班重望，得親拜履舄，喜過瞻韓。即長兄之知我愛我，其又可違耶？但弟與陳世兄同研席五六年，頗稱莫逆。今秋又預爲來歲之約，誼已難辭。况宫詹乾翁先生甫以覲省歸里，有《歷代賦鈔》一書，出自聖裁，行登梨棗。目下搜緝校訂，正屬需人之時，弟雖不才，業許分任其事，即可以辭世兄，斷難爲宫詹地也。來使懇款致辭，倍悉雅愛，兼以長途遠訪，勞勞跋涉，甚所不安。而弟進退由人，事在兩難，統祈鑒察。宫詹處别有一札，附達於中丞左右，想中丞先生亦能垂諒也。

〔一〕此篇自四部備要本《文集》輯入。

復陳宫詹先生書〔一〕

夏初，荷蒙注存，賜之手札，垂顧慇懃，有踰骨肉。時某身留海甸，碌碌塵土中，未及裁答。嗣後，甫送世兄扈從北行，而賤體忽染時氣，伏枕兼旬，百事坐廢。以前日記，俱託及門同人代寫，奉寄遲慢之罪，不可名狀。遥想老年伯自予告南旋以來，兩閲寒暑，以二疏知足之心，兼萬石家門之慶，人間樂事，何以過此？側聞老年祖精神老而愈旺，飲食加進，步履如飛，欣羡何極！更可幸者，邇來四年，叔亦假歸子舍，而世兄方接武直廬，循陔之樂，聯以同根，報國之誠，付諸後起。雙美兼全，尤屬從來僅事。但紫禁恩深，蒼生望重，懇辭不得之事，必將復見於今。雖老年伯勇決不回出於天性，至此且奈之何？前寄到賦本，因留置直房，不便攜出，未及再爲較勘。想經諸法眼所定，必無遺憾。《全唐詩》頃已告成，配以《賦彙》，二書皆藝苑中甲觀，爲益不淺。今聞剞劂已竣，板存何所，將來印餘副册，得存留一部，以見寵賜，惠莫大焉，非所敢望也。《題畫詩》原草草分類，其中舛訛遺軼尚多。今得老年伯親加鑒定，又增益其所不足，使成全璧，真此書之幸！但未識何時可以告成，世兄望此頗亟亟也。口外消息，聞十二准入城，或云尚須到海子打圍三日，竟未有確信。相聞劉介老作入都之計，王硯兄已歸吳門矣。若二公尚留館中，乞代候起居，良友久别，殊耿耿也。專此肅復，諸非言盡。

〔一〕此篇自四部備要本《文集》輯入。

與何大令書[一]

歲前入都，過承厚愛，祖帳關津，情辭繾綣，感激至今。老父臺清風惠政，流播京師，萬口如一。當今至尊，需才圖治，首重牧民之職。治行如老父臺，何啻召、杜復出，早晚聲謡上達宸聽，不次之擢，無待課最考績也，遥用欣羡。弟繫官燕邸，渭水江東，鱗羽稀闊，凡家園之一草一木，悉賴帡幪，感何如之！

兹有啓者，曩歲家居時，集《歷代分類題畫詩》一部，進呈御覽，目下奉命刊刻，此係皇上榮寵小臣之意。然以窮官當此，梨棗剞劂之資，茫然無辦，不得不告急於老父臺。前項本不欲瑣瀆琴治，但事出無奈，統希鑒原。將來老父臺鳴騶上進，把袂燕臺，乃知弟之貧窘，并非誑語也。臨紙無任翹企。

〔一〕此篇自四部備要本《文集》輯入。

答鉛山令施渟如書

去歲家叔寅工東歸，具審吾兄方脩舉廢墜，表樹先型，私心歎仰，匪朝伊夕。頃，唐子星聚過舍，知鵝湖書院近已落成，承枉書幣見招，將委以脩志事，分當躬詣講堂，面承範誨。而老病頹齡，精力就衰，憚於跋涉，瀕行復止，但有神馳。昔蔣仲永宰鉛山，改築學宮，朱子稱其知化民成俗之先務。顧學校興廢，有司與有責成。至于書院之在郡邑，當事者率視爲可有可無，往往任其圮仆。向非實有志於聖賢之學，欲溯其源流，而泯其同異者，孰肯於先儒過化之地，汲汲以舉廢爲事乎？吾兄獨慨然毅然，爲此於舉世不爲之日。自淳熙乙未，歷今五百四十餘年矣，榛蕪一闢，頓還舊觀。固宜至誠所動，由上官而徹宸聰，此真吾道之幸，千載一時也！

然愚竊謂天下事，刱始固難，善後亦復不易。白鹿書院初亦仍李氏之舊耳，及朱子整頓維新，規模式廓，去任後猶惓惓致書於錢子言、黄商伯輩，俾因其教而永其傳。弟往年曾親至斯地，瞻仰之下，肅然起敬。先謁禮聖殿，次宗儒祠，次先賢祠。時主洞者，建昌、安義兩學博，諸生從游者，不下三四十人，次第來揖，與之語，皆恂恂謹退，無子衿佻達之風。則又竊喜竊嘆，凡流連三晝夜，乃去。夫朱子距今已遠，而良法美意，猶未至盡廢者，推原其故，蓋由廣置洞田也。按洞田，舊隸多至二千三百餘畝〔一〕，今雖未能，似宜先置數頃，計畝勒石，虚其左方，後有同志，以次漸增。不但廪給師儒，且可計其贏爲歲脩之費，如此庶不辜刱興之舉，庶可垂久遠之模。要使此邦人士，羣知賢侯深仁厚澤，惠我無疆，父兄師弟，交相勸勉，將由科舉之業，以求進乎身心性命之微。

西江，固昔所稱理學名區也，安知自今以往，不有聞風興起者乎？鄙懷區區，所屬望者實在此。此外，更有應酬條件，疏於別箋，發凡起例，事歸賢宰。至草創編輯之役，弟雖不文，固不敢辭。不盡之意，特命小兒克承代陳，諸祈照鑒，不備。

〔一〕「隸」，北大本《文集》作「籍」。

公送諦輝禪師再住龍井啓

伏以蓮華掌上，千重障碧海之瀾；貝葉林中，百級辨丹梯之路。雲無心而出岫，鶴隨錫以還山。瓶拂生風，人天有慶。恭惟某師旨闢三關，功深七浄。戒珠忍鎧，慧明早證乎一襟；香積軍持，供養普同乎十地。方其撥塵見佛，已椎鼓而上堂；及乎爲法求人，乃鳴鐘而退院。下座自鷲峰以後，結茅於龍井之傍。石火如星，祥光屢現。源泉比鏡，定水忽清。山中有此奇緣，衆口傳爲盛事。爾乃振錫避蟲，升錘代鴿。翔於寥廓，寧同蜮魅之形；視若烟埃，不作鵷鶵之戀。正宗淡薄，何妨離俗而自超；外道峥嶸，方且入羣而不亂。半肩差辦〔二〕，衲上吹毛；一印重圓，臺前剗草。辨才之復歸天竺，紛出寶光；了元之常住金山，偈留玉帶。此騑馳慧駕，力稍倦於津梁；而影定智燈，道仍高于宴坐者也。某等識鑒難窺，心塵易壅。情微出世，慚斷酒之蕭綱；工少破邪，愧長齋之王奂。惟是春園柳路，企香象於禪林；海月桑津，仰宗風于法界。製頭陀之頌，幸遇簡棲；羡盧岳之游，將從惠遠。伏願佛日長輝，慈雲大布。龍宮鵜殿，超九劫而景象恒新；東震南離，合四大而光明徧燭。則山靈有主，報恩於蓮目果唇；沙界無方，奪彩于珠還璧合矣！

〔一〕「差辨」，四部備要本《文集》作「羌辨」。

代柬吕無黨代陳世南，札中所稱家伯即乾翁〔一〕

自壬午省中一會，荏苒至今。所惠名稿，珍之篋笥，披對如晤。且時從馬寒兄處，得悉動静，差慰闊懷耳。

兹啓者，家伯父在京邸時，曾奉命纂輯《賦彙》一書，已經進呈，但刻期告竣，掛漏尚多。目下方欲廣搜散逸，合成大觀。屈指近地藏書之家，舍敝鄉花山而外，惟老□暨梅里老人而已。而梅里先生淹久吴門，未便馳謁。花山所有，業已蒐索略盡。度鄴架所收，富於猗頓。銖寸累積，不如探一寶藏。本欲親懇，緣多事匆遽，特託舍姪孫□□，叩齋告借。惟望傾囊倒篋，助成全書。使數千年篆刻之家，有所歸宿，何快如之！原本目録并奉覽，以便檢付。大約以唐、宋、元所缺文集爲主，明人集次之，志書及他本又次之。□處寫手甚多，録出即當奉趙，萬無污損浮沉之患。如不見信，有寒兄前例可證也。容日面叩，不一。

〔一〕此篇自四部備要本《别集》輯入。

壽張提督〔一〕

恭惟□□□天上歲星，關西鼎族。建牙旗而出鎮，盡收半壁江山；啓玉帳而書功，何止千秋帶礪。柳營晝静，清風散入於旌幢；蓮幕春暉，氛祲潛消於樽俎。况復曹武惠之箱篋，惟載圖書；郤元帥之韜鈐，專崇禮樂。軍籌羅俊彦，每聞即席賦詩；小隊出郊坰，時見尋花覓句。壽域天開，春熙人共。某帡幪餘蔭，想望清標。每欲理舟楫於雲間，謁旌旗于海上。而子舍難離，寸心未遂。兹當中和之令節，正值弧矢之高懸。幕府晨開，柳色共春旗交映；杯觴夜動，月光與樺燭争輝。虎奮龍驤之儔，逡巡避席；桂芳蘭馥之雋，次第奉觴。樂事爲古今所無，歡聲合遠近無二。他日耆英會裏，徐伸祝嘏於三千；今日花月宴前，聊佐稱觴於萬一。仰祈台鑒，曷勝愚衷。

〔一〕此篇自四部備要本《别集》輯入。

徵詩啓（一）

蓋聞弇山眉樹，西池介王母之觴；紫蓋標峯，南嶽注夫人之籙。真靈位業，圖裏類載瑶姬；雲笈寶章，録中必稱玉女。月遂號姊，廣寒之銀闕千層；星亦名妃，神島之瓊扉十扇。羅浮香外，爪識麻姑；蓬萊閣邊，髻垂艷女。青蓮送相門之婦，九疊紫煙；玉溪詠天上之人，五銖綺縠。惟吸露餐霞之侣，乃擅才情；而詠椒吟絮之儔，大都仙品。

我沈年伯母范恭人系傳文正千載而下，代産俊英，望著中吴。四姓之中，尤推卓躒。自祖參政長倩公振藻南州，父檢討伏菴公揚聲北郭，文章冰鑑，澤滿點蒼之山；史筆玉堂，人記柯亭之井。橋名宛轉，池内養右軍之鵝；堂號芝蘭，帳後列季長之樂。恭人甫離毁齒，即羨徽柔；乍至勝衣，羣言婉淑。聽鶯閣清文滿篋，善稟師承；絡緯吟麗句千章，洵能貽厥。琉璃硯匣，每依睡鴨之爐；玳瑁書籤，長並舞鸞之鏡。衛茂漪法傳戈永，遜彼臨摹；曹大家賦作《東征》，讓兹博洽。且也旁工渲染，仿北苑之雲山；妙悟寫生，學南唐之花鳥。鷗波亭子，管仲姬詞翰風流；小宛山堂，趙文淑粉墨蕭灑。歸於東田年伯學士公，隱侯詞賦，猶傳元暢之樓；詹事聲詩，共説鬱金之什。甥能似舅，宅相稱賢；姪其從姑，内賓允若。時尊人編修青城公，宫袍翠袖，早紬金匱之書；夕膳晨餐，遽賦《南陔》之詠。奉堂萱而盡養，愛日舒長；喜庭桂之挺生，聯珠照耀。伯氏翔生公，横經絳帳，羨綏桃穠李之交妍；仲氏瞿菴公，射策鸞坡，喜蓬鱠冰醪之拜賜。恭人之事學士公，雁燈共照，疑義討論；鴻案相莊，奇文欣賞。君舅東山樂志，甘旨潔馨；夫子北闕上書，虀鹽黽勉。學士公於是青鞋席帽，騁槐序以争先；白雪鴻文，薦秋風而直上。尋以鎖闈高等，擢爲中秘詞臣。芙蓉鏡下，譽滿春官；芍藥詩中，珮鳴紫殿。青綾入直，視日影之花磚；朱鬣早朝，聽霜花之街鼓。恭人則鷄鳴相警，每櫛縰以將迎；日昃不遑，猶拮据而庀治。若乃仰雕攀驥，誰無託足之賢；墜珥遺簪，大有掃門之客。學士公虚懷接士，諸生皆庾杲之蓮；折節禮賢，從事盡王恭之柳。恭人則盤飧必飭，豈止咄嗟之糜；杯斝不空，如解逡巡之酒。若夫鵠綾鳳紙，玉帶常書。賞花釣魚，宸章敬和。叠被恩綸之錫，頻膺章服之華。恭人則躬益儉勤，奉逾清素。羅紈在御，偏安汙澣之衣；甘毳鮮陳，每飽園蔬之味。廿年玉局，資琴瑟之賢勞；繼世坤儀，學舅姑之軌範。睦閨門之妯娌，内則是師；潔祭祀之蘋蘩，《召南》爾式。是以女宗鍾郝，少克相夫；母訓珩璜，長能教子。蘇家軾轍，兄弟並駕熙豐；徐氏摛陵，父子俱領著作。長爲進士天維年兄，才高綵筆，少看上苑之春；吏試繡川，已協中牟之化。陶士行之廉潔，封鮓可風；雋不疑之平反，明刑秉訓。次天申、天采兩年兄，緑幕黄簾，惟勤絃誦；潘江陸海，屢冠豪英。蔚爲王國之羽儀，允作天家之楨幹。况夫乘龍佳壻，咸屬燕子烏衣；繞膝賢孫，悉是蘭芽玉茁。蓋由地名渥水，自多騏驥之兒；山是崐岡，定有鳳鸞之雅。

兹者年逢花甲，序值春中。金甌宅畔，颭楊柳之輕風；珠樹庭前，霽杏花之宿雨。釵飛戴勝，競瞻寶婺之星；屏囀倉庚，争熟餘杭之酒。銀箏纖手，彈來寶柱十三；紅襪回身，舞列紫鴛七十。朱軬交轂，半是門生；紫毯趨蹡，無非羣從。大中等劉盧世戚，孔李通家。或集賢院中，並聽金鑰；或大羅天上，同詠霓裳。既拜母以登堂，宜稱詩以獻壽。伏望東觀名儒，西園才子，速成朱貝膠東河北之箋，廣輯瓊瑶五岳十洲之客。裁雲鏤月，共成樂只之歌；戛玉敲金，羣進穆如之頌。謹啓。

〔一〕此篇自四部備要本《别集》輯入。

重建大悲殿募疏引〔一〕

蓋聞法雲常住，慧日無窮。非資佛力之慈悲，誰脱人間之窠臼。惟此黄坡菴大悲寶殿者，居海昌之東偏，當黄崗之北界。創自有宋，紀端平年號而如新；火於有明，得若水禪師而重建。名實高於蘭若，地不接於紅塵。乃者歷年既多，舊觀頓改。蘭橑桂棟，半入塵埃。月殿風廊，全歆雨露。爰有白庵禪師，梵行密持，齋心久鍊，猛發弘誓，重振名藍。罄衣鉢以命工，誅草茅而惟力。功既同於累土，事必待於布金。惟願慧業名流，好施長老。結因緣會，生歡喜心。共成西土之琳宫，不吝東坡之玉帶。庶使金光寶相，重照耀於青蓮；香蓋珠幡，永輝煌於紺宇。昔名賢溥施，掌出雙金；信士修檀，手雨七寶。先聲倡導，非敢自謂能之；隨喜布緣，是所望於長者。

〔一〕此篇自四部備要本《别集》輯入。

尺牘八通〔一〕

小别忽經年，老境何以堪此？初歸人事鹿鹿，兼值省墓，時未遑相詣。郎君見過，又復失晤。聞吾兄方患目眚，而弟新得書畫古玩十餘種，思就評於法眼，亟望掃除障瞖，過我品題。十五以後，庶務稍閒，不知能襆被信宿否？磁器廿件，秋石二圓，附狃哂存是荷！衎齋先生，弟慎行頓首。尚有東和燒一壜，俟便舟奉上。

又半月不相聞問，甚念！目患已漸减否？《龍木論》云：「眼瞖凡十五種，又有五輪八廓之障。」細思尊恙，當屬風氣二輪，受病在肝家居多。高明以爲然否？茗中有去瞖名手，近已應召北上。撥開雲霧，作清净觀，知其受病之由，便得療病之法，想不必借力於針藥也。望切禱切，專价代候，幸示慰懸懸！弟慎行頓首。

新年既删俗例，遂使形跡闊疎。想南樓興味殊佳，停雲在望，如隔霄泥也。舊曾借閲《南史》，草草一過，不記其詳。今有一段，欲煩檢閲。李承業有傳否？傳中有集古今奏議爲《諫苑》一書之事否？因注蘇詩及《朱光庭初夏》一首，中有疑義耳，候確示。寒兄學長，弟慎行頓首。

頃自杭歸，聞無黨已先期相過，不知苕遊果如前約否？即苕遊不果，而竹翁日内必至，且作鄉曲盤桓，再商後會耳。太夫人想已萬安，令姪輩痘症諒皆安吉！相念之切，專力走候。三兄不另啓，郎君近狀，并望示慰！衎齋先生，弟慎行頓首，廿三日午刻。

《説學齋稿》附歸，歸跋云：「一百三十三首。」今細數，乃多五首。中間《静脩書院記》一首，則别集亦有之。二本對校，此爲重出矣。麓臺畫扇，止存二柄，故人手筆，不復能割愛也。郎君素箋，檢案頭不得，想雜置查浦處耶！率報不一。衎齋先生，弟慎行頓首。

一月以來，苦腰痛，郡中之行，因此而阻。日卧漏室中，聽風雨聲，但有愁歎，止坐道力未堅。得教，知精進過我，真敢拜下風矣！秉之語，晤間已略及之，亦無决絶見覆之辭。行止惟台酌耳。麓臺已作古人，手筆尤可寶，弟所藏無幾，不願以易他玩，故不檢付，有興過此共賞何如？弟慎行頓首。

平生所與西溟同年往還詩札，向在京師，彙成一卷，盡被陳六謙取去，至今以爲憾。承教乃無片紙可供清玩者。查浦處或有此，俟其到家，往問可也。玉峰之行，若在出月望後，擬遣一僕隨往，蚤則不及矣！率報不具，期弟名心肅。

麓臺畫扇，遵命换水墨溪山，附識數言於後，即託髯翁奉寄，曾否送到？香橼古無賦者，去年見東崖七律一首甚佳，今但寫意，意在博取一粲而已！查浦歸志已决，未必非知己所樂聞也。并及，衎齋先生，期弟慎行頓首。

〔一〕此八通尺牘自清道光抄本《初白庵尺牘》（一卷，吴昂駒輯）輯入，該抄本附於《初白庵藏珍記》後。其後有吴昂駒跋：「右查太史初白公尺牘，真蹟係武原張丈鷗舫舊藏。乾隆甲寅暮春，先季父兔床公與一時名人脩褉涉園。席間，張丈出此册賞玩，先季父遂假以歸，余乃得一寓目。未幾，録存副本，以原册還之。忽忽數十載，時往來於心，不能去也。近張丈物故，家中法書名畫，間或散出，而尺牘亦遂爲諸人分去。余從苕賈先後購此八通。内與馬衎齋先生借觀《南史》，時太史方補註蘇詩，藉以考校。今《補註》刊本，於《次韻朱光庭初夏》第五句，辨承業爲見於《北史》，施、王兩家註謂見於《南史》者謬。則當日用心之勤，訂正之切，於此可見，又豈得以尋常酬應筆札目之乎！兹雖較張丈舊册不及十分之一，然少而益珍，誰謂斷錦零紈，不足與天吴紫鳳美也哉！道光丙戌孟秋中浣，邑後學吴昂駒謹識。」

尺牘九通〔一〕

浪跡半年，往反萬餘里，而彼中地主惟一人，其不至狼狽者，幸也。初歸即問近況，聞方留吴會，接手教，乃知以目疾静養山中，未能叩候爲悵。拙詩一卷，多屬草稿，須俟謄清奉正。稚子已赴禾應試，并復。

學道未深，致多妄想妄動，受此黑業，正天之成就老僧也。承知己念存，感愧感愧！蘇詩無恙，竟爲吾家青氈。昨又從俠君借得鈔本施註，日内方在檢勘，胠篋一案，已付之小劫矣。竹垞此時往禾，月杪約過舍，至期再相聞耳。

秋後伏枕浹旬，因江村公前語久而未報，不得已扶病出門，舟中受暑受風，歸途勉强一過竹翁，卧談半日，稍稍忘倦，到家委頓如故矣。兒曹出手書，具承感念，吴中丞事已度外置之。此間回文亦非難事，所苦衰謝餘生，心神漸耗，及身未死，必欲成《補註蘇詩》一書。但卷帙浩繁，即謄清稿本，大非容易。昨復從竹垞借出數十册，以消磨枕上歲月。大抵每閲一部，必有一二條可采。今又聞吾兄新購得《韻語陽秋》，亟思一看，專力走請，望即發下。前借六册，一并繳還，幸檢到。竹翁期以七月初七八南來作連宵踏月之會，不知追隨之緣不如從前慳阻否？

竹翁失約不來，春興遂嬾，兀坐小樓，日以鈔書爲課，半月内已編成《蘇詩目録》。第一卷，亦謄清矣。亟思就正於知己，昨吴以振口傳，駕於初十過我，正在延佇，接手教且喜且悵。德尹庭前海棠極盛，明日晴好，何不肩輿西顧，作一兩日閒賞耶？候切候切！潤木過年了無消息，承注存，謝謝！從者枉存之便，幸攜《宋史新編》及《欒城集》善本，尚欲檢訂訛字，繙閲一過，即奉歸插架耳。附懇，不一！

前夕歸途，雖有月色，而草露沾濡，從者勞矣。昨日清溪人來，奉揪座主命，將有揚州之行，入山之約，不及走踐爲悵。《欒城集》抄本亦係不全，欲一閲《潁濱遺老傳》，乞從刻本檢此卷，付來爲感。蠟斗奉貢，周旋几案十餘年，今割以相贈。老懷無取，繫戀可知矣！

苦雨炎蒸，加以肋瘡作楚，日内未能赴出門之約，懊惱非常，小兒選後尚無來信，早晚正在懸望。承知已存注，謝謝！《潁濱遺老傳》，抄本所無，刻本時須檢閲，容日馳繳何如，率報不一。

得公寓怡然房，南即古雲院也。渠明日有武原之行，若往晤，須在今晚，庶不相左耳。來書暫留，相易亦無不可，但弟本與竹垞本勘對，有無缺失，手注其上，未忍便捨，且所採東坡唱和詩，俱未録出，兄欲留覽，他日仍當見借，則兩得之矣。别諭不敢承宣，揪非爽約，未知倒换何物，更待面商，何如？

所借書，只除架上重本三種，餘悉照原本奉歸，幸檢到。施注原抄，一時未能檢出，想非急務，不妨待來年耳，冗次率復。

昨因規贖祭田，二更始返棹，不謂駕適於此日見過也。王集領到，施注原本脱譌處甚多，未足據以校定。刊本先付一册，閲畢更换可耳。

〔一〕此九通尺牘自清道光抄本《初白庵尺牘》輯入。其後有吴昂駒跋：「右諸尺牘亦係涉園舊藏，余未及購。第一通言及衎齋目疾，與余所得前二通同時，以下數通，皆與《蘇詩補註》有關，故並録存之。」

尺牘三通〔一〕

初秋澹遠家僕抵都，接次兒三月中家信，始悉吾兄連丁二艱。蓋前此屬有所聞，未得確報，而此信則緣水程淹滯，故至是乃悉其詳。已遣急足往荒城，便當專人致奠，幸勿督其失禮也。西北亢旱，加以炎疫。聞吾鄉淫潦連綿，伏審兩兄哀毁之餘，孝履無恙，可勝馳禱！兩舍弟家居，諒當時時入山，勤相慰藉，竹垞先生常得合并否？《烏臺詩案》，便中望刷寄數十部，西齋亦來苦索。此本原從渠借抄，似難却其求耳。弟精力就衰，齒髮凋落，了無善狀可爲知己道者。初白菴片瓦未辦，近復發妄想，屬麓臺先生作證因圖，敷水橋邊，前遊髣髴，不爲埃塵汩没，賴有此而已。德尹亦味禪悦，高明如昆季，亦能回向心地初否？幸留神毋怠。三兄不另候，統此致意！

既望一語已悉，但此時尚無肯綮，奈何！詩話數條，如咸兄已録出，便中幸與證因圖並擲爲感。冗次率泐，不盡。

前書照來目收到，方在繙閱，足以消夏。承教，俟此間閲畢，更换可耳。證因圖附去，丹老晤間爲致意。

〔一〕此三通尺牘自清道光抄本《初白庵尺牘》輯入。其後有吴昂駒跋：「余於道光乙酉秋，借得邑先輩查學菴先生詩集，燈下展閲，見其有《題初白太史證因圖》七律二章，詢諸交好中，知此圖者甚少，今觀太史尺牘，而知圖係王麓臺先生所繪，尤爲可重，且當時遠近傳觀，必多題咏，何至今日而圖與詩皆不可得見乎？昔予内兄陳半圭輯太史年譜，僅載《槐陰抱膝》、《蘆塘放鴨》及《初白菴四杖》諸圖，而此獨未之及。録尺牘三通，以俟補其闕云。太史更有《行樂圖》，爲沈松年所畫，時康熙甲午，太史年六十有五，年譜中亦當補入。案，太史平生所繪諸圖，今皆無從蹤跡，惟《四杖圖》猶爲查浦公後人丙唐丈所藏。『四杖』者，太史及弟查浦、横浦、信菴四老人也。圖亦沈松年作，時在雍正甲辰，太史年七十有五矣。聞其寫貌逼真，余屢勸仰峰借摹，至今未果。附記於此，俾企仰太史者得以至魏塘索觀耳。」

尺牘二通〔一〕

仲春五日接讀元宵前手教，知馬蹄又走長安，執事戚誼真摯，存歿之語愴然動人，益促我東歸之念矣。辱諭援例二生，黔例已於去冬停止，目下藩司彙册已成，概不收納，惟竢鎮遠府册報到日，即當達部。來教乃出後時，不能奉行矣，奈何奈何。即右朝見托加納事，亦坐是無可復商。近亦寄書報之。執事試問之子穎、豹臣兩公，知愚言之不謬耳。冗中泐復，惟祈鑒諒，臨楮神馳。亮工表叔至誼，期同學姪璉頓首。印一。夏重。朱文方印。

初聞吾弟入泮之信，憂喜交半，正慮空中樓閣，架構萬難，及兩僕來黔，細悉顛末，添我鬱結。念弟甫離怙恃，甘苦未諳，□□迫促遠行，不及待汝成立。每一憶此，輒用疚心。吾曹基業淺薄，每事須踏實地。功名一途，正當讀書俟命，時至事起，徐相機宜。居巢人好奇計，七十乃自見耳。急而强爲之，徒費心力。先疇數十畝以供餬口，今弟受分之産，過半已屬他人，便有饑寒之患，奈何奈何？然貧乃士之常，古人類有立錐無地、奮發自振者，惟願因此益加激勵，刻苦讀書，即就制闈之業，猛圖寸進，勿馳騖於聲華，勿因循於歲月，痛自繩削，庶望有成，以慰先靈於地下，此真嘔血瀝膽之語。弟天性純良，必聞之而心動也。去冬曾從楊語可處會付文銀二十兩，少爲吾弟補苴罅漏，此時想已收，明乃兄心雖無窮而力則有限，知能體悉區區耳。庚姪已爲納盟，可令多讀程墨，遇文期與闈題分做。弟以叔父之尊，力相督率，勿共荒於嬉，切切！二兄來信，有三月赴江右之語，故不作字。所托納盟三姓，因來人到遲，貴州事例已停，不及代爲料理，有來問者可以此復之。期兄璉白。

〔一〕此二通尺牘自葛嗣浵《愛日吟廬書畫叢録·别録》（浙江人民美術出版社二〇一二年版）卷二輯入。

敬業堂文集卷六

易説

河圖説(一)

注《易》之家，自漢唐以下，未有列圖於經之前者。朱子指《河圖》爲聖人作《易》之由，獨創此例。後來科舉之學，遵用《本義》，遂無敢異辭。

愚據《繫傳》攷之，竊謂《河圖》之數，聖人非因之以作《易》，乃因之以用蓍者也。《上繫》第九章，程子移「天地之數」于「大衍」之前。《本義》云：「『大衍之數五十』，以《河圖》中宫天五乘地十得之。」則朱子固以《河圖》爲蓍數所從出矣，不知於十一章何復指爲作《易》之由？觀本章經文，首云：「天生神物。」末云：「河出圖，洛出書。」明是先有蓍、龜，後有圖、書。天之生蓍，以爲《易》用。河之出圖列象，以示蓍之用。「聖人則之」者，因圖象而立揲蓍之法也。所以下文接云：「《易》有四象。」在圖爲七、八、九、六，在《易》爲陰、陽、老、少，其數適相符。聖人倚圖之中數，用蓍衍之。自八卦而六十四卦、三百八十四爻，參伍錯綜，以盡其變。圖與卦爻，遂相爲用而不廢。然則《河圖》之出，造化所以通蓍卦之變耳。若論圖象，五十居中，一、二、三、四爲位，六、七、八、九爲數，止有四象，初無八卦也。《易》有《易》之四象，圖有圖之四象，以七、八、九、六合于陰、陽、老、少，而卦之變以出，而蓍之用以神。顧在伏羲畫卦之初〔二〕，止是一奇一偶。於奇上亦加一奇一偶，於偶上亦加一奇一偶，兩儀四象，天造地設，不假安排布置，豈待列《河圖》于前，模倣而畫卦乎〔三〕？夫畫卦之由，吾夫子固明言之矣：「仰觀天，俯察地，近取身，遠取物，于是始畫八卦。」果若《河圖》爲作《易》之由，夫子何不云「觀《河圖》而畫卦」乎？夫子所不言者，愚不敢信也。夫子所明言者，愚不敢悖也。

〔一〕按，世楷堂藏版《昭代叢書》已集《易説》、豐府藏書本、四庫全書本《周易玩辭集解》題作「河圖説一」。

〔二〕「顧」字，原闕，據《易説》、《周易玩辭集解》補。

〔三〕「模」，《易説》、《周易玩辭集解》均作「規」。

河圖說〔一〕

客或難余曰〔二〕：「因圖畫卦，夫子所不言，固已！然則朱子之臆說乎？」曰：「非也。其說出於劉歆，衍于緯書，而傳于邵氏，朱子特篤信弗疑焉爾。」

按，《漢書·五行志》：「劉歆以虙羲受《河圖》，則而畫之，八卦是也。」《春秋緯》云：「河《龍圖》發。」《禮緯含文嘉》云：「伏羲德合上下，地應以《河圖》、《洛書》，則而象之，乃作八卦。」孔氏、劉氏、鄭氏因以《河圖》爲八卦。東漢尚讖緯，其說相沿，無足怪者。晁氏《讀書志》云：「緯書僞起哀、平，光武既以讖立，故篤信之。鄭玄、何休以之通經，曹褒以之定禮，自苻堅之後〔三〕，其學始絶〔四〕。」厥後，韓康伯注《繫傳》，削而弗采也。孔《疏》雖雜引衆說，初不列《圖》於經也。周子於《易》，發太極之義，第云聖人之精，畫卦以示，於《河圖》無一言也。歐陽公深以龍馬、神龜爲不經，嘗力闢之。程子云：「無《河圖》，八卦亦須畫。」陸象山曰：「《河圖》屬象，非作《易》之旨。」袁樞仲亦疑《河圖》爲後人僞作。獨朱子堅信緯書之說，于《河圖》析四方之合，以爲《乾》、《坤》、《坎》、《離》；補四隅之空，以爲《兑》、《震》、《巽》、《艮》。此與後世納卦家以文王八卦納入《洛書》者何異哉？蓋朱子于《易》，不宗程而宗邵。邵氏之學則傳自陳希夷，朱子亦自謂「先天後天圖，其說皆出邵氏」。而康節之子伯温作《經世辨惑》，謂希夷學《易》，止有一圖，以寓陰陽消息之數與卦之生變。則似《河圖》亦傳自希夷者。但自希夷以前，皆爲方士所授受。至希夷傳穆伯長，伯長傳李挺之，挺之傳邵堯夫。《本義》宗邵，始舉《圖》歸諸《易》耳。

善乎！歸熙甫之言曰：「『河出圖，洛出書』，此《大傳》之所有也。通《乾》流《坤》、天苞地符之文，非《大傳》之所有也。以彼之名，合此之迹，不與《大易》同時，不藏於博士學官，千載之下，忽出於山人野客，私相付受。雖其説自以爲無所不通，然有《易》則無《圖》可也。」

或者又援《論語》「河不出圖」之言以相證，此尤傅會之甚者。天下豈有《河圖》既出，復有一《河圖》哉？使後之圖不異乎前，則何煩復出？使前之圖有異乎後，是兩《河圖》矣！夫子「吾已矣夫」之嘆，蓋在莫年，即「明王不興，天下孰能宗予」之意。如謂《易》因《圖》作，則前聖人既作《易》矣，河復出《圖》，夫子又將作一《易》邪？

余既作《河圖説》，復細閲《朱子全書》，其中數條，有與鄙見相發明者，因摘附於左：一〔五〕，附録語云：「仰觀俯察，遠取近取，安知《河圖》非其中一事。」玩此條，則與「《河圖》爲作《易》之由」，朱子已似稍變矣。一〔六〕，《感興》詩云：「羲皇古神聖，妙契一俯仰。不待龍馬圖，人文已宣朗。」又《答王伯禮書》云〔七〕：「太極、兩儀、四象、八卦，伏羲畫卦之法也。」玩此二條，則作《易》之由，朱子亦自謂不因《河圖》矣。一〔八〕，《與郭冲晦書》云：「七、八、九、六，所以爲陰、陽、老、少者，其説本于《圖》、《書》，定於四象，大抵《圖》、《書》，七、八、九、六之祖也。」玩此條，則蓍數出於《河圖》，朱子固嘗言之矣。元儒胡雲峰説《易》，專宗《本義》，然於《説卦》第十章謂：「以一索再索爲揲蓍求爻，乃朱子未改定之筆。」愚亦謂因《圖》作《易》之説，詳著于《啓蒙》，得毋行世最蚤，晚年於《本義》遂不復改定歟？慎行年且七十，方有志學《易》，上無師承，旁無朋友之講習。間有所疑，求諸《注疏》、程、朱，而未能釋然者，或從先儒語録、文集參稽得之〔九〕，意在攷信而已。管窺錐指，《易》道至大，何所不容。縱受嗤于衆目，冀不獲戾于先聖爾！

〔一〕按，《易説》、《周易玩辭集解》題作「河圖説二」。
〔二〕「或」，《易説》、《周易玩辭集解》均作「有」。
〔三〕「之」，《易説》、《周易玩辭集解》均作「以」。
〔四〕此段小字，底本、四部備要本《文集》均錯置於「因以《河圖》爲八卦」之後，據《易説》、《周易玩辭集解》改。
〔五〕按，《周易玩辭集解》闕「一」字。

〔六〕「二」，《周易玩辭集解》作「又」。
〔七〕「又」，《周易玩辭集解》闕。
〔八〕「二」，《周易玩辭集解》作「又」。
〔九〕按，《周易玩辭集解》闕「文集」二字。

横圖圓圖方圖説

伏羲六十四卦次序，《横圖》凡八層，一分二，二分四，四分八，八分十六，十六分三十二，三十二分六十四。以《乾》始，以《坤》終，中分《復》、《姤》二卦，陽起於《復》，陰起于《姤》。陰陽交錯，位置天然，莫不從一分兩中出。康節謂猶根之生幹、幹之生枝，明道謂加一倍法，此圖盡之矣。方、圓二圖，形體雖殊，大要不離乎此。

《圓圖》左陽右陰，一順一逆，皆從中起。左自《復》數，右自《姤》數，歷四卦而爲《震》、《巽》。又自《震》左數，自《巽》右數，歷八卦而爲《坎》、《離》。自《離》左數，自《坎》右數，歷八卦而爲《艮》、《兑》。自《兑》左數，自《艮》右數，歷八卦而爲純《乾》、純《坤》。其次序，與《横圖》相合。

《方圖》自下而上，有逆無順。亦從中起，由《震》一陽，次《離》、《兑》之二陽，而成

《乾》之三陽。由《巽》一陰，次《坎》、《艮》之二陰，而成《坤》之三陰。其分六十四卦，疊爲八層者，第一層即《横圖》自《乾》至《泰》八卦也，第二層即自《履》至《臨》八卦也，第三層即自《同人》至《明夷》八卦也，第四層即自《无妄》至《復》八卦也。推而至第八層，即《横圖》中自《否》至《坤》八卦也。

王魯齋云：「中斷《横圖》，左右回環，是爲《圓圖》。八疊《横圖》，是爲《方圖》。」薛敬軒云：「三圖奇偶皆相對是也。」今合三圖觀之，《乾》得一而《夬》，倍一而得《大壯》，倍兩而得《泰》，倍四而得《臨》，倍八而得《復》。《坤》得一而《剥》，倍一而得《觀》，倍兩而得《否》，倍四而得《遯》，倍八而得《姤》。此是加一倍法。初以六十四卦左右上下分之，各三十二，降而爲十六，由十六而八，而四，而二，而一，此是減一倍法。蓋卦順往，故以倍而加；圖逆來，故以倍而減。畫卦者，漸分漸多；筮卦者，愈求愈少。反復其道，互相發明也。邵子又云：「月者，日之影。陰者，陽之影。以其彼此交錯也。」然則偶者，其奇之影乎？《横圖》之影，緊相錯者也；《圓圖》之影，遥相錯者也；《方圖》之影，斜相錯者也。知順逆加減之法，又知奇偶相錯之理，而後可與觀卦，而後可與觀圖。

卦變説

《大傳》云：「爻者，言乎變者也。」未有爻變而卦不變者。上經三十卦，反對者十二。下經三十四卦，反對者十六。惟《乾》、《坤》，《頤》、《大過》，《坎》、《離》，《中孚》、《小過》八卦，正反相同，則反其奇偶以相配。卦體既變，爻則隨卦而變。三百八十四爻，無一爻不變，即無一卦不變。無一卦不變，則必皆有成卦之由。若所謂卦變者，乃九六陰陽二老之爻，主占者臨時而言。作《易》時何曾有「某卦自某卦來」之説乎？

夫子於《彖傳》，或言「上下」，或言「來往」，或言「内外」，或曰「進而升」，或曰「行而得位」，見於《訟》、《泰》、《否》、《隨》、《蠱》、《噬嗑》、《賁》、《无妄》、《大畜》、《咸》、《恒》、《晉》、《睽》、《蹇》、《解》、《升》、《鼎》、《漸》、《渙》等十九卦。朱子因指此十九卦爲卦變。今據他卦推之，如《比》、《損》、《益》三卦，亦曰「上下」，《井·彖》亦曰「往來」〔一〕。又如《屯》以初、上兩爻互换，則成《觀》；《蒙》以初、上兩爻互换，則成《臨》；《泰》以初、五兩爻互换，則成《井》；《否》以三、五兩爻互换，則成《旅》。又如《泰》、《否》二卦，彼此互换，亦可爲四陰四陽之卦：以初爻互换，則爲《无妄》，爲《升》；以二爻互换，則爲《訟》，爲《明夷》；以三爻互换，則爲《臨》，爲《遯》；以四爻互换，則爲《大壯》，爲《觀》；以五爻互換，則爲《需》，爲《晉》；以上爻互換，則爲《萃》，爲《大畜》。引伸觸類，兩體中莫不有上下往來之象。夫子何必舉剛柔相易者，一一明言卦變之由乎〔二〕？其於六十四卦中，偶舉上下往來之義，言之於十九卦〔三〕，亦猶《豫》、《隨》等十二卦，或言時義，或言時用，或止言時，豈此外諸卦無時、無義、無用乎？

竊考卦變之説，昉於左氏，戴仲培曰：「左氏説變卦，往往不過一爻。」薛文清《讀書録》亦曰：「卦變只换一爻〔四〕。」演於虞仲翔。而仲翔之釋《比》卦曰：「《師》，二上之五，得位。」蜀才謂：「此本《師》卦六五降二，九二升五，剛往得中，爲《比》之至。」朱漢上據之以定虞氏卦變，其法以兩爻相易，主變之卦，動者惟一爻而已〔五〕。後李挺之爲《六十四卦相生圖》，則《臨》、《遯》兩卦自第二變已後，主變之卦，兩爻皆動，已失虞氏之傳。朱子因李氏之説，别爲《卦變圖》，凡一陰一陽之卦，皆自《復》、《姤》來；二陰二陽之卦，皆自《臨》、《遯》來；三陰三陽之卦，皆自《泰》、《否》來；四陰四陽之卦，皆自《大壯》、《觀》來；五陰五陽之卦，皆自《夬》、《剥》來。本取一卦之中，剛柔相易，兩爻往來者也。乃其釋十九卦，則又不然。有取諸一卦者，有取諸兩卦者，有云上自某卦來，下自某卦來，又自某卦來，取諸三卦者。非特與虞、李二家不合，即朱子亦自變其《圖説》矣。

凡卦以上體爲外，下體爲内。自外而内者，爲下，爲來；自内而外者，爲上，爲往。此《易》

之通例也。而《无妄》之「剛自外來」，《本義》謂「卦自《訟》而變，九自二而來，居初〔六〕。」初與二同在内卦，可謂之自外來乎？此尤與經顯然不合者。胡雲峰爲之説，云：「或謂外卦爲《乾》，《震》之剛自《乾》來。」《本義》固未嘗言也。其餘或兩爻互易，並居内體而曰上〔七〕、曰往，並居外體而曰下、曰來，愚于各卦辨之詳矣〔八〕。薛河東以卦變爲孔子之《易》，愚竊謂卦變乃朱子之《易》也。

又按，《程傳》謂卦變者自《乾》、《坤》來〔九〕，而闢古注《賁》自《泰》來之説。然據其所稱《乾》、《坤》者，皆三畫卦，即《泰》、《否》所分，上下二體之《乾》、《坤》也。下《乾》上《坤》，非《泰》而何？朱子謂依程子變法，則於四陰四陽之卦難通。愚謂，若依《本義》，雜引兩爻、三爻以證一卦之變，亦何難通之有？似未可是此而非彼也。故余於雙溪王氏之言《易》，獨有取焉，曰：「卦變之説，存而勿論，斯可矣！」

〔一〕此句下，《易説》、《周易玩辭集解》均有雙行小字注：「胡雲峰著《本義通釋》，皆闡明朱子之言。獨十九卦變，或及或不及。而於《涣·彖傳》明其意，曰：『《本義》以二爻相比者爲變，朱子雖有是疑，而未及改正也。』其亦不足於卦變之説而云然乎？」

〔二〕「兩體中莫不有上下往來之象。夫子何必舉剛柔相易者，一一明言卦變之由乎」三十一字，底本與四部備要本《文集》均錯置於「豈此外諸卦無時無義無用乎」後，據《易説》、《周易玩辭集解》改。

〔三〕「言之」，原作「二公」，四部備要本《文集》作「二爻」，據《周易玩辭集解》改。

〔四〕此注文，《易説》、《周易玩辭集解》均位於「動者惟一爻而已」之後。

〔五〕「蜀才」至「動者惟一爻而已」，《易説》、《周易玩辭集解》均作「蜀才謂此本《師》卦，動者惟一爻而已」。「蜀才」後，《易説》、《周易玩辭集解》有小字注：「《宋景文筆記》引顔之推曰：『范長生自稱蜀才，則蜀人也。』」

〔六〕「九自二而來居初」，《易説》、《周易玩辭集解》作「九自二來而居於初」。

〔七〕「曰」字原闕，據《周易玩辭集解》及四部備要本《文集》補。

〔八〕「卦」，《易説》、《周易玩辭集解》作「體」。

〔九〕「者」，《易説》、《周易玩辭集解》作「皆」。

天根月窟考

康節以《先天圖》爲伏羲之方位，又創爲「天根月窟」之説。其詩有云：「《乾》遇《巽》時觀月窟，地逢雷處見天根。」蘇君禹解之云：「《復》爲天根，陽含陰也。《姤》爲月窟，陰含陽也。」愚考先儒有以八卦言者，指《坤》、《震》二卦之間爲天根，指《乾》、《巽》二卦之間爲月窟。程前邨謂：「天根在卯，《離》、《兑》之中；月窟在酉，《坎》、《艮》之中。」有以十二辟卦言者，則以十一月爲天根，五月爲月窟是已。

康節又有詩云：「天根月窟閒來往，三十六宮都是春。」所謂三十六宮者，其説凡六。以八卦言者三：《乾》一，《兑》二，《離》三，《震》四，《巽》五，《坎》六，《艮》七，《坤》八之次序，積數爲三十六；又，以《乾》一對《坤》八，《兑》二對《艮》七，《離》三對《坎》六，《震》四對《巽》五，積四九之數爲三十六；又，《乾》畫三，《坤》畫六，《震》、《坎》、《艮》畫各五，《巽》、《離》、《兑》畫各四，統計八卦，陰陽之畫，亦三十六。以六十四卦言者三：朱子曰：「卦之不易者有八，《乾》、《坤》、《坎》、《離》、《頤》、《中孚》、《大過》、《小過》。反易者二十八，合之成三十六。」方虛谷曰：「《復》起子，左得一百八十日；《姤》起午，右得一百八十日。一旬爲一宮，三百六十日爲三十六宮。」周海門曰：「其往也，由《姤》而《遯》，而《否》，而《觀》，而《剥》，而《坤》；其來也，由《復》而《臨》，而《泰》，而《大壯》，而《夬》，而《乾》。每卦六爻〔二〕，六卦往來，共三十六也。」以辟卦言者一：鮑魯齋曰：「自《復》至《乾》六卦，陽爻二十一，陰爻十五，合之則三十六。自《姤》至《坤》六卦，陰爻二十一，陽爻十五，合之亦三十六。陽爻陰爻，總七十二，以配合言，故云三十六。」

按以上諸説，雖若各殊，其以一陽生爲天根，一陰生爲月窟，則無不同也。《象數論》曰：「康節以天根爲性，以月窟爲命。性命雙脩，乃老氏之學，其理爲《易》所不言，故其數亦於《易》無與。」今第因邵氏之説而攷存之。

〔一〕「卦」字，底本、四部備要本《文集》均闕，據《易説》、《周易玩辭集解》補。

八卦相錯説

八卦相錯，邵氏謂：「伏羲先天之學，《乾》一，《兑》二，《離》三，《震》四，《巽》五，《坎》六，《艮》七，《坤》八，此先天八卦方位也。」邵子又有詩云：「天地定位，《否》《泰》反類。山澤通氣，《損》《咸》見義。雷風相薄，《恒》《益》起意。水火相射，《既濟》《未濟》。」經文云：「水火不相射。」詩中删去「不」字以就句法，已失經指〔一〕。則又以《否》、《泰》、《損》、《咸》、《恒》、《益》、《既》、《未》爲八卦。愚於此不能無疑焉。

按南方位，南與北對，東與西對，東南與西北對，西南與東北對。皆就三畫卦對看，未及重卦。一陰對一陽，二陰對二陽，三陰對三陽，妙在爻爻相錯。一與八錯，《乾》、《坤》也；二與七錯，《兑》、《艮》也；三與六錯，《離》、《坎》也；四與五錯，《震》、《巽》也。相錯之象，不在互易，而在對待，所以爲先天。若彼此互易，則爲後天之流行矣。

今據其説推之。《否》、《泰》互易，天地無定位矣；《既》、《未》互易，水火乃相射矣〔二〕；《損》、《咸》、《恒》、《益》互易，一陰對二陰，一陽對二陽矣。不但方位變遷，且與經文不合。邵子又云：「八卦相交而成六十四卦。」愚謂合觀下文，只是八卦用逆數方得相錯〔三〕。《乾》、《兑》、《離》、《震》，前四卦爲往；《巽》、《坎》、《艮》、《坤》，後四卦爲來。往者順，《乾》一至《震》四，皆用順數；來者逆，《巽》五至《坤》八，皆用逆數。數往者之順，而知來者之逆。所以《巽》五不次於《震》四，而次於《乾》一。若《巽》五即次《震》四之後，則八卦不相錯矣。相錯只就八卦言，似不當説到六十四卦。蔡虚齋云：「以順逆分判八卦，八卦之位既定，則一卦各管八卦〔四〕，而六十四卦在其中矣。不可以相錯者爲六十四卦，皆逆數也。」先儒固有言之者矣，亦非某臆説也。

吴舫翁雲《先後同天説》：先天，圖象也；後天，圖運也。先天《乾》南《坤》北，後天居《兑》之二隅。後天父母之心，比先天更苦。少女易悦，母欲守之；《兑》金易暴，父欲制之；其過暴，而母又欲解之；其過悦，而父又欲嚴之。蓋西乃陰方，先天防《兑》，後天防《兑》，其義一耳。不然，先天《乾》初，即領少女何爲者乎？至于出《震》齊《巽》，即雷風之相薄；見《離》勞《坎》，即水火之不相射；悦《兑》成《艮》，即山澤之通氣；《乾》、《坤》夾《兑》，即天地之定位。豈有兩樣父母，兩樣男女乎？蓋先後之名有異，而天則一。先天《乾》南，而後天《離》南，《乾》虚其中即《離》，《離》即《乾》也。先天《坤》北，而後天《坎》北，《坤》實其中即《坎》，《坎》即《坤》也。先天《離》

東，而後天《震》東，木生火，《震》即《離》也。先天《坎》西，而後天《兑》西，金生水，《兑》即《坎》也。先天《兑》東南，而後天《巽》東南，轉《巽》即《兑》，轉《兑》即《巽》也。先天《震》東北，而後天《艮》東北，其成終者，正成始也，《艮》即《震》也。先天《巽》西南，而後天《坤》西南，長女代母，母代長女也，《坤》即《巽》也。先天《艮》西北，而後天《乾》西北，少男代父，父代少男也，《乾》即《艮》也。豈非先天即後天之天、後天即先天之天乎〔五〕！

〔一〕「指」，世楷堂藏版《昭代叢書》己集《易説》、四庫全書本《周易玩辭集解》均作「旨」。

〔二〕「射」，四部備要本《文集》作「對」。

〔三〕「逆數」，世楷堂藏版《昭代叢書》己集《易説》、四庫全書本《周易玩辭集解》均作「順逆」。

〔四〕「八卦」，世楷堂藏版《昭代叢書》己集《易説》、四庫全書本《周易玩辭集解》均作「一卦」。

〔五〕按，《易説》、《周易玩辭集解》闕此段。

辟卦説一

京氏卦氣，以十二卦分配十二月，其源發於《子夏傳》所云：「極六位而反《坤》於之《復》，其數七是也。」《本義》於純陽、純陰二卦，不注四月、十月，其餘《復》、《臨》、《泰》、

《大壯》、《夬》五陽長卦，《姤》、《遯》、《否》、《觀》、《剥》五陰長卦，皆分注云「此某月之卦」，則又祖京氏説也。

今按，《乾》、《坤》而外，上經《泰》、《否》、《臨》、《觀》、《剥》、《復》六卦，三十六畫，而陰之多於陽者十二。下經《遯》、《壯》、《夬》、《姤》四卦，二十四畫，而陽之多於陰者十二。上經自《泰》正月，《臨》十二月，《復》十一月，皆陽月也，則逆數已往；自《否》七月，《觀》八月，《剥》九月，皆陰月也，則順推未來。下經自《遯》六月，《姤》五月，皆陰月也，則逆數已往；自《大壯》二月，《夬》三月，皆陽月也，則順推方來。此陰陽多寡順逆，自然之序也。

辟卦説二

十二辟卦，在上經者八，在下經者四，其説亦詳於邵氏。以一歲之月、一日之辰配一元之會、一運之世，皆十二也。陽起十一月，爲《復》，于辰爲子。十二月爲《臨》，於辰爲丑。正月爲《泰》，于辰爲寅。二月爲《大壯》，于辰爲卯。三月爲《夬》，于辰爲辰〔一〕。四月爲《乾》，于辰爲巳。陰起五月，爲《姤》，于辰爲午。六月爲《遯》，于辰爲未。七月爲《否》，于辰爲申。八月爲《觀》，于辰爲酉。九月爲《剥》，于辰爲戌。十月爲《坤》，于辰爲亥。十二月三十六旬，分之則七十二候。十二卦三十六陽，分之則七十二畫。一陽之運，息于《復》，盈于《乾》，消於《姤》，虚于《坤》，此其大略也。

按，《臨·卦辭》曰：「至于八月有凶。」十二月分卦，自文王始，至京房《卦氣圖》，以《坎》、《離》、《震》、《兑》爲四正卦，主二至二分，以六十卦分公、辟侯、大夫、卿，而《復》、《臨》、《泰》、《大壯》、《夬》、《乾》、《姤》、《遯》、《否》、《觀》、《剥》、《坤》十二卦皆屬於辟，每爻各主一候，此辟卦之名所由昉。要而論之，陰陽升降，不外《乾》、《坤》十二畫中，辟者，主也。爲之主者，在内故也。吾于辟卦，益明《乾》、《坤》之理。

或問：「十二卦體，但有《乾》、《坤》、《震》、《巽》、《艮》、《兑》，而無《坎》、《離》，何也？」曰：「《震》、《巽》一陽一陰〔二〕，《坎》、《離》二陽二陰，所以未便成三陽三陰者，《離》中有少陰，而二陽分，必至於《兑》，則陰在外，二陽合，始可進而成三陽之《乾》。《坎》中有少陽，而二陰分，必至於《艮》，則陽在外，而二陰合，始可進而成三陰之《坤》。《復》、《姤》，一陰一陽之後，必合十六卦，而後成二陽之《臨》、二陰之《遯》者，正以其間有《坎》、《離》故也。觀夫子於治曆明時，則獨取諸《坎》、《離》，其義不昭然乎？」

〔一〕「爲辰」二字，原闕，據四部備要本《文集》、己集《易説》、《周易玩辭集解》補。

〔二〕「一陰」二字，底本、四部備要本《文集》均闕，據《易説》、《周易玩辭集解》補。

中爻説

中爻之義，《注疏》與《本義》不同。孔仲達分内外卦，以二、五爲中爻，朱子除初、上二爻，而取二、三、四、五。吴草廬則兼二説，謂正體〔一〕，二爲内卦之中，五爲外卦之中〔二〕；互體，三爲内卦之中，四爲外卦之中。今合六十四卦《爻》、《象辭》觀之，言中者，多在二、五兩爻，惟《復》卦「六四」一爻，《益》卦三、四兩爻，則以三、四爲中位〔三〕。説者以爲此互卦也，因取《左傳·莊公二十二年》周史爲陳侯筮，遇《觀》之《否》，曰「《坤》，土也；《巽》，風也；風行於土上，山也」〔四〕，杜元凱注云「自二至五，《艮》象」，爲互卦占《易》之證。凡卦爻所取象，求之二體不得者，求之互體，往往得之。非中爻不備，其以此歟！然觀下文，二與四同陰位，用柔，又貴得中，四過中，又以近五而多懼。得中者，二也。三與五同陽位，用剛，不用柔，而云「柔危剛勝」者，指三也，五則剛柔皆吉。蓋三、四不中，而二、五中，譽懼功凶之分由此。據經文，遠近對五言，貴賤以等言。所謂中爻，仍以二五爲主，但雜物撰德，辨是與非，則非中四爻互體不備耳。

〔一〕「體」，底本、四部備要本《文集》作「説」，據《易説》、《周易玩辭集解》改。

〔二〕「五爲外卦之中」一句，底本、四部備要本《文集》均闕，據《易説》、《周易玩辭集解》補。

〔三〕「位」，原作「行」，據四部備要本《文集》改。

〔四〕四部叢刊本《春秋經傳集釋》作「《坤》，土也。《巽》，風也。《乾》，天也。風爲天於土上，山也」，下文杜注爲「自二至四有《艮》象」。

中爻互體説

邵子云：「卦用六爻，《乾》、《坤》主之。爻用四位，《坎》、《離》主之。」今據所謂《先天圓圖》取爲互法，去其初、上，用中四位，左方自《乾》至《復》三十二卦，右方自《姤》至《坤》亦三十二卦。取而互之，各得十六卦。皆以兩卦中四位相交，而縮一卦，實由六十四而三十二也。

蓋自太極肇判，氣以成形，由一以生二。及夫兩儀既奠，則形交氣感，復合二而生一，斯造化之機緘，大《易》之精藴也。按其二體之序，上則《乾》一至《坤》八，兩兩對；下則《乾》一至《坤》八，四運迭周。自然而然，條理不紊，誰爲之哉？造化之自然也！復以此再互之，左右各得八卦。《乾》、《坤》、《既》、《未》，四四相比，共十六卦。皆以四卦縮成一卦，實由三十二而爲一十六也。夫造化以《乾》、《坤》、《坎》、《離》爲主，故再互之，卦則《乾》、《坤》、《坎》、《離》，具八體。在下體則《乾》、《離》、《坤》、《坎》，分先後以著先天之體。在上體則《坎》、《乾》、《離》、《坤》，明交錯以終後天之用也。再以十六卦互之，則成

《乾》、《坤》、《坎》、《離》、《否》、《泰》六卦〔一〕。蓋《乾》、《坤》乃陰陽之純氣，《坎》、《離》得陰陽之中氣，《否》、《泰》則陰陽之交合。《乾》、《坤》爲《易》之門，于此不更可見哉！統而言之，子午當陰陽之極，故兩互，而《乾》、《坤》之位皆不易，所以定上下之位也。卯酉當陰陽之中，故一互，而《坎》、《離》爲《復》、《姤》，再互，則《復》、《姤》歸《乾》、《坤》，而十六卦縮成兩卦矣。所云《乾》、《坤》爲大父母，《坎》、《離》、《復》、《姤》爲小父母，以圖按之，其序如此。然互體既分上下，則上下亦有中位。正體，則二五爻居上下卦之中，所以多譽多功。互體，則三四爻爲内外卦之中，所以多凶多懼。三四之中，乃由變而成，故曰「雜物撰德，辨是與非，則非其中爻不備」也。

吾邑張待軒先生極闢中爻互卦之非，謂：「孔子云非中爻不備者，初、上兩爻所不言中，四爻備言之也。二與四，三與五，乃總論中爻功位，何嘗謂二、三、四爲一卦，三、四、五爲一卦乎？」

〔一〕「六」，原作「八」，據《周易玩辭集解》及四部備要本《文集》改。

廣八卦說

《注疏》於《說卦》取象，字字分疏，難免穿鑿之病。《本義》又失之太略，後學遂靡所折衷。蓋夫子推廣八卦之象，語大語小，引伸觸類，初非義類可拘。有從文、周《彖》、《爻》例者，有自引《大象》例者，又有于《説卦》别取象者。雲峰胡氏云：「周公以《乾》爲『龍』，夫子以爲『馬』。文王以《坤》爲『馬』，夫子以爲『牛』。象之不必泥如此。」然而求諸《卦》、《爻》，亦往往有合者。如《乾》爲「馬」，則取諸《大畜》「良馬逐」，内卦《乾》體也；《巽》爲「鷄」，則取諸《中孚》之「翰音」，外卦《巽》體也；《坎》爲「豕」，則取諸《睽》之「豕負塗」，中爻互《坎》也；《離》爲「雉」，則取諸《旅》之「射雉」，外卦《離》體也；《兑》爲「羊」，則取諸《夬》之「牽羊」，外卦《兑》體，又取諸《大壯》之「羝羊」，中爻互《兑》也。又如《乾》爲「首」，于《乾》卦「用九」得之；《坤》爲「腹」，于《明夷》外卦「六四」得之；《震》爲「足」，于《大壯》内卦初爻得之；《巽》爲「股」，于《咸》中爻互卦得之；《坎》爲「耳」，于《噬嗑》中爻互卦得之；《離》爲「目」，於《履》中爻互卦，又於《歸妹》内卦「九二」得之；《艮》爲「手」，于《蒙》外卦「上九」得之；《兑》爲「口」，于《咸》外卦「上六」得之。

此外，則有徧求卦、爻，而終不得其義者。如《坤》卦辭言「馬」，爻辭言「冰」，今則取爲《乾・象》；《蒙》言「金夫」，《困》言「金車」，《鼎》言「金鉉」、「玉鉉」，卦中無《乾》體也，此于《乾・象》言之。《坤・文言》言「天玄地黄」，此則言「于地爲黑」。《乾》于《爻》言「龍」，此則入《震・象》。《賁》四上兩爻言「白」，卦中無《巽》體也，此於《巽》言之。

《坎》初用事，稱「雲」，稱「雨」，稱「泉」，此則稱「月」，未嘗見于卦、爻也。《頤》言「靈龜」，《損》、《益》言「十朋之龜」，未嘗有《離》體也；《晉》言「鼫鼠」，未嘗有《艮》體也；此則於《離》、《艮》言之。《爻》有「兑月」、「兑雨」，而《兑·象》不及；《巽》之「用巫」，《鼎》之「得妾」，亦無《兑》體也，《兑·象》則言之。又如《乾》馬，《坤》牛，《震》龍，《艮》狗，《兑》羊，皆重舉；而《巽》鷄，《坎》豕，《離》雉，則不重舉。《乾》言爲「圜」、爲「君」，《坤》不言爲「方」、爲「臣」。凡若此者，難以悉殫，類非後人所能窺測。楊龜山云：「《説卦》所類〔一〕，亦不止此，爲之發其端，使學者觸類求之耳〔二〕。」此言得之。學者只從「近取諸身，遠取諸物」會其大意。可解者，解之；不可解者，毋以己説傅會强解之。君子於其所不知，蓋闕如也。聖人且云然，學者顧欲强不知以爲知乎哉？

〔一〕「所」，《周易玩辭集解》均作「取」。

〔二〕「求」，《周易玩辭集解》均作「取」。

附録

詩集原序

編者按，「原序」者，《慎旃初集》《慎旃二集》（約刻於康熙二十四年）之序。其中王士禎、楊雍建、黄宗炎、陸嘉淑四序係《慎旃初集》之序，鄭梁序係《慎旃二集》之序。

王士禎序

老友海昌陸先生辛齋，嘗攜其愛壻查夏重詞一卷見示，且曰：「此子名譽未成，冀先生少假借之，弁以數語。」其時余官曹署，冗俗碌碌，未及爲也。及余轉官司成，則夏重與其弟德尹後先入成均，余乃得以一日之長臨之。德尹旋與友人入粤，而夏重肄業橋門，離經鼓篋，魚魚雅雅，弱不勝衣，近是黄叔度一流。乃其詩若文，則又滂葩𡙡兀，奔發卓犖，蛟龍翔而虎鳳躍。今之詩人，或未之能先也。然且深情獨寫，孤韻一往，令人諷詠徘徊，乍不能已。蓋夏重既辛齋玉潤，且爲吾友勉齋黄門猶子，仍世通顯，胚胎濡染。昔人有云，半千孫固應爾。姚江黄晦木先生，常題目其詩，比之劍南。余謂以近體論，劍南奇創之才，夏重或遜其雄；夏重綿至之思，劍南亦未之過。當與古人爭勝毫釐。若五七言古體，劍南不甚留意，而夏重麗藻絡繹，宫商抗墜，往往有陳後山、元遺山風。後山淩厲峭直，力追絶險；遺山矜麗頓挫，雅極波瀾。吾未敢謂夏重所詣，便駕前賢，然使起放翁、後山、遺山諸公於今日，夏重操蝥弧以陪敦槃，亦未肯自安魯鄭之賦也。且夏重學有本根，斷斷自愛，子瞻曰：「一時文人，如魯直、補之、無己、文潛、少游，吾未嘗以師資自處，皆以朋友待之。」而吾乃以一日之長臨夏重乎？顧屈指同學，其才可到昔賢者，正復無幾。蘇門諸君子，與放翁、後山、遺山，皆名節自持，凜凜有國士風，蓋有重於詩文者，而詩文益重。吾方處夏重於諸公之間，正以其詩而又不敢限之於詩也。去冬余奉使南海，夏重操長歌送行，且以詩集序見屬，歸而夏重《慎旃二集》已裒然成卷帙矣。余既已諾昨者之請，重憶辛齋疇昔之言，時已卧病請假，匆匆戒道，尪臚在側，僕夫俶裝，援筆以完宿約。蓋於夏重與夏重之詩，皆有不能自已於言者。夏重其益勉之！異日相見，其必有更進乎此者矣。濟南王士禎序。

楊雍建序

己未春，余奉命撫黔陽，而同邑查子夏重短衣挾策，自吴涉楚，追及之於荆江夢渚之間。其時疆場未啓，豺虎塞塗。余提戈束馬，自銅仁間道崎嶇，谿谷崖箐，孤軍轉戰，一旅深入，帳下健兒能從者，不過數十人。而夏重獨忼慨與俱，經年而後抵貴治。相與仰視飛鳶，俛蹈荆棘，烽火晝紅，簫笳夜咽，未嘗一日不同之也。軍府初開，書檄旁午，調遣徵發，將伯助余，倉卒肆應，又兩年始定。夏重則去余歸里，往謁其觀察世父於鄱江焉。夫以白面書生，年未及壯，弱不勝衣，骨稜稜出衣表，乃能骯髒自喜如此，則已齷齷豎儒異矣。顧復戎旅之頃，不廢吟嘯，握槊賦詩，磨盾草檄，軍中有傅修期，既隱若敵國，兼得陶寫歲月，瘴雲如墨，毒草摇風，以賦詠當悲歌。浣花工部，不履行間，淮蔡軍諮，羌無篇什。庶幾小益之戎裝，競傳劍南之詩句，藻采横飛，綺思艷發，抑又多焉，何其壯也。今年夏重入游太學，而余適膺召命，歸佐夏官，因復留之邸舍。夏重乃裒其行旅之詩，梓之問世，其豫章之吟，别爲一集，題曰《慎旃》，蓋取詩人行役之義，且屬余爲弁語。夫詩人有言，維予與汝。往者貴竹之日，余與夏重真同蛩駏，回首蠻煙，驚心駭魄，歷歷如在目睫。序夏重之詩，非余又誰屬也？因爲纂述舊游，書之卷首，若夫齊紈未貴，菱歌萬金，夏重業已狎主齊盟，又無俟余稱説矣。同里楊雍建序。

黄宗炎序

余賣藥海昌，查子夏重屢有詩讀和，尋其佳處，真有步武分司，追蹤劍南之堂奥者。夫今人卒業兔園，孰不以風流自命？左挨右摘，東綆西繘，都欲駁正李、杜之瑕璺，元、白之卑弱，爲漢爲魏，爲陶爲謝，目空千古，苟從旁細覈，正如揚灰萬斛，求半銖銅鐵且不可得，况於金乎？此所以深歎於才難也。夏重視彼，猶孤鳳獨鶴，翱翔於百鳥鷄羣中，可謂横絶一時者矣。復能謙退以好善，微特不敢輕議古人，抑有味乎水樂樵歌，俱將引爲筆墨之助。此非取法淺陋也，惟其知作者苦心，一字一句，莫不有深意於其間。若屬目麄浮，矢口妄論，真耳食吠聲，徒作撼樹蚍蜉爾。夏重是編，自己未至壬戌，四年間水陸萬里，往來楚、黔之什，山川詭變，與江、浙殊絶，苗蠻風俗，與鄉土迥判。加以亂離兵革之慘，饑荒焚掠之餘，天寶詩人所不及覩，投荒遷客所未曾歷者，聚斂筆端，供其驅使，寧樊籬鷃雀可望其項背哉！吾因是而更有慨焉。使夏重據龍山之田數頃，桑柘茂密，池有魚，園有果，牛宫豕栅，静謐於先人之舊廬，兄弟相爲師友，必沈酣經史，守先以傳後，無疑也。乃歷鹿舟車，蹭蹬亭皋，即耳目之聰明，足發其誕幻，然於青燈四庫，不能無夢寐焉。雖然，麻姑年少，將見蓬萊揚塵，不難返海外之逸書，使歸學宫；搜龍宫之秘圖，傳諸人間。斯蠹粉陳言，又奚足云。剡中老友黄宗炎纂。

陸嘉淑序

夏重自黔歸，裒其三年往反道路之詩，自題曰《慎旃集》，吾友黄晦木先生喜而序之，爲獎許其所已至，而勉惜其所未至。晦木，夏重尊人逸遠畏友，倜然以古道自處，夏重既拜而登之集矣。今年余偶來燕臺，夏重方客燕未返，其同學友人欲梓其集燕中，乃過余而請曰：「小子不幸，早失怙恃，舍其先人之廬，奔走四方，冀以續食。晦木先生所云青燈四庫，杳然夢寐，斯集所留，與嶺猿瘴鳥相爲和答，勞者易歌，不自知其言之長也。然而山川登涉，動魄驚心，追思昨夢，讀之而怦怦心悸，不欲便付摧燒，姑應友人之請，丈人亦有以終進之乎？」余應之曰：「子之詩，自附於《陟岵》詩人之義，夫亦知詩人之根柢乎？夫《陟岵》之詩人，疲勞困頓，晨夕不遑，而於父母兄弟三致思焉。忠孝悱惻之懷，詠歎淫泆而不能自已，此固風雅之本原，而非流俗之詠唱也。今之稱詩者，挾持唐宋，頌酒争長，各爲門户，余竊以爲皆非也。夫詩何分唐宋，亦别其雅俗而已。古之詩人，其志潔，其行芳，自託於芝蘭芳草，而絶遠蕭艾。故雖至坎壈失職，郤曲於傾輈駭駟之途，而耿介特立，終不移於積俗。以此求之，陶彭澤、杜浣花之流，操持卓犖，磊砢傲兀，凛凛皆有國士風。故其爲詩，迥然自遠於俗。即白分司諷諭、閒適諸篇，言近指遠，一唱三嘆，真得風人之遺，與元亮、子美同其根柢，而不知者妄謂之俗。嗚呼！耳食拘墟之徒，又豈足與論六義之旨趣乎？」夏重稟承庭訓，濡染家學，反覆四始之際既已有年，一旦遠涉江河，崎嶇貴竹，發而爲詩，依然《陟岵》之思。晦木老友以爲上武分司而下追射的，一言爲智，知其不輕借游揚也。且晦木以父執登堂，門庭無恙，牛官豕栅，橘圃魚陂，俛仰流連，乃更以青燈四庫，欲廣夏重之意。夫亦以先人手澤，存於縹緗卷帙間，冀使無忘其根柢爾。夏重勉之！歲月易遷，盛年不再，計夏重挾策遠游之年，正與余抱痾焚研之歲等。雙丸轉轂，余已素髪被領，老大空悲，了無可紀。夏重詩已見許前輩，春華之藻，恃本根之不拔耳。根之盛者，其枝幹日益繁，《慎旃》之詩，夏重之本末存焉。無俟訪逸册而搜秘圖，益保其《陟岵》之思而已。輒以此勉夏重，且請更質諸晦木。冰叟陸嘉淑序。

鄭梁序

《慎旃二集》者，吾友查子夏重游豫章之詩也。初查子自己未游黔，至壬戌而歸，名其詩曰《慎旃集》，今自癸亥游豫章，至甲子而歸，復名其詩曰《慎旃二集》。蓋皆取孝子行役不忘其親之義也。嗟乎，查子乎！游乎而欲慎旃乎！古昔盛時，民有恒産，士有常糈，負耒橫經，温清定省，安所事游？其偶有游者，不過賢勞王事耳。故孝子行役而得以慎旃自勉。至春秋戰國之世，而士以游名，朝秦暮楚，已有不違言慎者矣。然孔子曰：「游必有方。」孟子曰：「人知之亦囂囂，人不知亦囂囂。」則是游亦未嘗不得慎也。天變人窮，最困者莫如四民之首。飢來驅我，急何能擇，其尚能有方乎？曳裾無門，投筆安往，其尚能囂囂乎？於此之時，而欲慎旃，難矣。且夫查子之游豫章也，鄱陽之險，不若洞庭之惡也；洪都之近，不若鬼方之遠也；六月之暫，不若數載之久也；舊游詞客往還唱和之樂，不若蠻獠寇賊戰争殺戮之慘也。較之游黔之役，又似可以無慎，而查子慕親之誠，守身之孝，每念不忘，用名其集，余於是而歎《陟岵》詩人，何代蔑有，决不得以古今時地限也。世衰學喪，風雅道淪，言宋言唐，言魏言漢，紛紛聚訟之徒，類皆飲潘拾唾。正如家僮路乞，各張勢豪所有，以相矜詡，而不自知其妻孥安在。彼豈不聞虞廷言志之説哉？勢利薰溺，情性銷亡，隻句單詞，諱世取寵，自謂言志，而其實無志之可言也。得查子慎旃之意而振之，登山臨水，感時詠物，吊往驚離，無往而非不忘其親之心所寓。楊用修謂詩須有爲而作，蓋自《三百篇》而降，屈大夫、陶彭澤、杜工部千古俱有同旨，寧謂風雅一道，不可自此而復續乎？彼區區以韓、歐、蘇、陸之間儗之者，猶皮相矣。余病留京邸，因懷岵屺之望，不欲受人牢籠，間或自鳴其酸苦。遇塵堆糞壤之人，輒秘不使見，唯查子與一二故交至，始出與誦之。暑退秋來，襆被南返，查子過别，索序此編，長吟低諷，慨然喜其與余有合也。《易》曰：「同聲相應。」余其能無言哉？同學弟鄭梁題於燕京旅次。

敬業堂詩集序

許汝霖序

夏重之重於人，與人之重夏重者，豈獨以詩哉！其在家庭也，愉婉承歡，善繼其尊人逸遠先生之志，與諸弟一堂師友，砥行立名。至於義方垂訓，慈而彌嚴。長若幼皆能自樹立，倡隨之誼，食貧相莊，《悼亡》一賦，終其身不再娶，其飭躬於内也如此。其立朝也，著作承明，出入禁闥者十年，天子嘉其勤慎，卿尹服其恬雅。年甫六十四，遽移疾還家，其於進退之際又如此。則夏重之足重於人，與人之重夏重者，固自有在，不獨以詩也明矣。即論其詩，亦恢之以學問，深之以涵養，且歷覽宇内之名山巨川，以達其氣，裕其神而擴其耳目之聞見，即物寫懷，皆其忠孝友愛至性至情之所藴蓄而流露，初非規規焉争能於聲律字句間也。平生所作不下萬首，今手自删定，起己未迄戊戌，凡四十八卷。取隨駕山莊時御書賜額，名曰《敬業堂集》，乞余一言弁首藏諸家。余與夏重生同里，重以昏姻，晚又出余門下。自其少時，伏處海濱，迄三十歲以後，游學京師，歷仕歸田，數十年如一日，世之知夏重者孰余若？遂不辭而爲之序。佟陶庵先生，夏重舉京兆時同年友也。既而同直内廷，晨夕數年，塤篪唱和，儕輩皆一時之選，而其伏膺者惟夏重一人。丙申冬，出撫東粤，夏重走訪之，臨别捐俸，囑刻其詩以問世。是夏重之見重於陶庵，與陶庵之重夏重者，跡雖重其詩，實不獨以詩重也。世之讀夏重詩者，以衰朽或不足信，請試質之陶庵先生。康熙五十八年己亥秋七月朔，洛溪衰朽許汝霖序。

唐孫華序

編者按，此序乃爲《敬業堂詩集》五十卷本所作。

凡古今文章著作之事，其深造獨詣，名當時而傳後世者，類皆有驚才絶學，而又加以不已之好，好之至者且或有其癖焉。昔杜元凱有《左傳》癖，而少陵亦云「爲人性癖耽佳句」，好至於成癖，則顓固之極，通於神明，變化生而能事盡矣。吾友查夏重先生，天縱異才，深沉好古，於書無所不闚，而其生平所癖好者，惟於詩、於山水、於友朋，而於進取榮利之塗，泊如也。昔人論文，謂必得江山之助，以先生之才之學，而天又故遲其遇，俾其馳驅游覽，以盡吐其胸中之奇。嘗挾策從軍，至牂牁、夜郎之地，以及齊、魯、燕、趙、梁、宋之區，郵亭驛壁，題詠殆遍，往往傳誦人口。又嘗渡彭蠡，過洞庭，登匡廬之巔，探峴山、黄鶴之勝。所至必與賢豪長者相結，往復酬唱，詩益富而且益奇。癸未成進士，簡入翰林，即受天子特達之知。授職以後，比歲西巡，扈蹕者再，常在屬車豹尾之間。涉大都之河，窮甌脱之境，荒遐幽岨，從來詩人之所未到，題詠之所不及，盪胸駭目，悉繪之於詩。凡有所作，皆呈御覽，未嘗不篇篇稱善也。人皆謂先生遭逢盛世，將駸駸嚮用。而先生常懷箕潁之志，亟欲告歸，當道鉅公，競挽留之不可。年未及懸車，已決然竟賦《遂初》矣。既歸里門，於世事一無干預，而登臨詠歌之興未衰也。乃復南游閩、粵，尋無諸之故墟，訪尉佗之遺迹，而其詩益豪蕩感激，超神入化矣。先生於詩文、山水、友朋之外，餘無所好，蓋先生不獨以詩傳，而其爲人高情逸韻，尤夐乎其不可及也。昔予在京師，與姜西溟、趙蒙泉、楊晚研、惠研谿、湯西厓、宫恕堂、吴西齋諸君及先生弟姪德尹、聲山爲文酒之會，每月必再會，每會必分韻賦詩。西溟有酒所嘗謂諸君：「我輩大約人人有集，然其詩或傳或不傳，今當牽連綴姓氏於集中，百年以後，幸有傳者，則附載之姓氏亦不泯没於後世矣。」予時笑以爲迂。由今觀之，先生之集固已必傳無疑，且不忘舊好，予之姓氏既屢見於集中，而又屬予爲序，予固將滅没無聞，而得挂姓氏於先生集中，不特如少陵之於阮生、朱老，東坡之於杜伯升、楊耆老、符秀才而已也。則予其亦有厚幸也夫！婁東同學弟唐孫華撰。

敬業堂集補遺跋

許昂霄跋

查初白太史未刻詩集《原稿》藏於其家，珍秘殊甚。適有谷陽蔣某給以厚值，購一副本，託余外弟查子蓉村爲之介紹。蓉村因别録二本，一藏篋中，一以貽余。余復手加校勘，合之向時所刻，是爲完書。惜無好事者爲補刊於集後耳。《漫興》、《餘生》二集《原稿》，據蓉村云，悉屬太史手書，惜余未一寓目也。余所見者僅《住劫集》數葉，亦係真跡，至《詣獄》、《生還》二集，乃其子姪輩所録，間有塗改數處，則太史親筆也。故此本悉遵之。竊疑《詣獄》以後三集，雖經改竄，未及删定。惟《爲紫幢主人留半日》五律一首，格上注一「删」字；然首尾不勾，未知何故。又七絶中「玉溝一綫是通川」一首，「連朝不飯空捫腹」一首，五絶中「波魚逆上多」一首，《轉應曲》末二首，俱補書於格上，另是一人之筆，故注一「增」字。

一篇中或芟去數字，或删去數聯，或全首删去，悉係太史手定。凡全首删去者，上必注一「删」字，首尾各用一勾。

凡注一作某字者，皆係初稿。其後一改再改，乃用今本者也。或模糊難辨，介在疑似，故兩存之。

《寄滿制府》五排一首，詩題及前半首俱係元缺，止存後數聯耳。

卷中圈點亦係太史自加，丁敬禮所謂文之佳惡，吾自得之者也。原本俱用墨筆，今用硃筆。惟《餘生集》下《竂軒初夏觸景成吟》中「屈將木本作芍藥」一聯，用硃筆，今用墨筆。

太史晚歲吟詠，删逸甚多。即如《甲辰海患紀事》凡十首，余數年前會於友人案頭見之。今集中止有六首，又删去其一，定爲五首。至「斬蛟思壯士」一首，已用别紙黏貼，蓉村揭而視之，並録於後。

蓉村嘗見《望歲》、《粤游》二集《原稿》，較刊本多詩數首，想開雕時所芟去也。然不欲任其散佚，並録之，以附於卷末。

花溪後學許昂霄蒿盧氏漫識。

張元濟跋

甲辰冬日，傅沅叔同年至自天津，同作天台、雁蕩之游，途中語余，都中舊家有藏書散出，中有評校《敬業堂集》，爲涉園舊藏，余聞之神往。及沅叔北還，乃託代購，謂雖重值不吝也。越兩月而書至，卷中鈐先六世叔祖思嵒公印記數方，丹黄雜施，評校極精審，且補録續集及補遺一册，皆公手跡。卷首附許君蒿盧識語數則。許君爲公受業師，此必迻録許君藏本，中有詩六十一首，詞五首，爲刊本所不載。許君謂初白先生手自删削。在先生之意，固以此爲不必存，然傳至今日，則彌足珍貴。余方輯《涵芬樓秘笈》，因綜爲補遺，印入第四集。凡所圈點，悉仍原本之舊，固以饜好讀先生詩者之望，亦以承蒿盧先生及思巖公不敢任其廢佚之志也。

乙巳春二月，海鹽張元濟識。

四庫全書總目提要

臣等謹案：《敬業堂詩集》五十卷，國朝查慎行撰。慎行有《周易玩辭集解》，别著録。

是編裒其生平之詩，隨所游歷，各爲一集，凡《慎旃集》三卷，《耑歸集》、《西江集》共一卷，《蹋淮集》一卷，《假館集》二卷，《人海集》、《春帆集》、《獨吟集》各一卷，《竿木集》、《題壁集》共一卷，《橘社集》、《勸酬集》、《溢城集》、《雲霧窟集》各一卷，《客船集》、《並轡集》共一卷，《冗寄集》一卷，《白蘋集》、《秋鳴集》共一卷，《敝裘集》、《酒人集》共一卷，《游梁集》、《皖上集》、《中江集》各一卷，《得樹樓集》、《近游集》共一卷，《賓雲集》一卷，《炎天冰雪集》、《垂橐集》共一卷，《杖家集》、《過夏集》各一卷，《偷存集》、《繙經集》共一卷，《赴召集》、《隨輦集》、《直廬集》、《考牧集》、《甘雨集》、《西阡集》、《迎鑾集》、《國朝臣還朝集》、《道院集》各一卷，《槐簃集》二卷，《棗東集》、《長告集》、《待放集》、《計日集》、《齒會集》、《步陳集》、《吾過集》各一卷，《夏課集》、《望歲集》共一卷，《粵游集》二卷，附載《餘波詞》二卷。自古喜立集名者，以楊萬里爲最多。慎行此集，隨筆立名，殆數倍之。其中有以二十四首爲一集者，殊病其傷於煩碎。然亦足徵其無時無地不以詩爲事矣。集首載王士禎原《序》，稱黄宗羲比其詩於陸游。士禎則謂：「奇創之才，慎行遜游；綿至之思，游遜慎行。」又稱其五七言古體，有陳師道、元好問之風。今觀慎行近體，實出劍南，但游喜寫景，慎行喜抒情；游喜隸事，慎行喜運意，故長短互形，士禎所評良允。至於後山古體，悉出苦思，而不以變化爲長；遺山古體，具有健氣，而不以靈敏見巧，與慎行殊不相似。

核其淵源，大抵得於蘇軾爲多。觀其積一生之力，補注蘇詩，其得力之處，可見矣。明人喜稱唐詩，自國朝康熙初年窠臼漸深，往往厭而學宋，而生硬率俚之病生焉。得宋人之長而不染其弊，數十年來，固當爲慎行屈一指也。

乾隆四十三年十月恭校上。

總纂官臣紀昀、臣陸錫熊、臣孫士毅。

總校官臣陸費墀。

文集序跋

敬業堂文集序[一]

吴騫

此稿凡二卷，無序目，不類不次，似從各書蒐采，隨手編者，尚非定本。稿舊藏花溪倪氏，旋付祝融。幸仲魚先録出一本，予從涉園張鷗舫傳鈔，昨歲又燬於火。今復就硤川王紫溪借録。予與紫溪並各有補益，雖尚不免遺佚挂漏，然大要已得什之八九矣。

〔一〕此篇自許傅霖原纂、朱錫恩續纂、民國十一年刊《海寧州志稿》卷十三《藝文志·典籍八》輯入。

敬業堂文集序[一]

王國維

吾鄉查他山先生《敬業堂文集》二册，不分卷，後有吴槎翁跋，面葉隸書十二字，亦似槎翁手書。蓋源出拜經樓鈔本，而吴本又傳自海鹽張漚舫者也。先是，他山先生家孫巖門岐昌輯此集稿，藏花谿倪氏六十四硯齋，陳簡莊鱣首録一本，張漚舫從之傳録。吴氏又録張本，紫谿王氏簡可復從吴本録之。未幾，而倪本、吴本俱燬於火。槎翁又從紫谿傳録，有跋，見《海昌藝文志》中。此則從吴氏第一次寫本出，疑即王紫谿本也。先生外曾孫陳半圭敬璋又從王氏録得一本，編爲四卷，并撰《年表》冠其首。今張、吴、二陳本俱不傳，則是本益足貴矣！此邑人張君渭漁藏書，當吾之世，吾寧言收藏者推渭漁。寧固文獻之邦也，康雍之際，他山先生得樹樓與馬寒中思贊道古樓并以藏書著聞東南。至乾嘉間，吴氏拜經樓、陳氏向山閣之藏，乃與吴越諸大藏書家埒。而蔣氏生沐光煦之東湖草堂、寅舫光焴之寶彝堂爲之後勁。其餘如松靄周氏春、耕崖周氏廣業、緑窗錢氏馥、渟溪管氏庭芬，皆有藏書。馬、吴、周、蔣諸家，亦頗旁蒐金石書畫，而陳受笙均、馬古芸錦、胡廉石槃、釋六舟達受遂以之名其家。其後，諸家之藏頗或散佚。至咸豐赭寇之亂，遂掃地以盡。其幸而存者，蔣氏寶彝堂一家而已。亂後，收藏家若錢鐵江大令保塘、若唐耑甫明經仁壽、若孫銓伯司馬鳳鈞，皆宦學於外，所藏或持歸，或否，世莫得而窺焉。故自余童丱以至弱冠，居鄉之日，未嘗見一舊本書、一金石刻。蓋三百年來，文獻盡矣。暨光宣之間，始得渭漁。渭漁長余三四歲，當就傅時，書塾相望也，顧余未嘗習渭漁。後頗聞渭漁棄舉子業，攻金石書畫。光緒乙巳，余歸自吴門，渭漁訪余於西城老屋，出唐解元芍藥、馬湘蘭蘭石小幅，相與把翫移晷。嗣後，遂不復相聞。惟聞人言渭漁學益進、藏益富。逮丙辰春，余自海外歸，欲盡覽渭漁之所藏，而渭漁則死矣！

初，同光之間，硤川朱苓年明經頗搜羅鄉先輩遺著，其藏書渭漁盡得之，而六舟上人所藏北齊武定玉造像，當時爲搆玉佛庵者，亦歸於渭漁。渭漁又時往來吴越間，所至有獲，亦不復以鄉邦文獻自限。使天假之年，當與查、馬、吴、陳諸家抗衡，乃年甫踰四十而歿。歿後，遺書、遺器及金石拓，尚塞破數屋，均未整比，斯不能不爲吾邑文獻惜也。

辛酉春，渭漁友人仁和姚君虞琴將刊印是書，屬余序其首。余感是書因渭漁而傳，又念三百年來，吾邑收藏家以他山先生始，以渭漁終，故略述渭漁行事，俾附以不泯焉。

同邑後學王國維序。

〔一〕此序自四部備要本《文集》輯入。

吴騫跋〔一〕

鄉先輩查初白内翰《敬業堂詩》正續集流布海寓，考韻語者，莫不家置一編，獨《文集》未經授梓，故傳本尤少。予昔於倪敏修大令六十四研齋見之，未及借鈔，時往來於心。今春偶過吾友鷗舫先生南曲舊業，出此見視，欣然若遇故人，因假歸傳録。此編不知何人所輯，亦未有序目卷次。鈔方竟，適沈吕璜孝廉遺王勇濤《懷古吟》，又得初白翁一序，乃編中所未有，知其遺文之放失者多矣。即别録一通寄鷗舫，附益編後。鷗舫博雅嗜古，家藏初白手跡尤多，嘗欲料理敬業遺書，以繼尊甫芷齋先生刊《初白庵詩評》之志，苟其事成，不誠世濟其美者哉！

嘉慶初元孟冬朔日，邑後學吴騫識。

〔一〕此跋徐洪釐稱得之於吴騫手書，而置入卷後。四部備要本《文集》「鷗舫先生」作「選巖張君」，後兩「鷗舫」均作「選巖」。「初元孟冬朔日」作「丙辰」。

陳半圭跋〔一〕

右《敬業堂文集》二册，爲查太史初白公著。公一生精力，注意於詩，而文不多作。大半出自應酬，復不自收拾，所存絶少。是篇約百首，不類不次，蓋公之孫巖門舅氏所搜訪而彙録者。其後爲花谿倪氏所得，傳録涉園張氏，而原本旋燬於火，兔床吴丈從涉園假以録之，再録於王君紫谿，而吴氏本復燬，今又從王氏本録之。幾經傳寫，訛謬實多，於是悉心校訂。疑者闕之，略加詮次，釐爲四卷，復輯年表一卷於册首。竊嘗聞之，縱横排奡，發揚蹈厲者，才人之文也；俯仰揖讓，舂容大雅者，儒者之文也。公原本經術，發爲文章，主於理明詞暢，深得歐曾法度，其與雕琢曼詞以炫世者，相距遠矣。惜所著半皆散佚，而造物者又若妬之，再亡於火，幸而有存。則是篇也，特全豹之一斑，可不爲之珍惜而善藏之乎？余及門查孝廉一飛，公之玄孫也，就試禮部，留滯都門，他日歸，當舉以示之，謀付梓人，以垂不朽焉。録陳半圭《爾室文鈔》

〔一〕此跋自四部備要本《文集》輯入。

徐洪釐跋

《海昌備志·藝文志》云：「《敬業堂文集》四卷，藏吴醒園明經竹初山房。《選佛詩傳》作二十卷。此書舊不分卷，僅二册，陳氏敬璋重編，始定爲四卷」云云。憶咸豐初元，醒園明經下世，竹初羣籍其嗣君以大半歸余，然未見有此，不知散落誰氏矣。

此本余得之西吴書舫，與「不分卷，僅二册」之語合，當是最初之本。既檢得兔床明經手卷遺張漚舫先生《王勇濤詩序》及《跋》，知即涉園舊物，兔翁所據以借抄者也，因亟將《序》《跋》裝入卷後，爲誌數語。嗚呼！辛丑之亂，江浙書籍又歷一大劫，正如方密之先生所謂，欲求尋常盈尺之書已不可得，况秘籍哉！先哲遺編，鄉邦文獻至是增重焉，後人其善藏之。

同治三年歲次甲子﹝桼﹞月邑後學徐洪鼇邁叔甫謹識。

姚景瀛跋〔一〕

海寧查初白先生詩，著聲海内，同邑管芷湘庭芬曾爲之注而未成。《文集》罕見，求之故家，久之，得於張兄渭漁所，係傳寫本，僅二册，不分卷，無序，有吴兔床一跋。文中多訛字，朱彊邨先生爲之校正，復經王雪澄、金甸丞兩先生詳加商訂，遂成善本。先生，康熙時供奉南齋，所謂「煙波釣徒」翰林也。應制之文，鏘金戛玉，上媲雅頌，而碑版序傳記事之作，亦銜華佩實，雅近道園，工力足以相副。其時，如查浦、聲山載筆西清，各盡所長，而論次才名，未之能先。予懼其久而失墜，乞觀堂作序，爲之印行，亦晚學之責也。墨版既竣，爲述得書之由與校書之精，書之跋尾，以告後人。

杭州仁和後學姚景瀛虞琴甫識。

〔一〕此跋自四部備要本《文集》輯入。

查初白先生別集序〔一〕

金蓉鏡

文以理爲主，以氣昌之，排比字句，末也。然不可疏，疏則理與氣無以載之而行，所謂言之無文，行而不遠。然則，字句，載理之器，非所以爲文也，亦猶於喉舌出言，而非所以爲言。文有奇偶，體各有宜。以一代論之，桐城方氏未出以前，奇體之文未純，而偶體則工。故康熙一代詞人，近世所不能及。查初白先生以詩鳴國初，其集外文，雖非其至，而温潤縝密，殖學有本。此本《別集》手稿亦然。雖多應制、擬作及代人之作，然可備當時掌故，玩其風味，無噍殺之音，亦足以厚俗而宜民。此文之盛也。

乾嘉以後，考據盛而義理衰，衍明季門户之習，一字之辨，動以千百，排纂瑣碎，雜以茁軋，有似博士買驢。逮其極也，則是己非人，短誚長訾，心以不競，如市賈炫售，其格益卑，而世事亦隨之。

畫此兩界，以觀當世之文，盛衰之故，砉然明矣。今則雜以西事西言，順流而往，疑古者以爲無一物可信。於是舉國故舊俗而空之，萬惑齊發，此考據之極敝也。予感世故，極論文體，於此發之。至於此本手稿，流傳有緒，備於藏家，不復瑣及云。

龍集己巳冬十月，嘉興後學金蓉鏡拜序。

〔一〕此序自四部備要本《别集》輯入。

敬業堂文别集跋〔一〕

許嘉猷

右初白翁手録稿，殘缺不全，間有塗改，與鐫本不同。我鄉先達手澤，百數十年猶存，可不寶諸？

嘉慶二十二年丁丑正月穀日，妙果山長許嘉猷識於遂初園之寶翰山房。

〔一〕此跋自四部備要本《别集》輯入。

敬業堂文别集跋〔一〕

姚景瀛

查初白先生《敬業堂文稿》兩册，景瀛前所校印者，蓋從亡友張君渭漁所藏拜經樓手録本迻寫得之。己巳夏，聞吾鄉故家藏有先生手寫詩文稿二册，遂因費君景韓作緣，易以重值，今爲校録。則文爲前本所無，詩則有刻，有未刻。先生詩《原稿》本，藏侯官沈氏濤園，凡其時語涉禁網者，多所刊落。其已刻者，亦多所改定。聞繆君藝風、王君雪澄、諸君真長皆曾借校，别爲寫録。不知此本所未刻者，亦曾入原編否？竢諸他日當校行之。先以此本之文，編爲别集，以附前本之後。果使先生之文與詩，今在天壤間者得盡之，此則景瀛所大願也。

同爲校録者，海昌費寅義得並書。杭州仁和後學姚景瀛虞琴甫識。

〔一〕此跋自四部備要本《别集》輯入。

初白庵藏珍記序〔一〕

吴昂駒

仰峰查表姪，初白供奉五世孫〔二〕也。恬静冷逸，心無外營，而於先世手澤之遺，恒寶愛而弗失。蓋自供奉至今，百有餘年，凡寸簡尺幅，不啻觸手而如新焉。余每於春秋佳日，挐舟過訪，爐煙幾縷，香茗一甌，與之追談舊事，每請出手蹟以相證，而仰峰亦以余知愛慕遺風，樂出觀而無厭。統先後所得見，亦云多矣，兹將其詩篇題識，録成一編，并以余家藏尺牘真蹟，附載於後，俟續纂《書畫譜》時彙入之。凡寓目於此者，庶以爲星斗之麗天，弗僅作煙雲之過眼可，是爲序。

道光庚寅四月立夏前一日，吴昂駒拜識。

〔一〕此序自清道光抄本《初白庵藏珍記》輯入。

〔二〕此處原有眉批：「他山嗣字輩，仰峰有字輩，自他山公算，遞至仰峰，第六世孫。原本不誤，後改誤。」

初白庵藏珍記跋〔一〕

吴昂駒

供奉查初白先生於康熙四十三年冬杪，拜賜聖祖仁皇帝御書徑尺大福字，歷世寶藏，至今墨彩常新，覺鸞軒鳳翥之勢，時鼓動於窗櫺几案間也。頃，余過訪仰峰，敬謹瞻仰，因將其題句跋語録之以歸。竊案，先生《人海記》載，日直諸臣，每年除夕前，例賜之物甚詳，而是冬加賜「福」字，外尚有御書對聯、緑石硯子。以先生不並入紀恩詩，故人知之者鮮，而備著於《人海記》，亦所以誌不忘歟！至詩句與《敬業堂集》刊本略異數字，由定稿時復爲更正之故，摘附於後，庶讀者得以互參耳：

首句《集》作「景福欣逢介福辰」。「彤庭」作「深宫」。「箕疇」句作「箕疇更衍無疆祝」。「行看」作「從知」。

〔一〕此跋自清道光抄本《初白庵藏珍記》輯入。